樂 府

·

心里滿了，就从口中溢出

The Reading Promise

My Father and the Books We Shared

（美）爱丽丝·奥兹玛（Alice Ozma）—— 著

郭 娜 —— 译

你能每天晚上为我读书吗

北京联合出版公司
Beijing United Publishing Co.,Ltd

For Avant, Prospectus, and literary magazines
everywhere filled with nerdy, wonderful kids -
there's hope for us yet.

你的时间和心无旁骛的关注是送给他（们）的最好礼物。

——

朗读的爸爸

吉姆·布罗齐纳

Jim Brozina

目录
Contents

此书，由爱而生

这是一本关于人的书。

我希望这本书能够提醒人们，这世界上有很多鲜活的生命，就在我们身边渴望着关爱；我希望这本书能够告诉人们，书籍是如何像纽带般将人们终其一生维系在一起。这本书里不会有针对象征手法的深入探讨，也不会有关于人物性格的细致剖析，更不会有人在经历着过山车般的惊险刺激、享受着三明治的美味可口或者沉浸在摇摆音乐中翩翩起舞时忽然停下，去揣摩字里行间的隐约之词。这些我和父亲的确做过的事情或许也可以撑起一本好书，但那并非此书。

这是一本关于"朗读"的书，它包括了"朗读"这个行为本身，还有消磨在其中的时光。书里记录着我和父亲对于各类书籍凡能找见便无所不读的3218个夜晚。没有这些书籍就不会有这些夜晚，然而由它们所引发的一次次交谈，被它们所促成的一次次约定，才是真正让人难以忘怀的。

你也许会觉得某个标题似曾相识，你也许会恍惚间想起自己也曾有过的类似的谈话。对你们大多数人来说，这将是一段回忆之旅。不过即使你们从未朗读过任何一本和我们相同的书，或者某本书仅仅朗读了不到一个章节就感到昏昏欲睡 —— 甚至你们从来没有过为彼此朗读的经历，这本书仍然适合你们。

每当我想起同我父亲最初立下的关于朗读的约定时，那些书籍都会涌入我的脑海。但是那位为我大声朗读这些书籍的男人，以及这个男人展现出的投入和热爱，是永远闪耀在我的内心深处的。

这本书大概就如一床棉被，恰是我们生活的缩影，被子上所有的补丁，不管是破旧的，抑或是鲜亮的，都由我们所阅览的一册册书交织在一起。这本书既会帮你回忆起姐姐搬走那天你们正读着哪本书，也会帮你回忆起姐姐临走时留下的拥抱的温度；既会让你记起某页书上的某几行字，也会帮你将彼时依偎在你肩膀上的那个人永远留在心底。这本书讲述了成长、蜕变、恐惧、希望、欢欣，当然还有书籍。这本书包含了我们生活的方方面面，因为朗读不是也永远不可能是仅仅局限于人物和情节的。

我们会因为爱着某人而为他朗读。这本书 —— 简单点儿来说 —— 是一个因爱而生的故事。

· 序 ·

3218 天的读书故事

1998 年一个温暖的夏夜，我带一位朋友和她的女儿到费城听音乐会。回家的时候，我发现自己的女儿爱丽丝在车道上像一个疯婆子似的暴跳如雷，一边挥舞手臂一边大喊。因为时间已近午夜，我以为一定出了大事，所以停车跳了出去。爱丽丝喊着："你干什么去了？看看时间！都几点了！"我愣住了，我把我们的读书计划完全抛之脑后了！于是我们急忙进屋，拿起书，开始我们的夜读。

几个月前，我担心年龄渐长的爱丽丝不想再让我晚上为她读书了，为了让这一天晚点儿到来，我们做了一个约定：我要坚持每晚都为她读书。为了避免有谁偷懒，爱丽丝大胆地给我们的计划订下了 1000 夜的期限。我为她的提议吃了一惊，因为我觉得在这 1000 天里，中途一定会出点儿状况，所以这个计划几乎不可能实现。但是身为父亲和老师，我觉得孩子有愿望，我应该是进行鼓励而不是让她泄气。尽管如此，这个"1000 夜"

的想法还是让我有些头大。

正如您将在这本书中读到的，从那之后我们的计划坚持了很多个夜晚。其间我们遇到了各种各样的状况，克服了各种各样的困难，但还是坚持了下来，最终坚持了将近九年。爱丽丝和我都不是做事墨守成规的人，从她 9 岁到 18 岁那年的夏天，我们每天都抽出一点儿时间来一起读书，这在别人看来可能有点儿怪异。

为了将计划坚持下去，有时我们在半夜 12 点开始读书，有时在凌晨痛苦地开始。有很多次，我不得不把熟睡中的她叫醒；也有很多次，她不得不（小心翼翼地）把我叫醒。面对这些状况，我们俩谁也没有抱怨过。这是我们决心要做的事情，绝不会被任何困难所妨碍。坚持完成任何事情都要经过一番努力，最让我们引以为傲的事情总是让我们付出很多。

读完书之后，我经常问问爱丽丝今天做了什么，以后有什么打算。这成了我们之间一种自然而然的交流方式。

我们读的书大部分都是我供职的学校在三次书展上采购的。作为学校图书馆馆员，我每年都可以为学生们保管这些书。每次开书展的时候，我都会带回家很多书，与爱丽丝一起反复斟酌，每本书都读一些片段，直到选出最合适的为止。

读书计划一旦开始，就很难再停下来。唯一让我们中断的事情就是在这个计划开始九年之后，爱丽丝要从家里搬出去了。

如果你想开始自己的读书计划，应该先把孩子带到当地的公共图书馆，在那里你们可以流连在书架之间，寻找适合自己阅读口味的书。当你们之中有谁发现一本好书，就告诉对方。在孩子的选择和你的选择之间，以孩子的选择为先；在放弃那些孩子感兴趣的书时要慎重。记住，读书计划虽然是由你完成的，但最终却是为了孩子。

找到足够多好书之后，就借出来带回家。你的孩子一定会非常兴奋，因为他们期待着那些美好的读书之夜。时间一久，孩子和你都会找到喜爱的作者和丛书。其中一些书会吸引着你们遍遍重读。你们也可以考虑通过当地的书店或者众多的网上书店购买时下的畅销书，这些财富可以代代相传。对你的后代而言，还能找到比对书籍和阅读的热爱更好的馈赠吗？

我热爱朗读的习惯是在小时候养成的。因为家里只有一辆车，我的父亲要开去上班，所以母亲经常带着我和弟弟步行去当地的图书馆。我们每个人可以借两本书：一本自己读，另外一本母亲为我们朗读。

如果小时候有人为你读过书的话，今后你也极有可能为自己的孩子读书。树立一个可以代代相传的家族传统吧。

身为父母，能送给孩子最好的礼物就是你的时间和心无旁骛的关注。随着时光的流逝，你也许会反思自己的人生，后悔自己曾经在有些事情上投入太多。但做父母的永远都不会说"我觉得在孩子小时候陪伴他们的时间太多了"。

1983 年，由美国教育部成立的"阅读委员会"宣称："要让孩子有足够的知识，最终具备阅读的能力，一个最重要的途径就是为孩子大声朗读。"无论是在学校读书还是在家读书都是被提倡的。这个委员会得出的结论是："这种做法应该在孩子上中小学期间坚持实践。"

回忆我上学的时候，只有高中时的老师弗兰克·达菲先生为我们朗读过。他非常陶醉地为我们朗读了莎士比亚的戏剧《麦克白》。当时我和其他的同学认为他是在打发时间，一定是想偷懒，不想教我们真东西。听他读了几周之后，我们竟然欲罢不能了，迫不及待地想知道后面的情节。每个人都端坐在椅子上侧耳倾听，生怕错过任何一个字。如果在达菲先生朗读的时候有谁说话，会很快被制止，并且被同学们视作真正的傻瓜。

他花时间为我们朗读，而不是让我们自己阅读的结果就是我对莎士比亚的作品保持了终生的兴趣。如果达菲先生按照一般的方式上课，讲完之后我们可能再也不愿意听到莎士比亚这个名字，两种方式相比，孰优孰劣呢？

教育的终极目标应该是：让学生终其一生都对所学的东西保持浓厚的兴趣。

我不知道爱丽丝会不会在她的小说中提到这些：八年级时，她的阅读部分在州考中拿到了"特别熟练"级别的高分，三百多个考生中只有三人达到这个水平，而爱丽丝是其中之一。当时，我们的读书计划已经坚持了四年多了。十一年级时，她的 SAT 预考分数是全班最高的。当时我们的读书计划正进行到第七个年头。

在读高三时，她获得了两次全美写作比赛的一等奖。当时我们的读书计划已经一天不落地坚持了八年多了。

拥有这些荣誉的爱丽丝，注定不是一个平庸的女孩。我想，在每个人的生活中，总会有某件事情让他们与众不同，会昭显他们的个性，定义他们的人生。爱丽丝上学期间，我从没要求或者希望过她去打工。我想这些时间应该省下来学习或者娱乐。未来她会有很多时间在那种平凡忙碌的日子中度过，而我在小学的工作已经足够养活全家了。所以在课余时间，爱丽丝能够自由地去做她想做的事情。她大胆尝试着写了一个剧本，叫作《微不足道》，并且利用暑假组织一些有天赋的孩子在我工作的小学把它搬上了舞台。

我给她提供了购买服装和道具所需要的资金，并且作为成年人在现场监护，除此之外没有插手任何事情。她自己组织演员 —— 我学校的学生，他们都自愿参与她的创作。他们都是二到五年级的学生，之前都从来没有过这样的体验。我学校的学生大多家境不好，贫困率一直都在88%以上；她本可以选择条件更好的学校，比如她小时候上的小学，就在我家附近。但是让孩子们参与这样的活动，有一次前所未有的体验，这是她的愿望。有四十多个学生交回了同意书，同意书上非常具体地写明了对演员的要求，例如排练时间和日期等。有不到一半的"演员"参加了第一次排练。在第一次试演中，最有表演天分的女孩发现自己并不是女主角之后就退出了，从此这出戏的演出开始每况愈下。

排练的时候，有戏份的演员经常连一半都到不了，到场的人也经常迟到。每当主演们毫无缘由、毫无征兆地连续几天不来排练的时候，爱丽丝的耐心都会经受极大的考验。她不得不一遍遍地修改剧本，因为能在排练中保证时间的演员数量有限，所以她放弃或者合并了一些角色。有时候，那些戏份已经被删的演员又会在一周之后回来，想重新扮演他们的角色。

看着这一切，看着爱丽丝为了让这出戏得以呈现，不得不承受着巨大的压力坚持工作，我感到心痛。爱丽丝从来没有发过脾气，也没有陷入绝望。我不愿意在闲暇时同她讨论关于演戏的一切，因为我不想让自己的不安影响到她。我打心底觉得她所承受的一切足以挑战一个圣人的耐心，足以让最强大的男人吃不消。但是，爱丽丝每天都会让自己重新振作起来，把注意力集中在没有完成的工作上面。

最终的结果是，爱丽丝呈现了一次足以令她所在的高中感到骄傲的演出。过了一年，她又编导了另一出戏，同样备受好评。

热心、自信、乐观 —— 这些特质构成了爱丽丝。我从没见过她做一件坏事，甚至没见过她先己后人。

还没有为人父的时候，我曾经夸下海口："等我有了孩子，我不会跟他们说话；等他们长到16岁，我就让他们自食其力。"

孩子出世之后，把她们抱在怀里，我开始反思之前的想法，发现生活中自己所在行的事情太少了 —— 我不会修车，不会修屋顶，甚至不会开车。但是，作为一个父亲，我已经尽我所能，并且欣慰地站在一旁等待付出之后的收获。

父母的行为往往会对孩子产生影响。如果孩子感觉到父母的生活充满了同情、理解、耐心和爱，那么他们对父母产生逆反心理的可能性就会很小。为什么要去反抗一个愿意倾听你的心声，并且愿意帮助你实现梦想的人呢？一向把孩子的成长和快乐放在第一位的父母是不需要担心孩子误入歧途的。这些孩子终其一生都会是善良、有为的社会成员。

这个故事就是有关这样一个女孩的，同时也出自她本人笔下。

吉姆·布罗齐纳

为爱朗读，为孩子点亮世界的光

其实，这篇文章最好是由菜虫本人来写成。就像最终是爱丽丝写出了《你能每天晚上为我读书吗》（*The Reading Promise*），而不是父亲布罗齐纳。因为，每天为孩子朗读这件事，可能对父母来说，有其确定的价值，而对孩子来说，这些价值究竟会以何种方式显现出来，仍属未知。

2006 年，菜虫大概十个月的时候，我们开始给他念书，就是朗读给他听，自此每晚都念。先是绘本故事，到 2020 年初，这个漫长的睡前朗读的习惯无缘无故就结束时，我们在读的那本书，是《你当像鸟飞往你的山》。

而同样是在 2006 年 9 月 2 日，是爱丽丝·奥兹玛与她爸爸的 3218 天读书"连胜"计划的最后一天。这一天，爱丽丝念大学了，她离开爸爸，住到了学校。他们最后读的那本书，是《绿野仙踪》。

也就是说，在爱丽丝和他爸爸结束睡前朗读的同一年，差不多前后只差个把月，我们开始了为菜虫读书的日子。后来，当我知道具体的时间线的时候，这种时空上的巧合令我很激动。就在这样每天的朗读中，十四个年头过去了。

现在，菜虫是一名高中生了。但他仍是一个未成年人，他按照自己的节律成长着，他不是一个神童，也没有成为一名学霸。如果按照比较流行的成功学的说法，我们给孩子读了十四年书，可孩子并没有什么骄人的成绩可言，那由我来写这篇推荐序，又有什么说服力呢？

但正如我之前所有关于菜虫成长的文章那样，这不是炫耀，而是分享。一个初为人父的人，想要分享他的喜悦，仅此而已。就像我一度最喜欢骑自行车，带着 3 岁的菜虫到处兜风，遇到的叔叔阿姨都会称赞说，这孩子真帅。这时候，我觉得很幸福。

我曾经问过涂涂，作为出版人，你对《你能每天晚上为我读书吗》这本书到底有什么想法。中国人总要追问一个功利的问题。布罗齐纳为女儿读书，读了 3218 天，中间没有停顿，这诚然很了不起。但是，这对于孩子的成长，究竟有什么价值呢？

涂涂说，通过这场为爱朗读的"连胜"计划，爱丽丝终于成为一个普通的姑娘，这难道就不是成就吗？

应该说，我很喜欢这个答案。这也是我答应写我跟菜虫的朗读故事以及我与《你能每天晚上为我读书吗》的关系的原因。因为，朗读并不是为了成就一个不世出的天才，而仅仅是我们的生活本身而已。而一个普普通通的童年，是我们可以给到孩子的最大祝福。

一、开始

我跟虫妈开始给孩子读书，是在 2006 年。理由很简单，可能只是始于虫妈的一个浪漫想象。她认为，冬夜，在昏黄的灯光下，为孩子读书，就是一个母亲所能想象的最浪漫的事。

以及，我与虫妈都爱看书。2006 年左右，我们惊喜地发现，当我们的孩子出生时，国内的童书出版变得非常丰富，好书不断。我们想把这些好书都读给菜虫听。即便我们不清楚这样的朗读对孩子究竟有什么裨益，但至少，就自身而言，我们都很享受这个朗读的过程：把孩子抱在怀内，面前摊开一本绘本，然后翻阅，一页页朗读给孩子听。

于是，就这样开始了。我们当时谁也不知道，这个习惯会持续十四年之久，成为我们家里亲子共处最重要的仪式之一。

这个故事我在人前人后讲过多遍。也有人不很相信，也有人会流露出敬佩的神色。不管什么态度，比较有代表性的问题，就是问：十四年，你们是怎么坚持下来的？

其实这很简单，因为这件事就是我们的生活方式之一，就像吃喝拉撒一样日常，根本用不着"坚持"这样的大词来形容。

此外，我当时的工作是中学教师，这是一个作息时间非常规律的工作，我不太用加夜班，也不太出差，也不太外出应酬。而虫妈呢，她的工作时间也很规律，同时也是一个很宅的妈妈，我们俩完全有时间每晚给孩子读书。

还因为，要一个孩子，是我们的自觉选择，而为这个孩子做我们力所能及的事，就是为自己的决定负责。这真的没什么。

也还要感谢奶奶。在菜虫回乡下跟奶奶一起住的时候，奶奶也会戴上老花镜，用诸暨方言，读书给菜虫听，就像她曾经给菜虫的堂哥豆豆做过的那样。这就是我们十四年为爱朗读的全部真相。

二、故事

为菜虫朗读，成了我们的一个生活习惯。每晚睡前，菜虫都会从他自己的小书架里拖一本书出来，交给爸爸或者妈妈，让我们读给他听。由谁来读，还得看他心情，他会指定我们其中的一个朗读。我的写作时间往往在晚上，每次都是给他读完书，等他睡着了，才去到自己的书房。

有一次，我们去外地一个城市听罗大佑的演唱会，大概是在菜虫4岁左右。演唱会完了开车回家，到家已经超过12点了，菜虫在车上就睡着了。我把他抱进家门，放到床上，没有把他弄醒，我与虫妈就去洗漱准备睡觉。不一会儿，就听见菜虫在不安地啜泣。我很紧张，以为他身体有什么不舒服，就去他小床边问，是不是不舒服了，是不是饿了，都说不是。刹那间我灵光乍现，我说，是不是今天没给你读书呢？菜虫说是的。于是我拿过昨天还没读完的故事书，继续念给他听。在我的朗读声中，他安然入睡。

这个故事，跟爱丽丝有一次因为爸爸去听音乐会晚归，延误为她读书，而像疯婆子一样发飙的事，如出一辙。我读到这段时，不由得哑然失笑。

那么，这样的朗读有什么作用或者价值呢？其实我也说不好。前面说了，如果将来菜虫长大了，成为一个有自己理想的人，能够回顾自己的成长经历了，那么，由他来写一篇文章，甚至像爱丽丝那样写一本书，可能会有更好的答案。当然也要看他的兴趣所在。但现在，只能暂时由我来讲一些细节。我也还是认为，朗读是会带来奇迹的。

大概菜虫十六七个月的时候，他已经会走路，也会说话了。有一天，大约在6月份，已经入夏，需要每天洗澡，我跟他妈妈给他洗完澡，把他放在床上，就去整理浴室了。突然就听见菜虫在那边念念有词，我一听，赶忙从浴室出来，发现菜虫拿着一本绘本，在那里一边翻一边读，就像他认识字一样。最有趣的一点在于，他读绘本的语气，跟我念给他听的语气，一模一样。原来，这本绘本，是这段时间菜虫最喜欢的，他一再要求我读给他听，听了一遍又一遍，把故事全部记住了。现在，他顺手拿起了这本绘本，就照猫画虎，把内容全部"读"了出来，一字不差。当时我都惊呆了。这是我第一次，感受到阅读的力量。

菜虫3周岁左右的时候，最喜欢一套斯凯瑞金色童书，《忙忙碌碌镇》和《咕噜咕噜转》。这真的是菜虫的生活启蒙书。因为里面的场景，就是我们日常生活的场景，还会以非常夸张而意外的方式呈现，令人捧腹。这套书，也给我们家长极大的帮助，让我知道阅读可以帮助孩子建立对这个世界的认知。

比如，孩子总归要生病。生病发烧，总归会打一两次点滴。作为新手爹妈，每逢感冒的季节，去医院，都是一种折磨。尤其是打点滴，因为穿刺台上，各种孩子的号哭，听得人撕心裂肺。但是菜虫从来不哭闹，他会很淡定地让护士打针。这都是读书得到的经验，因为斯凯瑞金色童书里就有很多去医院的故事。

菜虫喜欢车车，他最喜欢的玩具就是车子，之所以喜欢《忙忙碌碌镇》和《咕噜咕噜转》，就因为这里是汽车的世界，有各种各样稀奇古怪的车子。菜虫也喜欢现实中的汽车，还喜欢看汽车加油，看加油枪如何插入油箱，给汽车加满油，就又可以跑了。我跟菜虫说，你看，你就是那辆小车，现在你没油了，挂点滴就是给你这辆汽车加油，加了油，你又有力气跑了。菜虫在穿刺台从不哭喊，就因为他知道，他这是在加油。

我们每晚给孩子睡前朗读，这成了一种仪式，但我们并不带他识字。小一点儿的时候，放他在怀里读；长大一点儿，他就在自己小床上，而我们坐在他床边的椅子上读。所以虽然读了很多书，但我们并没有刻意教他识字。我也曾说过，他去念小学时，只认识一个字：中。这或许有所夸张，但基本上是实情。上了几天课之后，菜虫的小学老师就跟我说，你们家菜虫啊，真的很有意思，字不认识几个的，但是词汇量很大。我想，这大概就是每天坚持睡前朗读的收获吧。

三、陪伴

我喜欢《你能每天晚上为我读书吗》这本书，很大程度是因为，这本书写的陪伴成长的事，就是我们一家做的事。

我跟虫妈开始给菜虫念书时，爱丽丝才刚入大学，*The Reading Promise* 这本书还没有写成。更是要到 2012 年，才第一次有中文版。读到之后就觉得好好玩，跟我家做的事一样。但鉴于当时菜虫还小，我没有给他朗读这本书。直到 2018 年，这本书出了新版，我才跟他一起共读。当时，菜虫已经六年级了。这本书也成了菜虫最爱的书之一，我给他读了一遍，他自己又独立阅读了一遍。我在朗读的时候，很多次，都读到语声哽咽；但在菜虫自己独立阅读的时候，我却很多次听到他"哧哧"的笑声。我想，成年人和孩子的关注点，还真是不一样啊。

但这里我也想要回答一些家长的疑问。他们在得知这个故事的时候，包括在听我分享与菜虫共读的故事时，总会有一个偌大的疑问。为什么要念给孩子听？孩子自己读不好吗？尤其是他自己已经识字了。

对，孩子独立阅读当然也很需要，但朗读自有其不可替代的妙处。这是全身心投入的亲子相处。这个时间里，你的全部身心都是属于孩子的。别的时候，你会三心二意，有效陪伴不够。但在朗读时，你做的一切都是为了这个孩子。这让孩子知道，他被看到了，他会喜悦，从而给孩子带去极大的安全感。朗读，是陪伴的一种。

还是转述一个日本学者松居直讲的故事吧。也有人问松居直说，亲子共读有什么好处，还不如听收音机里的故事呢。松居直说，这个问题不妨问问孩子本人。一个孩子说，收音机会像妈妈一样伸出手臂拥抱我吗？

所以为什么为孩子朗读很重要，这就在于，你通过朗读，创造了一个排他的、全然独属于你俩的独特时间段，并通过这样的朗读时间，你用你自己，以及朗读的作品，塑造了这个孩子。就像爸爸布罗齐纳说的那样：你的时间和心无旁骛的关注，是送给孩子的最好礼物。

这是每晚睡前朗读最重要的一个收获。直到现在，我们与菜虫都有较为良好的沟通。尽管朗读已经停了，菜虫也去了外地求学。朗读停下来，至今不过两年，但却像过了漫长的时间段。而朗读的日子，尽管长达十四个年头，却并不觉得漫长，回头看时，每一寸时光都那么珍贵。

四、价值

关于《你能每天晚上为我读书吗》一书，还经常有人问这个问题。这个为爱朗读的"连胜"计划，持续了 3218 天，风雨无阻，一日不曾停息，那么，有什么现实的价值呢？

其实，这个疑问也是针对我的：你们每天给菜虫读书，到底收获了什么？

我想，我们可以从另外的层面来解答这个问题。

按说，爱丽丝·奥兹玛的童年并不像我们想象的那样幸福。从书里爱丽丝的叙述，我们可以看到大概。比如，爱丽丝生活在离异家庭，她妈妈在她 9 岁那年的感恩节，当着她的面，离家出走了，再也没回来。

再比如，爱丽丝的爸爸妈妈虽然都有工作，但薪水微薄，再加上他们不善理财，一家常处在经济拮据的状态，连吃一顿麦当劳都觉得奢侈。我们读到这一细节时，菜虫觉得很奇怪：在美国麦当劳不是很便宜吗，为什么他们连麦当劳都吃不起？

还有呢，有一段时间，爱丽丝特别担心肯尼迪总统的尸体会出现在她的房间里，每个晚上都在恐惧中度过。我们读过一点儿童心理学就会知道，这是一种死亡恐惧的表现。说实话，这一段我觉得爸爸的教育有失误，不够了解孩子在担心什么，没有很好地帮到孩子。其实，这段时间爱丽丝需要帮助，而爸爸没有做好。

还有呢，青春期性教育，这个爸爸也做得不够好。书里有很幽默的回忆。

总之，在很多人看来，爱丽丝出生在一个不那么完美的家庭。可是呢，用本书的策划人涂涂说的那句话："通过为爱朗读，爱丽丝终于长成了一个普通的姑娘。"这里，这个"普通"，真的是一个特别高的赞誉。

这句话什么意思？就是说，我们这些父母既不是万能的，也不是完美的，在孩子的童年时期，我们不可能不带给孩子这样那样的伤痕。绝大多数是无意的，有些甚至我们自己都不知道是如何造成的，但影响不可挽回。就像爱丽丝成长的家庭，也一样带给她各种伤痕。

但是，爱丽丝长成了一个普通的姑娘。这个普通又是什么意思呢。一方面，爱丽丝没有大红大紫，没有发大财，没有发生因为读了好多书，成为绝世天才那种神话。另一方面，也没有因为童年的阴影，而影响到她成人和继续成长。

尤其是爱丽丝的童年，总是有家境贫寒、父母离异这样的事实横亘在她面前。她连一条参加毕业舞会的裙子都买不起。按道理，一个女孩子毕业舞会的礼服总要妈妈来安排的，她同学家同样家境贫寒，妈妈却会不惜一切，斥巨资给女儿买一条价值 500 美元的裙子。而爱丽丝呢，妈妈不管，爸爸不懂，只好自己张罗。幸好因为一个好心的店员推荐，她才买到了一件价值 15 美元的、有点儿破损的礼服。

在我们看来，贫穷、单亲、无可克服的恐惧、不被重视……这些都是非常负面的因素。可是呢，即便有各种匮乏，爱丽丝唯一不匮乏的，就是爱，以及用朗读堆积起来的精神维度。

然而，我看到的更重要的一点是什么？是这个爱丽丝，她特别热爱生活，性格开朗阳光。爱丽丝拥有两种难能可贵的能力：一种是爱的能力，另一种是获得幸福的能力。她拥有一种超越平常的获得幸福的能力。

这也是我从《你能每天晚上为我读书吗》里得到的重要启示，可以来回答之前他人提出的问题。

要问读书有什么用？

因为读书，爱丽丝和爸爸都在不断地重新自我成长，读书给了他们无可比拟的精神养料。读书塑造了爱丽丝完整的心灵世界，从而使得这个女孩子，不匮乏于爱，也不匮乏于去爱，并能从日常的生活中，去勇敢追求并享受幸福——这个作用，够不够？

五、成为父亲

至于布罗齐纳这位爸爸，他已经很老了，看他早几年的照片，头发已经全白了。有读者问这本书的编辑李洁老师，为什么这位爸爸就不能再成功一点儿，他一辈子只是一个小学的图书馆工作人员，他的人生，唯有朗读，是不是很失败？

可是，人生短暂，所求者何？所谓的成功，究竟是指什么？在我看来，布罗齐纳的人生，那也是他自己的选择。

首先，布罗齐纳一辈子都在从事他最热爱的事业：为爱朗读。他为女儿朗读；他为学校的孩子们朗读；退休后，他去养老院，为老人们朗读；当他成为外祖父，又开始为外孙女朗读。在这些工作中，他被需要了，这是他独一无二的价值之所在。

其次，布罗齐纳拥有最好的生命礼物，就是一对跟他亲密无间的女儿。尤其是爱丽丝，在各种匮乏的成长岁月里，唯一不匮乏的就是爸爸的专注陪伴。这使得他们的父女关系，亲密无间，舒服自然。即便在那一年之后，因为吵架，爱丽丝再也不会把脑袋搁在爸爸的肩膀上了。但在心灵上，他们毫无隔阂，从未分开过。

这里我想提的另一个问题，就是，我们育儿，所求者何？究竟是为了这一段关系和旅程，还是为了外在的客观标准？

说实话，布罗齐纳这个爸爸，确实很笨拙。我在读这本书时，有时候也会偷偷地责怪这位爸爸，为什么不能更积极一点儿，哪怕只是为了女儿，他也可以将生活打理得更好呀！

然而这只是我的理解，布罗齐纳自有他自己的生活。读完全书，我看到两个字：接纳。布罗齐纳接纳了这一切，爱丽丝也接纳了这一切。

就像他们执行"连胜"计划的第 3170 天，那天，正值爱丽丝的毕业舞会。晚上，出发之前，爱丽丝穿着舞会的盛装——她花 15 美元买回来的礼服，偎依在父亲的身边。这个晚上，他们读的是《老古玩店》。

"当我们被抛下时……"爱丽丝相信她听到了爸爸在说："当我们被抛下时，你才 9 岁。你喜欢在紧张时咬头发，讨厌男孩和裙子。而我也害怕当一位单身父亲。"

每次读到这里，我都忍不住要泪崩。因为，爱丽丝说出了这句话，就意味着，她理解了爸爸，也理解了妈妈，从而，从现在开始，她将疗愈她自己。

我的朋友李峥嵘老师给这本书写过一篇书评，里面引用了一句名言："万物皆有裂痕，那是光照进来的地方。"故事就是照亮这世界的光。

为爱朗读，就是这道光芒。

六、未完的旅程

在我成为父亲之后的读书历程中，像读这本书这么投入和沉浸其中，我还代入其中的时候并不多，就像自己化身为布罗齐纳。笨拙的布罗齐纳，就像我初为人父时那样笨拙和不知所措。但是每晚的朗读，也让一个笨拙的父亲，找到了他最擅长的事业。

还是在 2018 年，我第二次读完这本书，总结出了几个关键词，比如约定、冒险、挫败、分离、成长、青春等。这些关键词，都指向一个孩子的成长，以及父母的自我成长。曾经，我很想把这些关键词罗列出来，然后依照这本书，以及书后所附的"连胜"书单，来做一组父母的成长课程。因为，在这本书里，我们真实地目击了爱丽丝的成长，也看到了布罗齐纳作为一个笨拙的父亲的自我成长。这些，对我们这些家长来说，意义非凡。

尽管我终究没有做成这个项目，但类似于这个项目的一个计划，我后来用另一种方式做出来了，里面有这本书的能量支持。

人生，无非是一次旅程，关键在于我们如何去经历这独一无二的旅程。布罗齐纳为爱丽丝朗读的这 3218 天，跟我们家的十四年读书陪伴一样，弥足珍贵，不可再来。如果生命的本质就是时间，那么，就让我们把时间花在最珍贵的事物上。

我们会享受这个过程，以及，期待阅读带来的无穷的可能性。这些可能性，在目下，在肉眼可见的时空内，可能还不能显示，但一定会在未来人生的旅途中，照亮我们前行的道路。

儿童阅读推广人　蔡朝阳

The Streak 3218 Days

· 第一篇 ·

"连胜"3218天

Chapter 1

9 岁

9 Years Old

我清楚记得，一切都开始于火车上。这场被我和爸爸称为"连胜"（The Streak）的长达 3218 天的读书马拉松是在一列开往波士顿的火车上拉开序幕的，当时我正在上小学三年级。

· 第 *1* 天 ·

"连胜"开幕

"我非常害怕摔倒,"胆小的狮子说,
"但是我想除了试试看之外也没有其他的办法了。
到我的背上来,我们一起努力吧。"

——

弗兰克 · 鲍姆《绿野仙踪》

L. Frank Baum, *The Wonderful Wizard of Oz*

　　我清楚记得，一切都开始于火车上。这场被我和爸爸称为"连胜"（The Streak）的长达 3218 天的读书马拉松是在一列开往波士顿的火车上拉开序幕的，当时我正在上小学三年级。几个小时的旅途中，我们一直在读弗兰克·鲍姆的《绿野仙踪》的《奥兹国的铁皮人》（*The Tin Woodman of Oz*），这是我心爱的《绿野仙踪》系列的第十二册。过道对面的一个女人注意到了我们，奇怪父亲为什么在火车上为我读书。我们的回答很简单：我们一直都这么做 —— 从我记事起，他就已经开始每晚为我读书了。他为我读的第一本书是《木偶奇遇记》（*Pinocchio*），当时我才 4 岁。虽然是坐火车去度假，但是这对我们来说跟平时没有太大区别。为什么不读书呢？为什么不坚持读书呢？

　　但是，她吃惊的样子触动了我们。如果我们在假期都能坚持读书，那么设定一个目标，然后一天不落地坚持下来该是怎样的一件难事？于是，我向爸爸提出一个大胆的建议：连续

100 天，每天晚上都读书。爸爸同意了我的想法。这就是我所记得的整件事情的缘起。

不过，如果去问我爸爸的话，他会告诉你一个完全不同的版本。

"小可爱（Lovie）"，爸爸慢条斯理地开始讲他的版本，我耐心地听着，"你的脑子撞坏了。你到底是想知道事情的真相，还是随便想到什么就写什么？"

我想各位读者一定能猜到，"小可爱"不是我的名字。我叫爱丽丝，全名是"克里斯滕·爱丽丝·奥兹玛·布罗齐纳"，但是我一般不用"克里斯滕"这个名字。"爱丽丝"和"奥兹玛"是爸爸从小说里为我选的，也是我长大以后自己决定用的名字。我花了很长时间才做出这个决定，不过这两个名字让我非常满意。

以后我会进一步解释，为什么对我来说自己的名字就像是与生俱来的符号一样贴切自然。另外，"小可爱"也不是像你所想象的只是一个表达慈爱的昵称。和爸爸所有的词汇一样，这个昵称也是有出处的 —— 这是电影《盖里甘的岛》（*Gilligan's Island*）中豪威尔先生对他妻子的爱称。我的父亲从没直呼过我的名字，"小可爱"是他最常用的称呼。但是当我摔坏什么东西，忘了什么事情，或者做了什么傻事的时候，"小可爱"后面就会添点儿其他的称呼了，比如"笨蛋"之类的。

"给我讲讲吧。"爸爸正要出门，我站在他的门口说道。

"你母亲是什么时候离开的？"他问道。

"我 10 岁那年。"

"那就是了。从 1997 年开始的，她走时我们的计划刚刚开始一年。"

"那么，当时我们读的是什么书呢？"

"嗯，"他边想边说，"应该是《绿野仙踪》系列里的一本。这套书是我们当时反复读的。我试过给你读其他的书，但是你不肯。"

至此，我们的记忆终于一致了。但是我知道，很快我们又会发生分歧。"当时我们躺在床上，刚刚读完书。"爸爸说，"我正在担心汉修先生的魔咒。"

"什么魔咒？"

"《亲爱的汉修先生》(*Dear Mr. Henshaw*) 是我当年读给凯西的书，正是读到这本书的时候，她不让我再为她读下去了。"爸爸喃喃地说，声音很小。

显然，尽管已经过去将近二十年了，这段记忆还在困扰着他。我姐姐上四年级的时候，告诉爸爸不想再听他读书了。她觉得听爸爸读书太幼稚，而且当时她已经可以自己看小说了。但是对父亲来说，中止读书并不是那么简单的事情。他在一所小学的图书馆工作，给孩子们读书是他最喜欢做的事。也许这件事是除了"父亲"这个角色之外，他做得最好的。舒缓的声音和丰富的表情使他在整个职业生涯中，受到了无数孩子的欢迎。他也受到了我的欢迎，不过这是理所当然的。

"我一度打算提议制订一个读书计划，这样一来，当我们停止一起读书的时候，至少你已经长大一些了。于是我提出了这个计划，老实说，我原以为你会订一个 100 天的期限呢。"想到当时的情景，爸爸笑了起来。我没有笑，因为我记得最初的时候，我的提议确实是 100 天。

"不对，"爸爸继续说，"当时你说，'我们读 1000 天吧！'我不得不装出一副积极响应的样子，但是实际上并没有太大信心。1000 天毕竟太长了呀。"

我不得不打断他。因为他说的跟我记忆中的完全不吻合。首先我提醒父亲，我们最初的目标是 100 天无疑。当我们达到这个目标的时候，还特地去一家小餐馆吃了一顿煎饼作为早餐，以示庆祝呢。我们决定再设定一个新目标，没有考虑像 200 天、500 天这些比较低的目标，直接决定挑战 1000 天。我把我记忆中的版本告诉父亲，他却压根儿不信。然后，当我提到我们的"连胜"计划其实发端于火车上时，他打断了我。

"啊，'暗夜离奇火车事件'！"爸爸活学活用，把我们最喜欢的一个福尔摩斯故事搬了上去。

"我记得很清楚，"爸爸继续说，"因为我从不放过任何一个表现自己是个好父亲的机会。我们当时在去波士顿周末旅游的火车上。隔壁的女人说，你们读书的样子看上去很温馨。我告诉她我们在挑战'连胜'，已经成功坚持 40 天了！我非常得意，对坚持了 40 天莫名其妙地感到得意，就像一只骄傲的孔雀一样。"

　　我们都笑了起来，但是我笑的一部分原因是我知道父亲记错了。事实上，火车上的那夜是读书的第一夜。

　　事情的重点是：不管我们回忆多少次，都不可能还原当时的真相。在个别细节上我们记得一致，但是当年的我太年幼，父亲却在慢慢变老，有些记忆被我们搞混了；关于这个读书计划的缘起，我们各自印象中的版本也常常变来变去，所以在这个问题上，我和父亲几乎不可能达成一致了。我们甚至不记得什么时候给这个计划起了"连胜"这个称呼，以及是谁想到的这个主意。如果当初我们预见到这个计划最终能坚持 3218 天，时间跨度近九年，从我上小学一直坚持到上大学的第一天，我们也许会做一下记录。甚至在计划开始几年之后，我们才开始想到把在"读热"（read hot）计划里读过的书目记下来。"读热"是我们给晚上读书的小嗜好起的另一个名字，《了不起的吉莉》（*The Great Gilly Hopkins*）中有一个短语是"火热"（red hot），被我们借用了。

　　虽然当时并不知道这个计划是否能坚持下去，但这并不意味着我们不拿它当回事儿。我们的规则一直都很清楚，也很严格：每晚必须读书至少十分钟（实际上几乎都会远远多于这个时间），而且要在午夜之前。朗读的内容原则上是我们当时读的书，但是如果时间接近午夜了，而我们还在外面，那么随便读点儿什么也可以 —— 比如杂志、棒球节目之类的。朗读的方式原则上是两个人面对面，一个读，一个听；但是如果碰巧不在一起，那么通过电话读书也可以。每当我打电话给父亲，告诉他我晚上在朋友家过夜，都能从他声音中听出不快。他会叹口气，把电话放下，我就在电话另一头等他去拿书。有时他也会让我过十分钟再打给他。

"我都还没'预读'过呢！"父亲会提出抗议。他坚持在为我朗读之前自己先"彩排"一遍 (特别是读成人书的时候，他要预先"审查")。

我们对"连胜"计划后来的细节就记得比较清楚了，一是因为离现在更近，再者也是因为我们保持的纪录越来越可观了。坚持到一千多天之后，我们在深夜的读书像一场比分紧咬的比赛一样，变得扣人心弦起来。毫无疑问，我们都会记得这个计划是如何结束的，甚至连我的父亲都不会忘记 —— 结束这个计划是我们担心了多年的。不过，在讲述结尾之前，我们需要先把开头交代清楚。坦白说，我也记不清故事是如何开始的了。

记得当时在开往波士顿的列车上，我倚着父亲，靠在他的臂弯里，头枕在他胸前，车窗外面的房屋、学校、棒球场都在快速后退，成为一片模糊的彩色光影。我们当时都为弗兰克·鲍姆和他的《绿野仙踪》系列深深着迷 —— 实际上，我们已经是在读第二遍，或许是第三遍了。父亲喜欢鲍姆在作品中体现的领袖精神和他所刻画的女性形象，更不用说他那犀利直白的幽默了 —— 每次重读都让我们捧腹不已。我则喜欢书中那些关于美丽地方的精彩描写，例如宫殿，人声喧哗、摆满珍馐的华丽餐厅，等等。快到波士顿的时候，我禁不住幻想我们住的饭店是不是就像书里格琳达女巫和林克提克国王的宫殿一样。那天晚上，当父亲读到描写翡翠城宫殿的片段时，听着那些"鲜艳的旗帜"，镶嵌着宝石的"塔楼"，我在座位上简直坐不住了，迫不及待地想快点儿住进我们预订的万豪酒店去。

听完我的回忆，父亲摇了摇头，又重讲了一遍他所记得的版本，还坚持说："反正我记得我们的计划就是这样开始的。"这已经是他在一天里第三次讲起这个故事的开头了，每次讲的都只有一些细微的差异。然后，父亲叹了口气。

"不过我的回忆也有问题 —— 它们总是一团乱。"他承认道。

我把父亲和我回忆的版本都分别做了笔记。我坐了一会儿，把两份笔记对比了一下，看看它们有什么共同点。我又想重复一遍我的版本，因为不断地重复一件事情有时候会让父亲相信我是对的（或者至少把他耗得筋疲力尽）。但是我想也许父亲看出我马上要恼了，因为我口气刚有点儿不好，他已经转身准备离开了。

"我要到衣柜里找点儿东西。"父亲边说边向楼梯走去。我不确定父亲是在警告我，还是只是这么一说，但是很显然我们的谈话到此为止了。不过我也没指望我们的意见能达成一致。但是，在我印象中，"连胜"计划确实是这样开始的。

跳跳虎什么都会

"我会游泳。"袋鼠小豆说,

"我掉到河里就能游上来。跳跳虎会游泳吗?"

"当然啦,跳跳虎什么都会。"

———

A.A. 米尔恩《维尼角落的家》

A.A. Milne, *The House at Pooh Corner*

费城的富兰克林纪念馆中央有一尊富兰克林的雕像，表情看上去严肃中带着一丝厌世的味道。在成为富兰克林学院的会员几年之后，我站在这尊雕像前面，但是目光没有停留在他身上。今天，我们望向了上空。

在纪念馆八十二英尺高的穹顶中央，一个男人悬空吊在那里，一只胳膊用红绸带系着，身体微微晃动，像风铃一样随风轻摆。纪念馆里很安静 —— 至少我很安静。奇怪的是，我的父亲发出了惊叹的微笑。透过那个奇怪男人鲜艳的紧身衣，可以把他的肌肉看得清清楚楚，紧绷且颤动着。尽管他在八十英尺的高处，我仍能看到汗水从他的前额滑落。但是，他仍然是一副波澜不惊的样子。他那遥远安详的微笑很明显是经过练习的。对我来说，这让表演更有吸引力，因为我喜欢表演技巧。他不是孩子，不是仅仅为了好玩才尝试杂技表演。他是专业的杂技演员，正在像往常一样工作，即使没有乐趣，也会精确优雅地做好每一个动作。

人们付钱给他让他创造美，而他完成得如此出色。

"我们来这里就是为了看表演吗？"我问。我们是费城各博物馆的会员，每周末都会去参观，但是今天我们早早来到了富兰克林纪念馆。父亲点了点头。

我明白了父亲的用意，尽管他并没有明说。自从短短几周前，我们的"连胜"计划实施以来，仿佛就在进行一次类似的平衡表演。当然，我们所做的事情很美妙，但也很难。有时我会感到厌倦，真的厌倦。上周六我们去巴尔的摩一日游，回来已经很晚，我都快困得睁不开眼睛了，强打着精神听父亲读完《詹姆斯与大仙桃》(*James and the Giant Peach*) 的最后几页，然后第二天晚上又让父亲重读了一遍，因为我好像梦到了书中的内容。但是事实上，我并没有做梦 —— 罗尔德·达尔的书似乎就是有种魔力，让一切看上去恍如梦境。鲜艳的色彩，有时暗示着绝望的潜在的阴暗。对这本书整体来说，结尾似乎有点儿太"大团圆"了，不过我是那种喜欢大团圆结局的读者。

"你以后会干这个吗？"父亲指着那个穿着怪异的表演服的人问，让我看那有多高。我目不转睛地盯着那个人，回答说："当然会。为什么不呢？"

"很多人都会这么说。这个人对自己的工作很有把握，但仍然是有风险的。你确定你会到那么高的地方去？万一掉下来怎么办？你的脑袋会开花，脑浆会在大理石地面上溅得一塌糊涂，最后工作人员还会让我来清理干净。"

我看了看空中的那个人。他看上去非常卖力，但也不见疲色，动作自始至终都非常流畅自如。我们身后站着至少一百个人，都在仰头向上看。

最后，我欢快地说："如果我死了，每个人都会看着我呢。"

父亲大笑起来，我们又站在那里抻着脖子看了几分钟。我越思考这个问题，就越不明白，我们到底是在为这个人喝彩，还是心底暗暗期待他从上面摔下来。如果在众目睽睽之下，在做自己热爱的事情的时候死去，会是一种很糟糕的死法吗？

但是继而我又觉得无法想象，在众目睽睽之下做自己喜欢的任何一件事情会是什么感觉。我们喜欢朗读，迄今为止"连胜"计划进展正常，我们也很乐在其中，一个晚上也没有落下。但是我希望给这件事保持一些私密性，在没有外人关注的前提下在家里完成，不让别人知道。我甚至都没有告诉我的朋友们。我有信心我们能坚持到 100 个晚上 —— 这听上去一点儿都不难。但是父亲却不这么确信，这让我有点儿紧张。如果我们失败的话，至少别人不会看到。这跟那个杂技演员不同。如果他掉下来，每个人都能看见。是的，他是在做自己喜欢的事情的时候死去的，但是每个人都会见证他的失败。当然，并不是说他看起来真的快摔下来了。他还在上面挥汗如雨地努力表演着，而且自己也胸有成竹。

我们也和他一样。

杂技演员在上面用了一个小装置，一个银光闪闪的像迷你飞机一样的东西，它吸引了我的目光。起初我以为它只是一个道具，配合那个人扮演角色的需要。也许他是在演一个飞行员，要让飞机停在半空，跳出机舱吊在云端。但是随后我注意到那个飞机也在摇摆，只不过比演员摇摆的幅度小一些，是一种难以察觉但是又有点儿催眠的摇摆。我的视线从那个演员移到了飞机。我在等待着什么事情的发生，但又不知道究竟在等什么。那架飞机会飞起来吗？看过那位演员靠一条手帕在我们头顶上悬荡之后，就算飞机真的飞起来，还会让人印象深刻吗？

突然，一道彩色的光从那架道具飞机的窗户里闪过。原来飞机里是有人，或者有东西的。似乎这幕演出马上就要按照固定的套路结束了，但是那个男演员慢慢靠近了飞机的门。一个身穿彩色漂亮衣服的女演员从飞机狭小的座位上跃向男演员。我不禁倒抽了一口凉气。她要和男演员一起吊在空中吗？为什么男演员在进行整个屋顶表演时，让她在那个小飞机里蜷缩得像一个线团一样等着呢？这似乎有点儿自私。而且最主要的一点是，这样做太傻了，因为那个女演员是一个不折不扣的大美人。

女演员和男演员在空中共舞起来，仿佛一曲安静却又饱含激情的二重奏。她拉着他的手悬在空中，再一次打破了我们的想象。我看到了她对他的信任。如果我是女演员，他把我关在一个箱子里，自己却接受着众人的目光时，我应该不会信任他吧。不过，当他们的表演结束时，我仍然鼓掌了，为她。

随后我和父亲到纪念馆的"高地"，分享我们从家里带的午餐 —— 花生酱三明治。这里是我们的秘密据点，藏在楼梯的顶端，毫不起眼，却可以俯瞰中庭。"高地"是观察人们的绝佳地点，我和父亲都很喜欢那里。爬楼梯的时候，我为一个玩悠悠球的男孩分了神，不小心被鞋带绊倒了。

"你这个小笨猴！"父亲一边扶我起来，一边慈爱地责备道，"如果你是从那架飞机上摔下来，那么上面的人还没时间拉你，你就会大头朝下落地。我在下面也来不及接你。就算接了，也会被你撞死。"

"我不会摔下来的。"我接过父亲递过来的三明治，回答说。父亲总是涂一层厚厚的花生酱让我们吃，而我试图把它拨少一点儿。"我是说，上面的那个女人比那个男人好多了。"我继续说，"这不难看出来。"

我知道父亲被我说服了。他向来都主张男女平等，最有说服力的证据就是他生了两个女儿。妇女领袖们在不断地影响着他。也正是因为这个，到现在我们的读书计划除了重读《绿野仙踪》系列之外，还没有什么大的进展。那些可爱的女巫们，冷静而善良（当然也很美丽），是我和父亲最早共同结识的文学人物朋友。父亲欣赏坚强的女人，尤其是那种聪明而又有些蛮横的女人。尽管我经常把衬衫穿反，最近又用厨房的剪刀把眉毛剪秃了，父亲仍然坚信我和所有的女人一样，是能成大器的。

我继续侃侃而谈："是的，那个女人是表演的主角。在她出现之前，那个男人不知道自己在做什么，他只是在不停地流汗、旋转。那个女人让这场表演有了生命。"

我们花了一点儿时间，来庆贺自己得到了这个高高的宝座，还为自己强大的"观人术"庆幸——因为我们隔着几个巨大的标志，一眼就看见了大厅另一头的男杂技演员。他正在从衣橱里取出一套新的表演服。直到今天，我还是不明白为什么一家科学博物馆会邀请杂技演员在天花板上跳舞。但是他一定给博物馆的人留下了深刻的印象，因为他似乎已经在准备第二场表演了。

"我要去和他聊聊。"父亲说。

我无所谓地耸了耸肩，继续拨三明治上的奶油。我讨厌厚厚的花生酱，一个用锡纸包着放在帆布旅行包底层几个小时变得又湿又黏的三明治都比它强。而我还没能说服父亲，花生酱和果酱三明治的面包一般不涂奶油，至少不会两边都涂上厚厚的奶油。

看到父亲笑着回来了，我决定把三明治上的果酱吃光，然后把剩下的一大块都留给他解决。"嗯，"父亲边坐边说，"似乎你有机会啦。"我以为他的意思是我们要去博物馆的餐厅吃一顿呢，被果酱弄得黏黏的脸上马上笑出了酒窝，眉毛也高高地扬了起来。

"真的吗？"

"是啊，"他说，"都说好啦。我跟那个人谈过了，他好像是个很不错的人，而且正在为他妻子的肠胃炎担心。他觉得他妻子可能不能坚持完成下一场演出了。于是我就告诉他你已经演过两次高中的戏了，面对观众表现非常出色，也一点儿都不恐高。他大大地松了口气！他正在找有没有你能穿的演出服。如果没有的话，我估计你就要穿着自己的衣服上去表演啦。"

我看了看自己褪了色的 T 恤，上面很多绿色的星形绣花都被紫色的果酱渍盖住了。但这还不是我最担心的。"他真的那么说吗？"我认真地问。有时候父亲骗我的时候也能装出一本正经的样子。这可能是个玩笑。"当然啦，我告诉他你才 9 岁的时候他有点儿吃惊。但是听过你所有的经历之后，知道了你在聚光灯下会表现得多么优秀，我想他就安心了。话说回来，他还有别的选择吗？"

父亲边说边摇着头，似乎这件事已经是板上钉钉了。

我在考虑。是的，能上去表演确实让我兴奋，但我不想这样一点儿准备都没有就上去。那个人显然是练过多次的，他能在完成整套表演的同时还面带标准微笑。我也需要一个标准微笑，而这要化时间 —— 至少几个小时。如果父亲坚持一下 —— 就像他一贯坚持在为我朗读之前把每个章节都要练习读一遍 —— 那么在我去玩命之前就能有一次简短的彩排了。

"下一场表演是什么时候？"我问。父亲看了看表。

"1 点。"他答道，然后指了指我的三明治，"所以你最好快点儿把它吞下去。"一想到要吃掉这块黏糊糊的东西 —— 更别提"吞"了 —— 我就反胃。

"我觉得我还没准备好,"我说,"我需要练习。"

"他说在你出场之前,以及整个表演过程中他都会告诉你该怎么做。听起来挺简单的。记住,那个女人是后来才出来的。在男演员表演的时候你可以观察他,记住要领。要记住他是怎么做的。"

"万一那个小飞机装不下我怎么办?"

"你是个小女孩,那个女演员是个成年人。她进得去,你也能进去。"

父亲沉默了几分钟,安静地吃着东西。我悄悄地把三明治放在身后,窸窸窣窣地在袋子里找到了一些奶酪饼干,一边想事情,一边"咯吱咯吱"地大嚼起来。"嚼东西的时候把嘴巴闭上!"我刚嚼第一口就遭到了父亲的训斥。咀嚼的时候发出声音是父亲最厌恶的恶习之一。"你能在上百人面前单手吊在空中,就不能在嚼饼干的时候把嘴巴闭上吗?"

我闭上嘴巴,继续想我的心事。如果我知道自己要做的事情是什么,就不会害怕到那么高的地方去,也能在很短的时间里适应。但是在尝试"登台"演出之前,我至少需要在地面上进行一次"彩排"。两个成年人,两个有工作有妻子(尽管我的父母正在迅速对彼此失去兴趣),同时也对科学博物馆感兴趣的男人,怎么能指望一个孩子连一次短短的彩排都没有,就到半空中去表演杂技呢？

"他在那儿！"那个演员再次出现的时候，父亲喊了一声。这次他换了一套服装。"我去跟他谈谈。把你的三明治吃完，不然就没机会吃了！"

父亲走下楼梯，消失在人群里。现在人多了不少，因为很多学生团队都集中在中庭里吃午餐。我从高高的位子上溜下来，把手上的三明治用锡纸包起来扔进了最近的垃圾桶，只留下一点儿面包屑。所有既挑食，又食欲不振，还喜欢浪费食物的孩子都知道，干干净净的盘子太明显了，你得留下一些面包屑才行，还得在脸上留点儿。我完成了这些掩饰，远远地看到父亲正在走近，赶紧回到自己的位子上。"真不幸，"父亲边上楼梯边摇头叹息，"他们找不到适合你的服装，合适的也都沾上了汗渍。而且他的妻子在最后一刻又恢复了体力。""真的吗？"我说，"那太遗憾了，我正准备上场呢。"

此时此刻，我才相信这件事情是真的。这原本是一次绝佳的机会。当然，练习无疑能让我做得更好，但这并不代表我现在没有做好上场的准备。我原本可以边做边摸索的。这也是我们在过去的几周里在做的事情，躺在父亲舒适的大床上，依偎在他身边，听他朗读他认为经典的书，每晚都在进行着。我们已经在尝试做一些看起来不可能的事情，并且在坚持中慢慢实现目标。我们已经摸到了门道。

"是的，"我无比确定地说，"如果他们真的需要我的话，我会很乐意帮忙的。就算他们不需要我也愿意。如果有适合我尺码的演出服，我会上去的，其他孩子看见一个和他们一样的孩子在上面一定会很高兴的。我敢打赌，我一定会做得很好。"

父亲笑了。

"我敢打赌。"他重复了我这句话。

"也许等下次吧。"

"也许等下次吧。"他又重复了一次，随后从袋子里又拿出一个三明治，放在了我的膝盖上。

管他呢，1000 夜！

玛丽是一个古怪倔强的小女孩，
现在她决定要做一件有趣的事情，
她真的对这件事情非常投入。

——

弗朗西丝 · 霍奇森 · 伯内特《秘密花园》
Frances Hodgson Burnett, *The Secret Garden*

父亲带着一种终结的神情合上了书，尽管这本书还差一两个晚上才能读完。我们在史蒂芬·曼尼斯的《三天成为一个完美的人》（*Be a Perfect Person in Just Three Days*）上面花了很多工夫。这是一本薄薄的平装书，讲的是一个男孩得到了一本人生改进指南，里面有很多稀奇古怪的建议。昨晚我们读到，那本指南怂恿男孩把一块西蓝花用细绳穿起来挂在脖子上。我和父亲都忍不住捧腹大笑，觉得这样一个馊主意能改变一个人的人生实在是太荒谬了。那天读完之后，我和父亲还偎依在他的床上，兴致勃勃地谈笑那本奇怪的指南。今晚要读的章节也同样搞笑，甚至有过之而无不及。但是读完之后，我们却没有笑 —— 应该说没有马上笑出来。我们沉默地坐了一会儿，只是在微笑；然后我开始兴奋地咯咯笑出声，父亲也大笑起来，但是我不知道他为什么笑。这种莫名其妙的感觉让我们觉得更加好笑，所以我们笑得更加厉害，都快停不下来了。当我们平静下来的时候，突然有一种奇怪的感觉，具体是什么感觉我们也不清楚。经过这么多天的紧张和期待，一直让我们忐忑不安的"平衡木表演"终于告一段落。我们完成了读书 100 天的计划。我们实现了自己的目标。

"我们应该做点儿什么庆祝一下呢？"爸爸问。

我们都想不出来。但我们是开心的，非常开心，不过没有大肆庆祝罢了。几年后，当姐姐考上耶鲁的时候，爸爸也只是为她从"棒！约翰"买了一个中号披萨。其实这根本算不上什么"惊喜"，因为父亲为了庆祝我们的读书计划告一段落，还提议下了一次馆子呢。"我们明天早上去'弗利克'吧。"爸爸说，声音听起来格外激动。如果你去过"弗利克"的话，就会怀疑他有点儿激动过头了。

"弗利克"餐馆最大的"特色"就是没有特色。它面积不大，毫不起眼，位于城里比较穷的地段，但是也不至于在贫民窟。它呈长方形，矮墩墩的，天花板有点儿低，不过不注意的话看不出来。墙面刷成了白色，地上铺着地板砖，桌子是灰色的，椅子坐久了可能会有点儿不舒服，不过在你觉得不舒服之前足够吃完 顿饭了。餐厅里有很重的烟味，就好像每位客人饭前或者饭后都要抽一支烟一样，不过空气倒是从不混浊。这就是我们要去庆祝的地方，之所以选择这里，并不是因为它是新泽西州米尔维尔市最好的餐馆。

嗯，实际上，在米尔维尔也确实找不到比它更好的地方了。

我们多年来一直光顾"弗利克"——甚至都记不清这个传统是从什么时候开始的了。爸爸不喜欢在外面吃饭，更别提去那种正儿八经地坐着吃饭的餐厅了（或者用他的话说，去那种"管家侍奉左右"的地方）。不过，在我们家附近的街上，"弗利克"似乎成了他唯一能接受的地方，父亲不介意那里的"管家"，甚至似乎也不介意花掉 10 或 15 美元来开始新的一天。

我们走进餐厅，坐在靠近门的老位子上。我们连菜单都不用看，因为每次来都点一样的食物——父亲要煎饼，我要肉桂葡萄法式吐司。我们每次都坚持着这个惯例，就好像打定主意要用自己的极度坚定来对抗这里的随意氛围一样。这顿早餐很难看出来有什么"庆祝"的意思，因为跟以前没有任何区别。不过还是有一些不同，空气中充满了达成目标的满足感。尽管这次桌子附近的空调不停地嗡嗡作响，但还是有一些美好的事情点亮这个清晨。尽管身后的窗子很小，看不到太阳，但我们的视野之内没有一丝云，天空的颜色也很漂亮，就像刚刚染好颜料未干的复活节彩蛋。

我一边小口喝着一杯冰爽茶——照例加柠檬不加糖，一边等着我们的早餐。父亲喜欢等他的早餐来了再点饮料，于是他现在只好把手放在桌上，四处打量其他客人。父亲冲远处笑了一下，笑得有点儿傻，而且别人肯定也注意到他了，因为随后这家店的主厨兼老板走了过来。因为我们频频光顾这里，跟他很熟，他也经常过来打招呼。但是这次有点儿不同寻常，因为我们的早饭还没上桌他就过来了。

"吉姆，"他打了个招呼。他从厨房出来，用一块洗碗布擦着手，"我就是过来问一下，你中乐透了吗？还是中什么大奖了？因为你从坐下到现在一直在不停地笑。还没吃到我那举世闻名的煎饼就笑成这样了。"

"宝贝，你想告诉他是怎么回事儿吗？"

不管来过"弗利克"多少次，我还是不好意思跟弗利金杰先生说话。他有一种欢快的、孩子气的神情，跟大多数成年人的沉闷相比，这种神情让我更加畏惧。他工作非常努力，但是又像一个刚刚发现宝贝的孩子一样快乐爱玩。他见到我们总是发自真心地高兴。

我担心自己不能配合他的热情，一大早就扫了他的兴，这样他会觉得我是个既乏味又沉闷的人。我发现那些爽朗的成年人通常都既有积极向上的一面又有消极疲惫的一面。

"好吧，弗利金杰先生。"

"叫我弗利克就行，你知道的。"他冲我眨了眨眼睛。

"好吧，弗利克。"我说，"我们做到了。我们坚持读书读了100个晚上。"

话刚一出口，我马上意识到他可能不知道我在说什么。在过去的半个来月里，父亲和我都变得如此充满动力，目标明确，我甚至都忘了并不是每个人都像我们一样在进行一个读书计划。在我的印象中，每个家庭都在试图创造一个读书纪录。也许他们会设定一个低一点儿的目标，虽然我们完成了 100 夜，但这仍然是个很可观的任务。可是，难道不是每个孩子都在洗完一个热水澡之后爬上床，依偎在父母身边，听他们读一两章《小淘气拉蒙娜》（*Ramona the Pest*）或者《詹姆斯与大仙桃》吗？我甚至以为弗利克之所以不明白，只是因为他没有孩子呢。然后我不得不提醒自己，这不是一件寻常的事儿，可能需要费一些口舌解释一下。这时父亲插话了：

"是这样的，弗利克，我们以前设定了一个目标：每天晚上都读书，连续读 100 个晚上，一晚都不能少。昨晚是我们的收官之夜 —— 第 100 夜。所以，我们今天特意来你这里吃点儿油腻的剩饭庆祝一下。"

在父亲口中，所有的食物都是"剩饭"或者"油腻的剩饭"；这句话还暗暗称赞"弗利克"是个适合庆功的有品位的餐馆，只不过父亲的话有意无意地带了点儿讽刺的口气。弗利克笑了，还有些脸红，可能他有些糊涂，不知道自己是被小小地冒犯了一下还是被大大地称赞了一番。弗利克了解我父亲，可能那句话里两种意思都有，不过他过了一会儿才搞清楚。

"这么说，这应该算个小派对了！"他的脸色逐渐恢复了正常。按理说，他早就应该回厨房了，但是我们这个精彩的故事勾起了他的好奇心。他站在桌子旁边，开始向我们提问。

这件事难吗？不，不是很难。我们之前已经养成了几乎每晚都读书的习惯，所以适应起来并不费劲。真的，我们觉得就算当初没有要挑战"连胜",可能也就仅仅会落下六七个晚上而已。甚至可能还要少一点儿。

我们会不会漏掉几个晚上没读书?嗯,每天晚上都要读书已经深深地种在我们的脑子里了,所以不可能忘记。但是有几次因为一些其他的原因,我们差点儿就放弃了当天的计划,一页书都不碰就去睡觉。比如当我生病的时候,因为害怕把流感传染给父亲,所以不敢离他太近,想离他远远的;或者当我们出去玩得太晚(对一个9岁的孩子来说),比如有时看完一场演出或者棒球赛回家已经10点或者11点了,我想父亲和我都想懒洋洋地爬上床,拉过被子蒙头大睡。但是我们当然从没这样做过,因为我们有一个目标,尽管难免会遇到诱惑。

我们每一本书都读完了吗?是的,目前为止每本都读完了。

坚持一段时间之后,这样例行公事般的读书会不会变得很无聊?这个问题听起来有点儿蠢;而且问这个问题的人恰好是每次光顾都会有条不紊地给我们做同样饭菜的人,这就让人觉得更加好笑了。我们对"例行公事"已经习以为常了,但是"连胜"又与一般的例行公事不同。每个晚上都是不一样的,因为每个故事都不一样。尽管有的书开头拖沓无聊,有的书后半部分拖沓无聊,但是我们的目标在一步步地接近,这仍然让我们感到兴奋不已,无聊的内容也变得稍稍有趣起来。不过正如父亲告诉弗利克的那样,每个保持阅读习惯的人也会有同感,其实每天晚上唯一重复不变的动作就是翻页。每次捧起一本新书的时候，除了翻页，其他的一切都不同了。一张张不熟悉的新面孔会把我们深深地带入一个新的情境。"连胜"虽然是保留节目，但是与父女之间其他的互动相比，它又远算不上"例行公事"。

最后一个问题，他问道："接下来会怎么做呢？"我和父亲都看着他，好像在等着他继续说下去，就像这是一个设问句而不是疑问句，他自己清楚这个问题的答案一样。我们什么都没说，只是对他笑了笑，因为我们也还没想好怎么回答。我们之前谈论的主要是计划完成之后怎么庆祝，因为直到昨晚我们才完成计划。我们知道应该继续下去，因为读书本来就是一直在坚持的。但是，接下来要怎么做呢？我们只能对他耸了耸肩，皱了皱眉。我们只能装作没有认真考虑过这个问题，因为在正式宣布我们的"官方计划"之前，我们得进行反复的讨论。父亲的性格中有好强的一面，这种性格让他即使在平时也喜欢挑战自我，所以一旦告诉别人他的目标，他就会竭尽全力去完成，不会退缩。弗利金杰先生离开了，过了一会儿把我们的食物端了上来。于是，我和父亲边吃边开始讨论下一步的计划。

"我们得重新制订游戏规则了，宝贝。"

我一边想，一边以最快的速度打开了五个黄油小料盒。父亲的手总是发抖，所以完成一些比较精确的动作对他来说有些难度，例如撕开餐馆里提供的黄油料盒上的那层铝箔。父亲吃煎饼的时候喜欢在上面加五小盒黄油，而且喜欢趁煎饼刚出锅的时候倒上，这样黄油会融化得比较均匀。于是我和父亲组成了一条小型的流水线 —— 我打开一个递给他，他倒在煎饼上，这时下一个我也给他准备好了，所有的动作都完成得那么流畅自然。

"你知道，爸爸，"帮父亲把煎饼加好黄油之后，我终于可以享受自己的那份早餐了，"这件事我考虑过很多次。而且是再三考虑。考虑之后，我觉得对我们来说，再制订一个1000夜的计划比较合理。"

说完我从眼镜上方看了看爸爸，然后比画了一下"1000"。我以为父亲听了会大笑，但是他却惊讶地睁大了眼睛，停止了咀嚼。"1000夜！那200夜、500夜呢？你怎么想的？怎么会认为我们下一个计划应该自动乘以十呢？如果这个计划能完成，又要重新制订计划的话，那岂不是就要读10000夜了。到那时我可能要在养老院里给你读书，而且要冲着你的助听器大声喊了。"

"我可没说过10000夜，我说的是1000夜。是的，这个计划的确是我们目前'连胜'计划的十倍，但这真的是一个很难完成的任务吗？我是认真的，爸爸。这真的是个很难完成的任务吗？我觉得不是。至少对我来说不难。"

我说得有些语无伦次，因为这个主意是我一两分钟以前刚刚想到的。我都不记得本来要提什么建议了，但肯定不是1000夜。

不过，当我提出这个计划的时候，就觉得它非常正确。1000 夜。1000 夜的读书计划 —— 尽管比《一千零一夜》还少一夜，却同样令人印象深刻。

"那么，"父亲盯着面前的煎饼，好像向他提出挑战的是煎饼，而不是我，"1000 夜中间可能会发生很多事情。你知道，这可是好几年呢。你现在只有 9 岁，完成计划的时候你多大了？谁知道到时候我们的生活会变成什么样呢？"

父亲仍然盯着煎饼，没有看我，好像它们会说话一样。也许煎饼上的糖浆在向父亲传递某种未来的信息，给他某种启示帮他做出决定。如果糖浆真的会说话，那么它和我就是一条战线，因为父亲最后摇了摇头，说："不过我想试试也没关系。管他呢。1000 夜。"

我高兴地鼓起了掌，把手臂举过头顶高兴地挥舞起来。尽管这个主意只是刚刚想到的，但是好像我已经期待这一刻很久了。也许几个月来，这个想法一直在我的潜意识里，也许本来就没什么逻辑可言。

我的鼓掌和手势一定是被餐馆里的女招待误解了，她以为我想找弗利金杰先生呢。因为她进了厨房，出来的时候弗利金杰先生跟在后面，来到我们桌旁。

"饭菜味道如何？物有所值吧？"我向父亲快速地使了个眼色。于是父亲笑着说：

"弗利克，我的女儿想让我来告诉你一个重大消息呢。我想，你的餐厅已经成为'连胜'计划的官方赞助商了，因为我们还没吃完这些'残羹冷炙'，就已经制定了一个新的目标 —— 1000 夜。而且，这是她的主意。"

父亲一边指了指我，一边吮了吮食指上的糖浆。我冲弗利克笑了一下，但是他的表情看上去比较迷惑，而不是兴致勃勃。"嗯，那不是很好嘛。"他说，听上去有些兴味索然。他又问了几个关于食物的问题，给我们添了些饮料，又回厨房去了。他虽然笑着，但是并没有对我们的大新闻表现出太多热情。那是我第一次意识到，没有一个人真正理解我们在努力什么，在做什么。

· 第 *185* 天 ·

"讨厌男孩者"俱乐部

"猪这样叫人讨厌，

一个男孩子要是像头猪，

就加倍叫人讨厌。"

——

查尔斯·狄更斯《远大前程》

Charles Dickens, *Great Expectations*

"我们的会员都到齐了吗？"爸爸问。

我指了指自己，又指了指他，然后点了点头。

"很好。我想，会议可以正式开始了。"

通风口和窗子之间有个空隙，我不小心卡进了里面，衬衫被一颗钉子钩住了。幸好爸爸及时发现了，替我把衣服解了下来。我们在博物馆里找了个没人会注意的僻静角落，我们俱乐部的第一次会议就这样开始了。"我们得唱一下会歌，"我说，"不然这次会议就不正式了。"

我一本正经地清了清嗓子，好像要准备唱歌剧一样；用手搓了搓脖子，然后慢慢地把脖子前后左右动了动。这个热身动作是在学校里跟我的音乐老师学的。我们的"会歌"很简短，但却是这个会议最重要的组成部分。一切都必须像模像样的 —— 不能稀里糊涂。

"我们是 —— 美国讨厌男孩者俱乐部！"我和爸爸齐唱。

"我觉得我们应该大点儿声。"我说，因为我发现一些路过的人甚至都没往我们这边扫一眼。会歌的第一要务也许应该是吸引眼球。因为它是要昭告天下："不管你们喜不喜欢，我们就在这里开会。如果你们是男孩，那么我们希望你们还是别喜欢好了。"

"看来你要开始一展歌喉了。"爸爸说，又看了看离我们不远的一家人。不过等他们走进另一个展厅，父亲看了看周围，确认没有人进来之后，冲我点头示意。

"我们是 —— 美 —— 国 —— 讨 —— 厌 —— 男 —— 孩 —— 者 —— 俱乐部！"这次我不像唱，更像号叫。

爸爸把鞋脱下来，像戴手套一样套在手上，打着拍子。他打的拍子跟我唱的完全不在一个调上，但是听起来却很和谐。我唱（或者说"号"）了这首歌差不多十遍，最后自己累得够呛。爸爸的鞋仍然套在手上，还在欢快地按照他想当然的旋律打着拍子。我静静地等着他打完，不承想他却停不下来了，闭着眼睛摇头晃脑，嘴里还哼着曲子。最后我终于听清楚，他哼的竟然是汉克·威廉姆斯的歌。于是，我不得不把父亲的注意力拉回到我们的会议上来。我们开会的地方确实容易让人分心，但还不至于让人分心到这个地步。

"美国讨厌男孩者俱乐部"不像"连胜"计划要求那么严格。我们已经坚持读书将近 200 天了。目前我们热衷于拉蒙娜·昆比的故事，无法自拔，虽然我们不是按作品的先后顺序读的，但是这丝毫没有减少这些作品的趣味。在拉蒙娜的故事中，我仿佛看到了长满雀斑、皮包骨头的自己。作为"美国讨厌男孩者俱乐部"的会员，我特别喜欢《小淘气拉蒙娜》那本书里拉蒙娜在操场上追着大卫跑的那个情节。就我本身来说，我自认为不是一个淘气包，但是必要的时候我也会追着那些男孩跑——只不过"必要的时候"出现的频率比较高，因为我是"美国讨厌男孩者俱乐部"的忠实会员。

我们偶尔聚会，每次经过俱乐部会所附近的时候会进行一些活动——可能比你想的要频繁一些，因为那儿离我们家有一个小时的路程。我们的会所在费城的自然科学研究院二楼，在一个恐龙展厅的后面。那儿有一个铺着地毯的楼梯，往上通向一扇大大的窗户，窗外的景色美不胜收。于是，这里就成了我们开会地点的不二之选。我们的议程上主要有两件事，其中第一件已经完成了——齐唱会歌。歌词是爸爸写的，但是曲调不是很固定；很可能是根据我们当地一档新闻节目的片头曲改编的。因为这曲子很短，我们经常一唱好几遍，就像俱乐部开幕式唱的那样。不过，每重复一次演唱水平就会下降一点儿。第一件事结束之后，接下来就轮到第二项议程了。

"快看那个男孩！老天，一看就知道他有什么毛病；他的卧室一定脏乱、邋遢。脏衣服堆得到处都是，床下面扔着吃的，每个墙角都扔着杂志。真丢人啊。"

我从没去过男孩的卧室，不过我在书里读到了。"你没有资格指责他们，宝贝。你看过过去一两年你自己的房间是什么样的吗？""这到底是讨厌女孩者俱乐部，还是讨厌男孩者俱乐部？我可不像男孩一样。""不，你不完全像。我们试着分析一下这个男孩。他的问题很明显，你只需仔细观察一下就能发现。他嚼东西的时候总是张着嘴巴。"那个男孩现在在我们正下方，我斜着眼睛瞥了一下。他的嘴的确又大又噘。如果说他的脸部肌肉控制不了这样一张大嘴，我也不会感到奇怪。

并非人人都能看一眼就判断出这些细节，尤其是从四十英尺开外。很多人要想有这样的本事需要进行大量的练习，学习很多技巧。我们恰好拥有这些本领。这里成为我们的据点已经很多年了，甚至可以追溯到我还是个用纸尿裤的婴儿的时候，追溯到"连胜"计划之前。我觉得在一家很大的公共博物馆中央，秘密地做点儿什么事情的感觉很不赖。这让我觉得自己像《来自巴塞尔·易·弗兰克韦勒夫人乱糟糟的文件摘录》(*From the Mixed-up Files of Mrs. Basil E. Frankweiler*)（其改编的电影名为《天使雕像》）里的克劳迪娅·金凯德，藏在大都会博物馆里。我会爬上我的位置，瞅着窗外，寻找那些我们看不顺眼的男孩。起初，这对我来说很难。上学以前我最好的朋友都是男孩，因为我们有相同的兴趣爱好：在一天结束之前把衣服给弄到脏得不能再脏。但是随着年龄的增长，我觉得男孩越来越奇怪，对他们也越来越无话可说。到三年级的时候，男孩在我眼里形成了这样的印象：怪异，外星来客，通常都有口臭，穿着不合身的球衣。我想，这一切都是他们自己造成的。所以我们坐在我们的"俱乐部"里，毫不留情地嘲笑他们。因为或许全世界的男孩也都有这样的俱乐部，也会做同样的事情。可能不完全一样，但也是差不多的事情。不过关于我们的俱乐部会议，我有一些问题一直都想问问父亲。有些事情不太对劲。

"爸爸，有件事我考虑很久啦。你当美国讨厌男孩者俱乐部的副会长，不就成了叛徒了吗？我看过你上小学时候的照片，上面你可是个彻彻底底的男孩啊。你剪着和其他男孩一样的短发，其他的也都一样。在一些照片里，你笑起来也和那些男孩一样呢。"

"我没有否认呀，我曾经是一个男孩。和那些最淘气的男孩一起玩，整天又臭又吵。我们当时在家里不能洗澡，所以我总是浑身臭烘烘的。不过我也只是后来这么认为，当时可一点儿都没发觉。因为所有那个年纪的男孩都臭烘烘的。不得不承认，我和他们很能打成一片呢。"

"是的，听起来你以前的确是个典型的男孩。我见过像你那样的男孩，那种臭烘烘的。"

"不过，在找史小的时候，我也没那么糟糕。我很整洁，也很有礼貌，像一个女孩子一样。我的幼儿园老师总把我的名字读成'珍妮'，而不是'詹姆斯'。她自己也从没发现这个错误。"

"从没发现？怎么可能？！她一直把你当成女孩？你都没吭声吗？奶奶也没说什么吗？我不相信。我觉得她是在故意取笑你。"

"不不不，我百分之百确定。"爸爸引用了苏斯博士的绕口令书《口袋里的毛怪》(*There's a Wocket in My Pocket*) 来强调自己的观点："我确定她把我当成了一个女孩，把我的名字也当成了珍妮。如果她现在还活着，在街上遇到我，我想她还会喊我珍妮的。"

我看了看父亲六英尺三英寸的个头，发达的肌肉线条透过衬衫和长裤明显地被勾勒出来。我不相信有人遇到父亲会喊他女人的名字，那实在太搞笑了。

"你为什么从来不告诉她弄错了？你明明知道她把你的名字和性别弄错了。"

"嗯，宝贝，你不觉得珍妮这个名字比詹姆斯好听多了吗？"

"不！我觉得这两个名字差不多，但是不管怎样，我都希望别人喊我自己的名字。""嗯，说不定有一天你会改变主意的。也许我会把我的名字改成珍妮。""那你就改吧。谁能管得了你呢？你是个大人，有一栋房子，还有一份工作。"我这句话的意思是想说，他可以想干什么就干什么，不会有任何后果。"这正是问题所在呀。房子的文件上写的名字是詹姆斯，现在改名字已经来不及啦。"

我遗憾地看了父亲一眼。这的确是个问题。我无数次见过父亲在各种各样的东西上签名；如果赶上付账单的日子，有时一天就要签五六次。这是多么不幸的事情啊，就是因为人们从没想过改名字，他们就要一辈子用着自己不喜欢的名字了。爸爸当时应该趁还来得及的时候抓住机会把名字改成"珍妮"。我打算从此以后喊他"珍妮"，不过这基本上没什么意义，因为我以前也从没喊过他"詹姆斯"。"别担心，"我安慰他说，"我跟俱乐部其他成员讨论过了，以前当过'珍妮'对我们来说已经足够了。你仍然是我们俱乐部合格的会员。我们会忽略你当过男孩的那段经历的。尽管记录上会记下你曾经是个臭烘烘的男孩，但是我们会尽量忽略这一点的。"

"谢谢你。请转告会员们，我永远都会感激他们的宽宏大量的。"我向窗外看了一会儿。父亲转过身来，很认真地问我："如果有一天你决定不再讨厌男孩了，我们的俱乐部例会可以停止吗？"

"现在我也不是真的讨厌他们，"我老实地承认，"我只是打心眼里不喜欢他们。所以，我不认为我对他们的讨厌会消失。你怎么会有这个想法呢？"

"也许有一天，你会希望和一个男孩玩恐怖的'致命亲亲'。"

这是爸爸经常提到的一种摔跤动作，一个人把另一个人摔倒，强行用嘴去碰他的脸。通常是亲一下脸颊，但是有时候会出现最糟糕的局面：嘴对嘴的接触也会偶尔发生。爸爸告诉我，这样的接触是有毒的，无论如何都要尽量避免。如果得不到及时治疗的话，一次这样的事故几乎是致命的。有时，我们读的书里会出现这样的情节，但是没人死掉，爸爸总会认真地提醒我，这些书是虚构的，写给孩子看的。书里把这样的情节都进行了处理 —— 因为太恐怖了。

"我不会那么做的，"我说，"我还这么小，没有充分的理由我可不想随便玩命。"

"你说得对，的确是没有理由这么做。这是无谓的冒险。你在电影里看到这样的情节，旁边都有医生随时待命呢，就在场外等着。他们都是经过严格训练的专业医生。"

"其他的女孩知道这个吗？因为我在学校里跟她们讲这些的时候，好像没有一个人相信我。她们听都没听过恐怖的'致命亲亲'。她们知道'亲亲'，但是我觉得这两种亲亲不一样。"

"不，并不是人人都知道这个秘密，你也不能到处乱说。这是我们'俱乐部'的内部机密，看在上帝的分上。你应该用你的生命来捍卫俱乐部的秘密，每个秘密俱乐部的成员都明白这个道理。"

"对不起，我没想到这个。"我说，"我以为这是大家都知道的常识呢。现在我知道了。"

想到这个秘密某种程度上代表着我们的俱乐部 —— 尽管并非如此，就有一种神圣感从我的心底油然而生。我们俱乐部成立的时候没有标志，也没握手，甚至连击掌都没有。我们只唱了会歌，再加上嘲笑了一番路过的男孩。我们每次开会通常只有两到四分钟。这次已经算时间比较长的一次了，因为我们岔到其他话题去了。尽管如此，我们该完成的任务还没有完成。

这也是为什么会长由我来当，爸爸只能当副会长。我知道怎么让事情有条不紊地进行。我就是这么做的。

"看，"我用一种非常像模像样的手势指向窗外，以便把爸爸的注意力拉回到眼前的任务上来，"他在学校里一定都把口香糖粘到桌子下面，真恶心，最好别被抓到。"

我话音刚落，那个男孩把手伸进口袋，拿出一包口香糖。他抽出一块塞进嘴里，然后漫不经心地把包装纸扔到了身后的地上。果然不出我所料！

"你已经把这些坏男孩都揪出来啦。"父亲边说边把我从我的宝座上抱下来。一队学生正要走进这个展厅，我们不能继续待在这里了，这样会暴露我们的据点。

"一个都不落。"我说。那些学生进来的时候，队伍里的一个男孩冲我笑了一下。我给了他一个恶狠狠的眼神，然后也冲他微笑了一下 —— 这样才能避免暴露我的身份。

记忆永恒

"记忆是永恒的。"

——

洛伊丝·劳里《记忆传授人》

Lois Lowry, *The Giver*

　　富兰克林这个名字是根据费城我最喜欢的一座桥的名字起的。费城只有两座桥，不过不论什么东西，我总喜欢挑一个最喜欢的。他[1]是一条颜色鲜艳、样子奇特的金鱼。有人曾经告诉我金鱼生性好斗，如果把一面镜子摆在他们面前，他们甚至会跟镜子里的自己打架。不过富兰克林从没这样过。他是一条善良而又可爱的小鱼。

　　我经常读书给他听。当我读书的时候，他就会游到鱼缸边上来听。他静静地游着，大大的眼睛向上望着我，一动不动地听我读完。他特别喜欢听探险故事。这让我有点儿内疚，因为我让他生活在一个鱼缸里。不过，这个鱼缸却有着绝佳的视野，从这里能看到我们的前院。富兰克林的大部分时间都用来看窗外的树和鸟。我想，也许这让他的鱼缸小家感觉更大一些吧，

1. 原文特意使用了单词he 。—编者注

就好像住在一栋有很多窗户的房子里一样。

有一天，我正准备去上学，突然听到姐姐和妈妈在楼下窃窃私语。最近爸爸和妈妈经常吵架。几天前的一个晚上，妈妈甚至悄悄告诉我，说她打算近期搬出去住。妈妈现在是在跟凯西说这件事吗？还是我的生日快到了，她们在商量怎么给我过生日？我走出房间，站在走廊上听，谁知却听到了这样的对话：

"我该等她回家之后告诉她吗？"

"不行，她每天早上都要跟他打招呼。她会发现的。"

"那我该怎么跟她说呢？"

"我不知道。你是妈妈，你来决定吧。"

我跑下楼梯来到厨房。富兰克林的鱼缸放在台子上 —— 我之前把它从客厅移过来了，这里的光线更好。她们一看见我，马上走过来挡住我的视线 —— 但是我已经看见了，鱼缸空了。

"富兰克林死了。"我带着哭腔说。

妈妈看了一眼姐姐，屏住呼吸，点了点头。

"蛋蛋，"姐姐喊着她给我起的外号，"你知道这一天总会来的。他已经超过了自己的寿命期限了。对一条鱼来说，他已经很老了。""可是，他是一条快乐的鱼啊。"我不忘提醒她。"没错，"妈妈说，"他是世界上最快乐的鱼。我敢保证，富兰克林和你都会非常想念彼此的。这件事太让人伤心了。我该不该告诉爸爸，让他在今天你放学回家之前把富兰克林安葬呢？"

我马上把头摇得像拨浪鼓一样。我根本连考虑都不会考虑。富兰克林是我的鱼，不是爸爸的。送他最后一程的应该是我，而且应该给他举行一个特殊的仪式。

"他需要一个葬礼，"我说，"今天放学之后，你们会来参加他的葬礼吗？""当然会了，"妈妈有点儿犹豫地说，"但是你不觉得这可能会让你更加伤心吗？即使对大人来说，葬礼也是非常让人伤心的事情。这真的是你想要的吗？"

"是的，今天在学校里我会计划一下。对这样的一个好朋友来说，这场葬礼将会是一个完美的告别。"

"我认为在学校里你应该好好学习。"姐姐说。

"我才上三年级。"我提醒她，希望她不要总拿严肃的学习来说事儿。"也许你可以利用午餐和课间休息的时间来计划这件事。"妈妈好心地建议。

放学回家的时候，我掏出来一叠草图和笔记。午餐和课间的那点儿时间甚至都不够我整理思路的，所以我也占用了数学课、科学课和社会课的时间。反正在这样一个伤心的日子里，我的精力无论如何也集中不起来。我画了一套素描，然后把它们按顺序排起来，这样快速翻动的时候就像一本动画书一样。家人没有给富兰克林拍过什么视频，但是我想有了这本动画书，葬礼也算有了一个不错的开场。然后，我开始为葬礼做准备了。

以前我从没参加过葬礼，所以我到爸爸的房间去翻那些我们一起读过的书。我发现书可以是很好的参考，尽管书里写的并不是真的。不管是真是假，有些书能告诉人们事情是怎么样的。这真的很有帮助。我不记得这些书里写过关于葬礼的事情，也许是我错过了。出乎意料的是，至今爸爸和我读过的书里连"死亡"都没提过。他是在有意保护我吗？我翻了翻那些里面提到宠物的书，不过《就是这样，小猫》(*It's Like This, Cat*) 这本书没有什么帮助。那本讲一个住在殡仪馆里的女孩的书也许会成为"连胜"计划里我最喜欢的作品之一，《每只唱歌的小鸟》(*Each Little Bird That Sings*)，它可能对我很有帮助，但是几年之后我们才会读到它。"连胜"刚刚开始实行不久，读过的书不多，没有什么可以参考的。于是我决定，虽然我对葬礼知道得不多，但是关于派对却知道很多。它们是差不多的吗？据我推测，应该是非常相似的。

于是，首先，我制作了邀请函。我会写的字还不如会读的字多，但是当时我并不知道这一点。在我看来，我写的邀请函棒极了。上面写道：

鱼儿富兰克林昨晚在睡觉的时候去世了。他是一条亲爱的鱼，每个人都会怀念他的，尤其是我的家人。请在今晚来参加他的脏礼[1]，时间是一小时以后。请传

1. 此处"脏礼"与下文"传黑色衣服"都是爱丽丝写的错别字。—编者注

黑色衣服。

我神情黯然地把这份邀请函发给了我的家人。爸爸读了之后说："宝贝，一小时以后我想睡会儿觉。你知道我吃完饭以后得睡一会儿。我能现在向富兰克林献上我的敬意吗？"

"不，"我说，"很抱歉，不行，因为你是葬礼的主持人。在我们埋葬他之前，你必须出来讲点儿什么，好让大家都记住他。"

"这么说，这是一项很重要的工作。你是想让我来念颂词？"

"也不是，只是说说富兰克林有多么的好，大家会多么的想念他。"

"好吧，"爸爸说，"我试着准备准备。获得这个任务是我的荣幸。"

一小时后，大家在厨房碰头了。我沮丧地发现，只有爸爸和我两个人穿的衣服符合要求。妈妈穿了一件深蓝色的衬衫配黑裤子，因为她没有黑色的上衣。我让她上楼涂点儿唇膏，至少让她的装扮看上去更正式一点儿。姐姐尽管穿了一条漂亮的黑裙子，但是她找到的唯一一件黑衬衫前面印着一个乐队的名字。我建议她把衬衫反过来穿。这样一来，衣服的标签就露在外面，还刮伤了她的脖子。我对她说，当我们失去心爱的东西时，总要感受到一些痛苦的。

开胃菜盛在一个银色浅盘里，盘子是我用锡纸做的。我知道应该准备点儿食物，但我不知道应该准备什么。所以我给他们准备了一些点心 —— 我饿的时候经常自己做点儿吃的，把全麦面包用微波炉加热，上面加点儿芝士，切成小块，再配点儿白葡萄干做装饰。我做的开胃菜没有像我想象的那样被一扫而空，大家面面相觑地站了十分钟以后，爸爸建议我把剩下的拿出去喂鸟，就当作是祭品。在这样的场合把食物无私地贡献出去，这个主意听上去很好。

然后，我们向着后院里我选定的墓地行进 —— 之所以说"行进"，是因为我觉得说"走"不够正式。墓地的位置非常好，在一棵大树下面，旁边有灌木丛，有时候草尖上还会开一些小花。树叶秋落春发，所以这一块小小的墓地冬天有暖阳照晒，夏天又有浓荫遮挡。今天的天气有点儿冷，但是阳光明媚 —— 也许对一个葬礼来说有点儿过于"明媚"了。我想提醒全世界的人，我们是在这里举行一场葬礼，而不是办生日派对。难道大自然母亲的爸爸没给她读过关于死亡的书吗？连我都知道，天空应该是阴沉的，或许还应该下点儿雨。我提议大家应该撑着伞，他们都照做了。但是除了挡一挡偶尔刮起的一阵三月的寒风之外，撑伞什么用都没有。

我们先默哀了片刻。起初一切进展都非常顺利，不久，几米之外有人乒乒乓乓敲起了锤子，惊醒了邻居家的婴儿，然后他开始大哭，很快就把附近的狗都引得狂吠起来。与其让这些嘈杂声影响情绪，我觉得还不如唱首歌来悼念富兰克林，这样那些声音也就没那么讨厌了。

起初我打算让大家唱琼妮·米歇尔的《两面》，因为我喜欢它的歌词，而且爸爸最近刚刚订购了一本关于这首歌的图画书，他回家告诉我，他的学生对这本书都不怎么感冒——这让我特别失望。关于这首歌，我比他们懂得更多。但是很快我们就发现，这首歌的歌词有很多重复，这样唱起来容易乱套。我们唱得越乱套，笑场就越多。不，应该说他们在笑，而我在尽量让他们保持严肃。当我终于明白我们之中没人能把这首歌唱下来之后，我不得不拿出了我的第二备选歌曲——《哦，神圣的夜晚》。我选这首歌是因为它唱起来既动人又响亮。尽管圣诞节已经过去几个月了，不过这次他们还记得住这首圣诞歌的大部分歌词。起初他们唱得声音不大，所以我就唱得很大声，引得那些狗又叫起来。唱完的时候，我还鼓掌了。后来我才知道，在葬礼上是永远没有人鼓掌的——至少我参加过的葬礼是这样——即使刚刚唱完一首美妙动听的歌。

按照我的安排，接下来应该准备把富兰克林安葬了。他被放在他的鱼食盒子里，因为鱼食是这个世界上富兰克林最喜欢的东西。之前我让爸爸在地上挖了个小小的坑，现在爸爸把盒子放到里面。他把盒子印着配料表的那一面朝上放着，这样一来盒子就显得破破烂烂的。于是我让爸爸把盒子印着一条鲜艳的金鱼吃鱼食的那一面朝上。父亲要开始念颂词了，我问大家在念颂词之前有没有什么想说的话。于是姐姐开口了："可惜鱼食看起来太像鱼屎了。对鱼来说要把它们分清楚一定很难。我希望他们不会把这两样东西搞混。"

妈妈瞪了她一眼，然后姐姐盯着富兰克林的墓穴看了一会儿，终于想出了一句："不过富兰克林是永远不会犯这种错误的，因为他是一条那么聪明的鱼。"

我赞同地点点头，然后转向妈妈。她轻轻地摇着头，似乎沉浸在巨大的哀痛中。"太令人心碎了。我们都非常爱富兰克林。他喜欢转着圈游泳，喜欢看外面的东西。有时当我们忘记清理鱼缸的时候，客厅里的味道真的很难闻。"说到这里，妈妈哽咽起来。我过去拍拍她的背安慰她，才发现原来她是在笑。我一转身，发现姐姐和爸爸也都在捂着嘴偷笑。于是我挥着胳膊，让大家肃静。

"够了，你们太不尊重了！接下来，该轮到爸爸说点儿什么让我们记住富兰克林了。爸爸，你准备了吗？现在可以跟我们分享吗？"

爸爸从口袋里掏出一张索引卡。尽管他试图不让我瞥见，我还是瞥了一眼，上面写着他班上学生的名字，有些名字后面画着对勾。不管怎样，我就当这个名单能勾起爸爸对富兰克林所有优点的怀念吧。他看着这张卡片，开始发言了："富兰克林是一条好鱼。"

"阿门。"妈妈接上，带点儿诱导意味地点点头。

"阿门。"我说，"等等，就这些吗？"

"不，我只是在表示同意。我们可以说一句'阿门'让富兰克林知道我们都同意爸爸的话。""阿门。"我又重复了一遍，把手放在胸前心口处，就像在学校里升国旗时那样虔诚。

"富兰克林是一条好鱼，"爸爸继续说，"也是一条美丽的鱼。他长着橘黄色的鳍，同时有一种非常特别的幽默感。每当我讲笑话的时候，富兰克林一点儿都不会笑。那是因为我的笑话不好笑。他在等一个好笑的笑话。现在，他再也不需要等了。"

"阿门。"我们齐声说。

"富兰克林最喜欢的电视节目是《脱线家族》(*The Brady Bunch*)，因为他怀念他在宠物店里的那个大家庭。不过他也爱他的新家庭，包括猫在内。当猫隔着鱼缸盯着他看的时候，他会给猫送上美好的祝福。他曾经祝福布莱恩能找到一条美味的虫子当午餐，结果布莱恩果然找到了。由此你们能看出来，他有着博大的胸怀。"

"阿门。"我们齐声说。

"富兰克林有丰富的爱好。他对老梯子特别感兴趣。他经常思考，一架不错的老梯子能派上什么用场，不过他最后还是觉得梯子和他鱼缸底部铺的蓝石头不配。这是关于富兰克林的另一项事迹 —— 他在艺术和家居设计方面有着无可挑剔的品位。"

"阿门。"我们齐声说。这时我已经开始怀疑爸爸是从哪儿知道这些事儿的。看来不管那张索引卡上写的什么，都很好地唤起了他的回忆。

"不过，富兰克林最为人所知的事情可能是他对桌上冰球的热爱。当他私下里第一次告诉我他的爱好时，我告诉他这个想法太荒唐了。我跟他说，身为一条鱼，是不能玩桌上冰球的。这个好小子一定要证明我错了。结果我说过这句话不久，他就成了鱼类联赛我们州的冠军。接下来，他致力于让桌上冰球成为奥运会项目；目前，奥组委的成员们正在考虑他的建议。他为这项运动和热爱这项运动的鱼做出了卓越的贡献。"

"阿门。"妈妈和姐姐一起说，可是她们是笑着说的。

"嘿，等等，我怎么一点儿都不记得有这种事。"

"还有，"爸爸接着说，"每逢特殊的重大场合，他都会缝制礼服。他那高超的缝纫技术让大家永远难以忘记。好像就在昨天，我下楼的时候还目睹了这一切。"我抬头看了看妈妈和姐姐，她们抱在一起，眼泪从脸上淌下来 —— 但是她们并不是因为哀伤，她们在大笑。

"这些事情通通都没有发生过。这可是很严肃的时刻！"我冲他们大喊。他们安静了一会儿。我让爸爸别再说下去了。

"我要声明：从今以后我再也不吃鱼和其他海里的东西了。为了纪念我的好朋友 —— 鱼儿富兰克林。感谢你们的出席。请你们离开吧，免得亵渎一个如此美丽的生灵的坟墓。"

说完，我迈着大步，甩着僵硬的手臂带头进了屋。

"你什么时候才会再吃鱼？"姐姐跟在我身后问。

"如果你刚才认真听我讲话而不是出那种洋相，你应该听见我说，这辈子再也不会吃鱼和其他海里的东西了。"

"哦，对，这辈子都不会再吃。我给忘了。"姐姐说。

富兰克林，如果你在天有灵的话请听好：现在我 22 岁了，从你死的那天起我再也没吃过鱼或者其他海里的生物。请原谅我家人的无礼。

另外，我从来都不知道你到底有多喜欢桌上冰球。

10 岁

10 Years Old

我正站在树叶堆上玩，突然看到妈妈正搬着几个箱子到她的车上去。我一动不动地看了一会儿，看着她拿着几个旅行箱，但我不明白她到底在干什么。我当时感觉自己就像侦探少年百科全书小布朗（Encyclopedia Brown）一样，把一条条线索拼凑起来，揭开这个谜底。

· 第440天 ·

妈妈在遥远的前方

"但是妈妈在遥远的前方，
不再回头。她去了别处。"

——

帕特里夏·麦克拉克伦《旅程》

Patricia MacLachlan, *Journey*

我一直都很讨厌感恩节。除了一个撑得针都插不进去的鼓鼓的胃，我对这个以吃为主的节日再也没有什么好印象了。当然了，我喜欢美食，但我不喜欢吃饱了还不停地吃。我也不喜欢火鸡，还有填在火鸡肚子里的东西（这也是一种食物，人们有时候更喜欢把食材塞进火鸡肚子里），还有肉汁、越橘汁，通通不喜欢。

还有，我们总是要从一个阿姨家到另一个阿姨家，虽然我认识的人每年也都要去别人家。近几年，我们开始在家吃了，可我还是不喜欢那些食物。所以我对这个节日从来都没有很高的期待。今年 11 月这个阴沉的下午也不例外。

事实上，唯一稍微值得期待的事情就是阴沉的天空。三年前，我们最后一次去别人家过感恩节的时候，天上下着雪。今年似乎也有可能下雪。我喜欢雪。我有一副整个镇子里最好的雪橇，是上辈传下来的 —— 雪板很光滑，每年都是山地越野时滑得最快的。我还有好几套夹克和围巾，上面点缀着白色的圆点，看起来特别漂亮。我已经找到了最好的搭配 —— 一件亮蓝色夹克配一条印着独角兽的围巾 —— 还把它们藏在床下了。把它们放在外面会弄脏的。我有强烈的预感：今天会下雪的。

爸爸在外面打扫院子，他是个闲不住的人，一闲下来就心慌。他干活的时候我也在忠实地履行自己的职责。爸爸把落叶都扫成一堆，放在院子前面的时候，我就会跳上去，让这些叶子们知道自己有多大一堆，不过再多点儿可能会更好些。这给爸爸带来了打扫的动力。我每次跟爸爸一说，他就让我先下来，让他把活儿干完。

我正站在树叶堆上玩，突然看到妈妈正搬着几个箱子到她的车上去。我一动不动地看了一会儿，看着她拿着几个旅行箱，但我不明白她到底在干什么。我当时感觉自己就像侦探少年百科全书小布朗 (Encyclopedia Brown) 一样，把一条条线索拼凑起来，揭开这个谜底。但是爸爸说他虽然也和我一样喜欢百科全书小布朗丛书，但是这些书给了孩子不切实际的幻想 —— 这个神童知道的东西有些连我爸爸这样一个受过高等教育、博览群书的老师都没听说过。我知道揭开谜底是一个挑战，但是跟"百科全书"不同的是，我可没有一个像"小气虫"那样的狠角色来报复我，咬我的脖子。我需要闭上眼睛，凝神回想在每个故事的结尾"百科全书"是如何揭开谜底的。不过这样一来，我就看不到妈妈在干什么了。这时我又想起来，"百科全书"在线索中断的时候才会闭上眼睛；所以我就继续观察妈妈的举动。

起初，我以为妈妈之所以举动反常是由晚餐引起的。尽管只是一个小型的家宴（姐姐当时作为交换生去了德国，所以家里只有三个人），但在我想象中总归还是需要几个小时的时间来准备的。没去给妈妈帮帮忙，我感觉很不安。跟去厨房比起来，我更喜欢玩树叶。但是妈妈似乎非常忙碌，似乎在做什么非常耗费体力的事情。不过，我还是想不明白，那些箱子和我们的晚餐有什么关系。妈妈从别人那里借了锅碗瓢盆吗？也许吧。我的父母都不是经常做饭的人。我本以为爸爸会帮她搬箱子，但是他去了后院，很明显没有注意到妈妈在做什么。于是我决定，要给"百科全书"寻找更多线索。所以我进了屋。

一走进父母的卧室，我首先注意到，通常妈妈的香水和首饰都是乱七八糟地放在梳妆台上的一个托盘里，现在却不见了。只剩下一只绿色的耳环，被我捡到了。妈妈是一个高中英语老师，这种耳环是她平时上班的时候戴的。我觉得每样她戴着上班的东西都会带有她学校的味道，一种令人安心的咖啡和香水的混合味道。我把那只耳环凑近鼻子，却什么都没闻到。于是我去找她其余的首饰。我的第一反应是首饰被偷了。随后我才注意到妈妈正蹲在床边，把她的书塞到箱子里。

"你在干吗？"我问，突然发现房间变得好空荡。

妈妈显然被我打扰了。

"我正要搬走，"她说，"我们谈过这个问题。几个月来我们一直在谈这个问题。""没错，可是，今天就搬吗？""现在就搬。"

我不知道该说什么了。我无法阻拦 —— 我知道她有一天会搬走的，她以前提过，甚至在选公寓的时候还问了我的意见。但是总感觉这件事离我很遥远，几乎就像一个假说一样。也许到我学会开车的时候她才会搬走。终有一天她会搬走的。

"要感恩节的时候搬吗？"我问。

印象中我记得她转过身对我说："你不是不喜欢感恩节吗？"但实际上，我觉得她当时并不知道我不喜欢感恩节这件事。这是我后来说的。不喜欢感恩节似乎就等于不爱国，这让我有些负罪感。

妈妈让我帮她把一些东西装在箱子里，我照做了，因为我不知道其他的还可以做什么。她的东西很多。妈妈搬走之后，我还记得关于她的一些事情 —— 她所有的东西我都记得。到处都是箱子、袋子和一些杂物 —— 东西太多了，甚至有些买了之后她还没有来得及拆封。因为东西太多，她的车装不下，所以她说明天再回来拿一些。这是一个小小的安慰。如果她的东西在这儿，那么也许她会决定留下来的。我把那只没有任何气味的绿色耳环放进了口袋。现在，不管走得多远，她都必须为了拿某样东西回来。

我们把箱子搬到车上，感觉这辆车比我印象中要宽敞得多。我们搬了很多趟，突然我发现妈妈还没告诉我她的新家在哪里。

"记得我们一起看过的那栋公寓吗？离这里五分钟路程，在高中旁边。"

"前面养着鸭子的那栋？"

"不，有一个水池的那栋。"

我真应该得到额外的奖赏，因为妈妈终于露出了笑颜。

"我并不是真正离开。我就住在这条路前面，那儿有一个水池，你可以拥有自己的卧室。"

"有我的床吗？"

"当然现在还没有你的床，我也没有床呢。以后会有的。"

不知为什么，甚至在当时我就觉得这不太可能。妈妈连买一张床的钱都没有，更别说两张了。在我的印象中，妈妈是负责花钱的，爸爸是负责挣钱的 —— 尽管她是一所天主教学校的老师，薪水也颇为可观。但我们家的积蓄是负数。我不知道欠了多少债，但是根据家里电话响起的频率以及那个冷酷急切而又机械的声音在电话那端出现的频率来看，我们可能欠了某个人很多钱。

我从没见过爸爸买什么东西，所以据此我可以推断，妈妈惹上麻烦了，而且不管去哪儿这个麻烦都甩不掉。

我正用胶带把箱子封起来，突然注意到妈妈没有哭。妈妈总是很爱哭，一张圣诞节卡片，一句善意的玩笑都能引出她的眼泪。所以没看到她哭我有点儿吃惊。我仔细观察着她的眼睛。妈妈的眼睛不大，眼珠是褐色的，有些浮肿 —— 也许她之前已经哭过了？可是却没有眼泪的痕迹。妈妈干干的眼睛比她以前的眼泪给我带来的冲击更大。眼泪对妈妈来说是家常便饭，但是这双不再哭泣的眼睛引起了我的警觉。就像我看到的那些被她搬到车上的箱子一样，我也花了几分钟时间来重新理解这双眼睛。但是，当我最终想明白的时候，也到了她真正离开的时候了，无牵无挂地离开。

这不奇怪，爸爸妈妈很少跟对方讲话，争吵倒是家常便饭。但不管是哪种方式的交流，从来都不会有什么积极的作用。一件简单的小事，比如应不应该开空调，都很容易引发一场至少两个小时的紧张战争。妈妈不停地掉眼泪，爸爸条分缕析地陈述自己的观点，最后发现妈妈一点儿都不买他的账。由于我深谙辩论的技巧，所以我永远都会支持其中的一方，但是同时我会变着法地替他们俩都说好话。

当我辩论的技巧更娴熟之后，甚至会帮妈妈掩护她跟其他男人打电话的事情。她是个伤心寂寞的女人。爸爸不在家的时候，那些男人就会打来电话，那些电话让我觉得客气得有点儿怪异；妈妈就会压低声音站在地下室的台阶上接电话。我不知道她有没有见过这些男人，妈妈也不是用这些男人来向父亲炫耀什么。那些电话、邮件，甚至就算见面，很可能也仅仅是找个乐子罢了。

当我们把最后一点儿行李塞进车里，把后备厢关上时，我突然想到一个问题：这些男人中会不会有其中一个住在那个公寓里。"当然他会来做客，"妈妈说，""他"指的是她现在的男朋友，"但他不会住在那儿。"那就好，因为不管有没有床，我都不想让任何人占用我的房间。

当妈妈开车驶出车道的时候，我不知道她最后是真的哭了，还是在眯着眼睛躲避阳光 —— 阳光正透过云缝照射下来。我期待下雪的美梦破灭了。于是我回到屋里，打开电视看一部很长的动画片 —— 尽管我很讨厌动画片。

半小时以后，爸爸进屋了。

"你知道吗？你妈妈连一杯水都从没给我端过。"爸爸刚进门就开始对我说。他边摘手套边走到烤箱前面把它打开。看到里面空空如也，爸爸问："怎么没有火鸡呢？""啊？"我学着编小辫几个月了，现在终于编出了一条能绕过额头的漂亮的细辫子。"怎么没有火鸡呢？"他又问了一遍，"做这些东西不是很耗时间吗？"他看了看表。已经到吃晚饭的时间了，或者说已经相当接近了。爸爸的疑惑并没有引起我的注意。

"那你现在要做吗？"我问，手里还继续忙活着我的辫子。

"为什么是我做？我刚刚打扫了六个小时院子，后院的活还没干完。你妈妈就不能干点儿活吗？她人呢？"爸爸向楼上喊："现在图书馆已经是 5 点钟了！"也许你能猜到，任何父亲所在的地方，尤其是我们家都堆满了书，都统称为"图书馆"。爸爸用的这个词本身没有让我惊讶，但是他的举动让我惊讶。这时我才发觉有些不对劲。

"哦，"我说，不知为什么突然有一种负罪感，"妈妈走了。"

"走了？去哪儿了？那她什么时候做火鸡？"

"不，她走了。搬出去了。"

爸爸似乎没有听见我的话，一言不发地上楼去了自己的卧室。我听到他在上面走来走去，打开衣柜，拉开抽屉。我对这栋房子的每一种声响都很熟悉，所以当我听到爸爸站在窗前时，我知道他是在找妈妈的车。过了一会儿，爸爸下楼了。我把电视关了。

"我们还要吃火鸡吗？"

我打开冰箱，又打开冷冻室，把火鸡递给爸爸。

"你知道这玩意儿该怎么做吗？"

我耸了耸肩。我不想说不会，因为看起来做火鸡还挺有趣的，值得一试。再说我也见过别人怎么做。打开烤箱，把火鸡放进去，烤熟之后拿出来切开。很简单。不过爸爸似乎并不这么认为，因为他说："我们做不了这东西。"

我跟着摇了摇头。如果他觉得我们做不了，那可能我们就真的做不了。

他把那只火鸡放回冷冻室，拉开旁边的一个抽屉。

"吃肉丸吧。"爸爸干脆地说。

"瑞典肉丸。"我更正爸爸。这道菜在我最讨厌的东西清单上榜上有名 —— 对一个 10 岁的孩子来说，这份清单可能很长 —— 但是远远比不上我最喜欢的东西的那份清单，比如滑雪橇、戴围巾，等等，都是我喜欢的。

"你觉得会下雪吗？"我问爸爸。

"所有电视台的天气预报都没说有雪，"爸爸边说边把肉丸用纸巾包起来放进微波炉，定时 3 分 33 秒。我很确定肉丸的包装盒上没说有这种做法，但是盒子已经被爸爸撕烂了。

我给自己倒了些牛奶，在餐桌旁边坐下来。爸爸把一些肉丸用纸盘子端上来，我用手抓着丸子送到嘴里慢慢咀嚼。这些棕色的大丸子芯还有点儿凉。我注意到爸爸一句话都没有说。我不知道自己是不是该说点儿什么。

"我不是真的想吃火鸡。"最后我憋出了这样一句话。

"我也不想，"爸爸说，"我只喜欢土豆泥。"

说完爸爸打开电视看新闻，我们沉默地继续吃晚饭。

魔法通道

"她读书的时间越长，
那些画面就变得越美妙和真实。"

——

C. S. 路易斯《黎明踏浪号》
C.S. Lewis, *The Voyage of the Dawn Treader*

如果你的父亲是一个有点儿古怪、容易激动的儿童图书馆馆员 —— 就像我父亲一样，或者就算他不是，你就能深切地体会到书市的乐趣。即便你的父亲是一名舞者、水管工，抑或是一个专业的茶壶设计师，可能也会带你去书市逛逛。只要你有个孩子，或者你自己就是个孩子，一定会记住第一次走进图书馆（或者体育馆、餐厅）的兴奋紧张，目不暇接地看着那些大大的银色箱子整齐地排成一行，耐心地等着一个跟你差不多的孩子漫步其中，挑选出几本好书。如果你在开幕的前一天去过书市，见到那些箱子还结结实实地锁着，心中想象着今年要买些什么书，你就会体会到那种期待和痛苦。如果你的班上来了一个新生，他从来没有体会过去书市的乐趣，那么给他补上这一课就是你的责任，也是你的荣幸。这件事情不难，你，或者至少是我，必须让身边的每一个人都体会到这个乐趣。

所以，有一年当爸爸让我去他的书市帮忙时，我痛快地答应了。书市办了几天，连爸爸的返校夜也包括在内。这样一来，就算我白天要上学，也有机会去书市了。我的书市之旅的开始跟其他四年级的孩子一样：地上摆着好几张白纸和一盒 64 色蜡笔，我一下子就扑了上去。

我自认为很擅长用蜡笔，尽管不大会用一种转笔刀（这种转笔刀不是把笔削尖，而是把笔尖削圆）。每个好的展会都需要一个标志，特别是书展。所以我就开始忙活着设计标志 —— 根据"连胜"计划里我最喜欢的书里的人物，像爱丽丝、多萝西、福尔摩斯等，每个人都会出来露个脸。然后我给每张海报都标上书名和作者，这样感兴趣的读者就能找到书带回家了。那是感觉最好的时刻，拿着、摸着、闻着都比不上把新书抱回家，躺在自己的床上，盖着自己的被子读，自己的台灯在旁边发出柔和的光，直到有人冲你大喊，让你关灯睡觉。

我在这些海报上下了很大功夫，可能花了整整半个小时的时间赶出二十张。画完之后，我渴望着把它们作为一个卖点展示出来。今年，多亏了我，爸爸比以往卖出了更多的书。更多的孩子会因为夜深了还不关灯而被家长训斥；更多的家长在向孩子的房间里偷看时，会因为看到被子里透出的手电筒的灯光而窃喜。我的目标就是：办史上最好的书市。在我的帮助和指导下，这个目标不再遥远，它变成一种可能，甚至是一种必然。

"为什么这个木乃伊的表情有些害怕，还一副尿急的样子？"爸爸问，指着 R.L. 斯坦书中的一个人物问 —— 那本书是我自己读的。他想检查一下我的作品，还想在挂到他图书馆的墙壁上之前，确定自己先把它们弄明白。我理解他对品质的严格要求，但是不能接受他对我作品的攻击。

"你没读过那本书，对吧？我画的就是书里写的。"

"有这么一本让人起鸡皮疙瘩的书吗？讲一个找不到厕所的吓坏了的木乃伊？"

"有的，也许你能猜到，这本书不像其他几本那么流行，但是在真正的粉丝心目中，它是有一席之地的。"

"我只能凭想象了。"爸爸边说边更加快速地翻了一遍我的其他作品。

"好吧，"他翻完之后说，"我认为这些海报跟书非常契合。"

爸爸从不会撒谎，所以他总是说实话，说最切合实际的话。他不知道与说一些他认为冠冕堂皇的话比起来，这样做总是更糟糕。我已经习惯了，通常会耸耸肩膀接受他的评价，就像现在一样。但是在别人那里，爸爸就不会总是这么幸运了。一次，一位朋友在他生日的时候为他亲手做了饼干，当她问爸爸好不好吃的时候，爸爸说："实事求是地说，这些饼干每一个都放了巧克力片。"就这样，爸爸无心的一句话引起了他们之间的不愉快。

但是因为爸爸没有直截了当地说，他觉得我的海报太潦草了，我便开心地把它们收好抱在怀里，再拿上一卷胶带，上了车。路上，我们顺便接上了我的朋友布列塔妮，她对我的主意总是积极响应，而且在她看来，帮我办一场书市也并不奇怪。

不问给她安排什么活儿，也不关心什么时候才能回家。她真是个值得一交的好朋友。

到书市之后，我们抢占有利地形，用胶带把海报贴在图书馆各处。没错，我们按照传统做法在墙上贴了一些；另外，为了带来一些惊艳的效果，我们在桌子上贴了一些，还贴了几张在地毯上。考虑到万一有年纪小的孩子在地上到处爬，说不定会爬到摆着打折的平装书的桌子下面，所以还在桌子下面贴了一张海报 —— 专门为了这个小孩。就这样，我们兴冲冲地忙碌着。

家长们陆续进场了，有的带着孩子，有的没带。不一会儿房间里就挤满了潜在的顾客。现在到了试试我的推销口才的绝佳时机了：我站在一张椅子上，把手拢成喇叭状，开始大声"广播"。这些家长们一定是对讨厌的孩子们制造的噪声都产生了免疫功能，因为他们竟然可以对如此重要的信息充耳不闻："书籍是收藏家的必备之选，如果你本来就喜欢藏书的话，更加不要错过！"还有神秘的，带点儿调侃的预言式的口号："瞧一瞧看一看，走过路过不要错过！"还有我的得意之作 —— 为了这句口号，我冥思苦想，反复推敲了整整一周："家长们注意了，今晚出售的所有书籍都会自动附带一个重要的人的爱和感激。他就是您的孩子。"

最后一句推销词是我根据一则关爱流浪儿童的公益广告改编的。但是它的确起到了一些效果：家长们会停下脚步，好奇地看着站在凳子上的我，纳闷这孩子是谁，为什么那个好脾气的图书管理员会允许她站在他的椅子上，冲他的顾客大喊大叫。有时候，一个优秀的推销员就是需要保持一定的神秘感。

叫卖了几个小时之后，我的嗓子变得嘶哑，我制作的标志也开始脱落了。爸爸的临时收银员让我停下来，跟他闲聊一会儿。他承认推销效果不错，但是不如他预期的好。

"如果这次书市真的要成为史上最成功的一次，"他说，"那么你最好卷起袖子，尽心尽力地另外想点儿什么主意。现在也许能数二数三，但是还数不上一。你应该不会想让别人觉得你工作懈怠，对吧？"

我决定到学校办公室去用内部广播做做宣传，因为今天晚上的活动实际上已经结束了，也不会打扰到别人。布列塔妮跟在我后面，时不时地提提建议，我的推广词说完一遍之后，她偶尔也会拿过麦克风说上两句。对每个人来说，听到自己的声音被放大都会有种暗暗的满足感，尤其是孩子。那天晚上我们去了办公室很多次。

"我觉得顾客们这次真的听进去你们的宣传了。"爸爸说。

"你是说我该停下来了？还是我应该简短点儿？我觉得长度刚刚好。"

"也许你再说一遍就该停了，给他们点儿时间充分消化你的建议。这样他们才会真正地考虑你的建议，好好想想该买什么。"

但是正在爸爸对我好言相劝的时候，一个男孩过来打断了他。他要抓住书市的最后半个小时，试图在买一赠一的促销优惠之外再额外得到一本免费的书。

"这次你不要把我当作我，把我当作我哥哥吧。"我关门的时候，听到那个男孩如此解释要书的理由。布列塔妮和我回到了办公室，在通过电波把宣传词播出去之前先练习一下。我们的上一次广播有演唱，但是这一次广播重点对爸爸的图书馆业务技能进行"公允"的讨论。不知不觉地，我们的宣传计划从推广图书，慢慢变成了宣传图书馆，又变成了宣传我当图书管理员的爸爸。这样一来，尽管书卖得不怎么样，大家还会想着下次再来，还会惦记着我伟大的爸爸。

"哇，"我们准备好之后，布列塔妮对着话筒说，"这里的服务真是太棒了。"

"没错，"我试图掩饰一下自己的声音，这样人们就不会觉得我那些溢美之词是出于私心了，"布罗齐纳先生是一个伟大的图书管理员。他随时恭候您的光临，帮您选购图书。"

"但是如果不知道该'卖'什么书怎么办呢？"随后是一阵自言自语和哗啦哗啦的翻纸声，"我是说'买'！""图书馆四处张贴的海报可以帮您！布罗齐纳先生可以向您提供更好的建议！""哇，那我要赶快去了。我可不想错过。我还有时间吗？对了，书市在哪儿？""图书馆在二楼，直上楼梯就到。书市9点结束。你得抓紧点儿了，快去吧！"我关上话筒，指了指门。我们在广播的时候，一个工作人员走过来关了灯，关上门，用一把钥匙插进锁眼里捣弄了一番。我也不是很确定。我猜她是把门锁了，但是我又觉得门从里面应该能打开。不可能打不开的，不然她不会锁上 —— 她还跟我们对视了一下，笑了笑。她知道我们在屋里。事实上，整个学校的人肯定都知道我们在这里。不过，一放下麦克风我还是马上跑到门那儿，检查门把手确认一下。

"锁上了！"我大喊。布列塔妮也过来，亲手拉了拉。我们使劲扭着门把，把全身的重量都压在门上，双脚离地边拉边拽。我觉得我们看上去就像神话故事里的阿特拉斯，不是在开一扇门，而是要把地球举起来。

当我终于意识到我们拿这扇门毫无办法时，就试着透过下面的门缝向外面大喊。书市即将结束了，附近一个人都没有。所以我们又开始在屋里到处寻找，寻找每一个可能的逃生途径。我们在二楼 —— 所以从窗户出去就不用考虑了。办公室的另一边也没有门，这很明显。显然当初建这个办公室的人肯定从来没被反锁在里面过。

"也许这个办公室是地铁的一部分。"我猜测，忽然回想起社会课上学的内容，"也许有一扇门他们建得很隐蔽，我们看不到。也许是一扇秘密的小门，藏在传真机后面。"

十分钟后，搬那个笨重的设备把我们累得大汗淋漓、筋疲力尽。我认定传真机绝对是最没用的机器 —— 如果它不被用来掩盖一扇暗门的话。然后我提出应该找找看有没有衣柜，万一伍德小学的办公室跟《纳尼亚传奇：狮子、女巫和魔衣橱》(*The*

Lion, the Witch, and the Wardrobe）里的世界一样呢？这本书是爸爸和我最近刚开始读的，我觉得特别带劲。无论是苏珊、爱丽丝还是多萝西，跟我有什么区别吗？如果她们可以平白无故地发现通往其他世界的入口，那么我也可以。实际上，我坚信总有一天我也会的。我经常检查自己的壁橱，可惜它们看上去一点儿都没有神秘感。也许这个办公室会给我带来一些惊喜。它一定有什么秘密。

"魔衣橱看起来会是一个装满了纸、订书机和杂物的壁橱吗？"布列塔妮问。

"不，它更像一个通往另一个世界的魔法通道。里面应该挂着皮衣。"

"没有，这里没有那样的东西，"她把手放到壁橱里去摸了摸说，"不过我找到了一桶糖果，只剩下柠檬味的了，其他口味的被人吃光了。""数数有多少个，"我说，"我们得省着点儿吃。要撑到明天早上我至少要吃七块。如果是橘子味的，我吃四块就够了。柠檬味的太不充饥了。""撑到明天早上？现在还不到9点呢！为什么我们要到明天早上才出去？"

"如果你有办法出去的话，我倒是愿闻其详。"我说，同时盘腿坐着，小心翼翼地剥开我的第一块柠檬糖。我慢慢地吃着，享受着每一口，好像这是最后一块一样。

"我们为什么不广播一下呢？"她又走到话筒那里。

"啊？"

"就是广播一下，我们被锁在这里了。再说我们已经知道这玩意儿怎么用了。"

"你怎么不早说！我都准备在这儿等死了！"

"我发现了。"她说。她把话筒递给我，打开开关。

我思考了一会儿。我希望我说的话别引起太大的恐慌。"请注意，"我终于想好了，"有两名儿童困在伍德小学的办公室里了。请速派人解救他们。"我从话筒旁边走开，挤在布列塔妮身边寻求一点儿温暖，直到她提醒我说办公室里其实热得难受。我又吃了一块糖。终于，爸爸出现在办公室的窗户外面，边笑边跟守卫说着什么。"爸爸！"我隔着门大喊，"我们在这儿！我们在这儿！快开门！"

"你以为我到办公室来是为什么？来参观墙纸吗？"

爸爸开了门，我扑到了他怀里。

"你救了我们！"我喊道，抓着他的手又蹦又跳。

爸爸笑了，又朝图书馆走去。我们小跑着跟上。

"有一天我会把这个故事告诉我的孩子们，"我继续说，"告诉他们我为了书市差点儿送命。这会让他们明白书籍的重要性，明白书籍有多么美妙。"

"不，这只会让他们明白他们的妈妈是个大笨蛋。"爸爸更正我说。然后他打开钱匣，拿出一张纸，上面记着全部的销售额，是近十年来最高的。

11 岁

11 Years Old

《夏洛的网》中蜘蛛夏洛是我最喜欢的人物，超越了小猪威尔伯，甚至超越了老鼠坦普尔顿。她用她的网来拼写单词，就像我当初学习拼写的时候一样，我知道她当时的感觉一定非常自豪。自己亲笔写的每一个单词看起来都那么漂亮，写在网上的了一定更加漂亮。说不定伯莎也会写字，但是因为身边没有一只像威尔伯那样的小猪需要她去搭救，所以她也就不费这个劲儿去写英语了。他们写蜘蛛的语言，由一连串紧凑的大写字母组成，人类是无法读懂的。夏洛一定能读懂 —— 她是语言天才……

蜘蛛与暴风雨

"我很漂亮,"夏洛回答说,"毫无疑问。

差不多所有的蜘蛛都很漂亮。

虽然我不像有些蜘蛛那么耀眼,

但是总有一天会的。"

——

E.B. 怀特《夏洛的网》

E.B. White, *Charlotte's Web*

"我觉得'他们'其实并不是蜘蛛。"爸爸边说边把门廊的灯打开，让光线好一点儿。

"那会是什么呢？长长的腿，小小的身体……'他'看起来就像一只蜘蛛。"

"也许是'她'呢。或许是一种蛛形纲的动物？"

"蛛形纲跟蜘蛛不是一回事吗？"

当时的我 11 岁，对一切都充满好奇，什么都想问个明白。"我们可以去查查百科全书，"爸爸说，"尽管我不知道确切的名字是什么。我有点儿怀疑它是不是会出现在'长腿爸爸'这个词条下面。"

这个小小的生灵在我们家门廊的柱子上慢慢地向上爬，长腿在柱子上轻轻地敲着，像一个长着长长指甲的人在敲打桌面一样，显得有些不耐烦。

"我喜欢她的颜色。"我说，伸手去触碰其中一条腿。"当心，你会伤到她的！"爸爸没有伸手拦我，不过我把手收回来了。"我不会伤害你的。"我轻声说。我不知道她的眼睛长在哪里，但是想象着她正充满信任地看着我。蜘蛛，或者说，长得像蜘蛛的东西，应该知道相信我们。爸爸和我是所有蜘蛛的保护者、支持者，也是他们的"粉丝"。蜘蛛们最好的栖身之所绝对是我们家的门廊。灯光会把其他的昆虫引过来，在我看来，那些虫子都又大又蠢。蜘蛛会把它们捉住，紧紧地包裹起来，好像要把这些虫子包好，作为礼物互相交换一样。我想，蜘蛛一定非常害怕临时被邀请参加生日派对，因为那样他们会来不及准备。蛛网一角上的小白点永远排列得那么整齐，看起来非常可爱。然后，一个可怕的念头突然冒了出来。

"爸爸，你觉得伯莎不会吃掉她，对吗？我是说如果这个东西不是蜘蛛的话，她会有危险吗？"

伯莎是我们的"门廊之光"，她是一个深棕色的丰满的美人，艳光四射，长得有点儿像缩小版的狼蛛。我们有很多有趣的谈话都是围绕她展开的。我看到她的第一晚就给她起了这个名字，因为当有人来做客的时候，身为主人最好知道该怎么称呼对方。伯莎一定感觉到自己在这个家很受欢迎。她已经在我们的门廊待了一个多月了，每晚都借着月光编织自己的网，按照爸爸的说法叫恭候"客人"的光临。然而，每天早上，不管我们起得多么早，网都会消失得无影无踪。我们无法想象她就这么把网摘了——她的网永远都是那么复杂，还煞费苦心地织得那么对称，那么漂亮。但是如果说被夜晚的一阵微风吹走了也不太可能，因为那些网看上去很坚固。所以最终我们还是无法解释网到底去哪儿了。它们就像伯莎一样神秘。不过，现在网又张起来了，伯莎端坐在中央，还没有客人来。我开始为我们的新朋友担忧了，那个"不是蜘蛛的蜘蛛"。

"不会的，"父亲说，"如果她跑得够快的话，就不会落在伯莎手里。你看她多么有活力呀！我敢肯定，她会照顾好自己的。"

爸爸的声音里充满了惊奇，同时把视线从伯莎转到了那个新来的"蜘蛛"身上。我知道几乎每晚例行的课程又要开始了——关于蜘蛛之美的介绍。我向来很喜欢听这些，所以我试着打开爸爸的话匣子。

"爸爸，你为什么这么喜欢蜘蛛呢？"

他心满意足地叹了口气，目光迷离地盯着那张复杂的网。

"宝贝，就像我以前对你说的那样，我喜欢他们积极的态度。他们永远不会坐在一株什么植物上晒太阳。相反，他们会出去找点儿事情做，比如织这张网，然后捕捉别的东西，再把它们储存起来。我喜欢他们走路的姿势。他们抬腿的样子就像在优雅地跨过一个个泥坑。我喜欢他们还因为他们被低估了。每个人都认为他们是害虫，但事实上，他们却是相当有益的。"

"如果你一觉醒来，发现身上趴着一只蜘蛛会怎么样？"

"至少你可以确定，这样你身上就不会有其他的虫子了！"

"如果是一只大蜘蛛呢？"

"越大越好！"

"越大越好。"我重复着，突然注意到伯莎的网上有动静。我跳起来，以为她一定捕到了什么，但是当我看清楚网上空空如也时，就意识到，刚才远处的那些响声一定是打雷！

"对了！"爸爸突然想到什么似的大声说，"我差点儿忘了，天气预报说今晚有一场暴风雨。还好我们赶早读完了今天的书，可以观赏这场暴风雨了！"

当然，其实他并没有忘。这也是我们读完一章《就是这样，小猫》之后直接到门廊上来的原因。当然一部分原因是来看看伯莎，不过也是为了看看另一番美妙的景象：即将到来的夏季暴风雨。

我们关掉了门廊的灯（我向伯莎道了歉，如果这影响了她的工作的话），这样能得到观赏闪电的最佳效果；然后边喝菠萝汽水边等着暴风雨的来临。电闪和雷鸣之间间隔的时间越来越短，我们也越来越兴奋。在学校里我们学过，在看到闪电和听到雷声之间，你可以说完几个"密西西比"，那么暴风雨就在若干英里之外。我忘了具体该怎么换算，但是刚才暴风雨已经离我们只有六个密西西比远了，这真让人激动。我兴奋地告诉爸爸，他笑了："你还记得小时候曾被暴风雨吓坏了吗？"他问。

"不，我从来都不怕暴风雨。你说的一定是'蜘蛛'。"我不屑地说。"蜘蛛"这个相当贴切的外号是我们给姐姐起的，因为她的腿又长又细。当然了，这个比喻也是最高的恭维。"不，不，就是你。"爸爸肯定地说，"在你 2 岁的时候，或许已经到了 3 岁，你非常害怕雷雨。你妈妈给你养成的这个习惯。远处一开始'轰隆隆'地打雷，她就会马上把你喊到屋里去，一点儿都不让你听到，好像世界上最恐怖的事情马上就要降临到海泽尔大道上来了。"我还是不相信爸爸的话。"如果我当时害怕暴风雨的话，为什么现在不怕了呢？"我疑惑地问。

"你觉得我会容忍你害怕像雷雨这样美丽的事物吗？开玩笑！我一意识到你妈妈在做什么，就马上把你带到门廊上来，就在这里聆听暴风雨的声音。每次天空劈过一道闪电我都会大喊：'这个漂亮！'"

"那我当时什么样呢？"

"跟现在一样。只过了几分钟，你也开始跟着大喊'这个漂亮'！你会不停地跳呀，跳呀，跳呀，尽情地欢呼，挥舞着小拳头，哪怕一道闪电正好在头顶劈过也一样！有时我担心我们的房子会被劈开，但是只要我们站在门廊的屋檐下面，离房子近一点儿，我觉得应该是相当安全的。像在其他任何地方一样安全，我认为。"

暴风雨越来越近了，窗子开始被震得簌簌抖动，在我们耳中听起来异常美妙。随着那嗡嗡声，我们兴奋地期待着。

"这么说来，我喜欢暴风雨唯一的原因是你说服了我？"

"你喜欢暴风雨是因为它们很有趣！天空会被照亮，你能看到整条街道；再加上它有很大的声音。也许还因为它有点儿危险。"

爸爸形容的也正是此时的情景：天空被撕开一条口子，开始下起瓢泼大雨。我的第一反应是看看伯莎是不是安全。不过她是个聪明的姑娘，早就去找地方避雨了，躲在了排水沟后面。你得知道该到哪里去找，因为她只有一条棕色的腿露在外面，在白色油漆的对比之下，有点儿像在卖弄风情。而那个新来的"不是蜘蛛的蜘蛛"则转移到了窗户那里，我看不出来她是在往窗子里面看还是在往外面看。长着那么多眼睛，也许她能眼观六路吧。

"我从来都不害怕蜘蛛，对吧？"我不甘地问，即使明知如果得到一个否定的回答，那就太丢脸了。"我印象里你没怕过，"爸爸笑着说，"但是我采取了预防措施。"

我想起了《夏洛的网》，这是我们一起读的最早的书之一。蜘蛛夏洛是书里我最喜欢的人物，超越了小猪威尔伯，甚至超越了老鼠坦普尔顿。她用她的网来拼写单词，就像我当初学习拼写的时候一样，我知道她当时的感觉一定非常自豪。自己亲笔写的每一个单词看起来都那么漂亮，写在网上的字一定更加漂亮。说不定伯莎也会写字，但是因为身边没有一只像威尔伯那样的小猪需要她去搭救，所以她也就不费这个劲儿去写英语了。他们写蜘蛛的语言，由一连串紧凑的大写字母组成，人类是无法读懂的。夏洛一定能读懂 —— 她是语言天才，英语、蜘蛛语、猪语、老鼠语、鹅语，无一不通，另外还能抽出时间来做些漂亮的东西。但是，这也没有让我对伯莎的喜爱减少一分，因为她是一只真正的蜘蛛，而且是属于我们的。

"我应该是自己喜欢上蜘蛛的。"我坚持说。

事实应该就是这样，因为他们的颜色，他们的眼睛，他们包裹礼物的技术，以及他们令人眼花缭乱的网，还有他们的腿 —— 像我姐姐的腿一样 —— 我无一不喜欢。

"甚至连伯莎这个名字都不是你起的，"我指出，"是我起的。""对，也许你从小就一直喜欢蜘蛛。"爸爸表示赞同。我还是有一点儿被欺骗的感觉，因为他想把所有的一切都归功于自己。但是他引发了我的思考，而我也有了一些不一般的感觉。

最近，我开始偷偷地有一点小小的骄傲。我为自己喜欢暴风雨和蜘蛛而骄傲，这都是我的大多数朋友害怕的东西；我为自己可以无惧地在门廊上看着狂风抽打枝条，等待闪电划过天空而骄傲。即使多年前是在爸爸的哄骗之下我才走出了某种恐惧，但是这真的有那么糟糕吗？无论如何都好过躲在床上，用被子蒙着头等待暴风雨平息 —— 就像我在女同学家过夜时目睹的那样。

现在，我感受到的兴奋完完全全都是属于自己的，不需要爸爸的帮助就会发自内心地激动起来。当闪电最终划破夜空，像闪光灯一样照亮我们的脸庞，我们都不约而同地站了起来。但是这次这句话是我说的，而且赋予了它别样的含义："这个漂亮！"我大喊，兴奋地跳着，欢欣地挥舞着拳头。

第758天

倾听爸爸

死亡冷酷无情、令人悲伤，每个人都为其痛哭，
但是，死亡是生命的一部分，
当你认识的某人去世，让生活继续是你的使命。

———

黛博拉·威尔斯《每只唱歌的小鸟》

Deborah Wiles, *Each Little Bird That Sings*

我从没把祖父当作"爸爸的爸爸"来看待。我无法想象他年轻的样子，也无法想象他和奶奶相恋，拿出戒指求婚的场景。我知道他曾经参加过战争，是一个英雄好汉，但是我觉得可能没人确切地知道他当年的英雄事迹。有一天他的孩子出生了，他把他们养大，然后他荣升爷爷了。虽然我对查尔斯·布罗齐纳这个人了解不多，但是对作为爷爷的他，我至少还是比较熟悉的。

爷爷在房子后面开辟了一片小菜园，种的是新泽西常见的作物，像南瓜啦，草莓啦，还有比我拳头还大的西红柿。每天他都会去菜园劳作几个小时，灰色条纹的工作裤被汗水浸湿 —— 偶尔他也会穿一条蓝色的裤子。直到他去世之前几个月，我才意识到他是一个退休的修路工人，侍弄菜园只是他的业余爱好，而并非像我一直认为的那样，是一个全职的农夫。他从没对我提起过以前的工作是什么样的，反而总是在送我回家的时候，用皱巴巴的塑料袋给我捎点儿他的"农产品"。所以有很多年，我一直都希望成为一个农民。爷爷的身上总是有泥土和肥皂的味道。在我看来，这两种味道混在一起，就是最完美的组合。

我对爷爷的葬礼印象已经很模糊了，只记得那种熟悉的味道不见了，就像从妈妈搬走的那天起，她的味道也从家里消失了一样。停放着爷爷棺材的屋子里有鲜花的味道、香水的味道，还有木头抛光剂的味道，但就是闻不到一丝泥土或者肥皂的味道。

我还记得那些小小的祷告卡，是我把它们叠成小小的正方形的。姐姐告诉我，总有一天我也会用到这些的。因为时间久远，那天其余的事情我记不清了。我唯一记得清楚的事情发生在葬礼之前的那天晚上。

那天晚上，爸爸和他的兄弟姐妹被叫到了第二天一早要举行葬礼的客厅，确认一下爷爷的遗容是否整理得让他们满意。当爸爸回到家，上楼来为我读书的时候，神情似乎有些激动。因为今晚的事更多的只是一个程序（爸爸之前已经见过爷爷的遗容了），所以我也没多想这会给爸爸带来什么影响。我们之前从没谈论过爷爷去世的事，所以当我问爸爸怎么了，我以为接下来会有一场像电影台词那样的对话：爷爷走了，不会再回来了，但是他去了一个更好的地方；我的难过很快就会过去的，但他永远会活在我的心里。我一点儿都没想到爸爸会说出他的感受，尤其是对我说。在这个世界上的人生经历只有短短十年多一点儿的我，似乎并不适合扮演一个富有同情心的倾听者的角色。但是当我坐在爸爸床边，不时地点着头，在合适的时机问一些问题的时候，我就已经在努力演好这个角色了。不需要经过什么引导，爸爸就自然而然地开口了。这让我觉得与其说他在向我解释死亡，不如说他在向我倾吐，减轻一些压力。

"我们都围站在棺材旁边，"爸爸的声音很平静，却出奇地温柔，"房间里有点儿挤，因为奶奶和我们兄弟姐妹四个都在场。他们都挤在棺材旁边，看着躺在里面的爷爷，但是把我挤得没地方站了。我曾经试图挤进去，不过最后失败了，只好往后移，站在爷爷的脚边。"

我点点头，用了一个最近在学校学到的新短语："你感觉怎么样？"

"起初非常不爽，因为我也想跟他们一样，尽量再多看爷爷一眼，但是即使以我的个头，也被查尔斯或者霍华德挡得严严实实。所以我有点儿不高兴。光凭看到一双脚，我能给葬礼司仪什么反馈呢？难道要我告诉他，父亲的鞋还需要再擦擦？"

"那鞋真的需要擦吗？"

爸爸忽略了这个问题。我注意到我问的那些问题，爸爸只会有选择地回答他想回答的。我尽力当一个最好的倾听者，甚至连手指甲都不咬了。嗯，偶尔咬一下，好帮助我集中精力。

"我有点儿忧伤地站在那里，等着轮到我走到棺材的顶端。

但是当我走到父亲的头边时，却又开始看他的脚了。盯着他的脚，我不禁开始沉思。"

"爷爷的脚让你想到了什么？"

很明显，就算我不问，爸爸也会告诉我，但是我想让他知道我在认真听他讲话，也不害怕听他谈论死亡，尽管父母一般总是尽量避免谈论这个话题。

"爷爷的脚让我想起了自己小时候，"爸爸的声音里透着紧张，这说明他要讲的这件事曾经给他带来很深的影响，"以前他会给我 5 美分让我给他揉脚。他下班回家以后，脚会很疼，于是就会给我 5 美分，让我帮他揉揉脚。而我则会用这个硬币去买一些棒球卡。你知道，你爷爷一共有我们四个孩子，但是我不知道他有没有让其他人帮他揉过脚。就我所记得的，这只是我和你爷爷两个人之间的事情。"

说完爸爸叹了口气，似乎把这件事说出来比藏在心里更加难受。我暗暗地提醒自己，不管我长到多大，以后再也别跟爸爸提起这件事了。就把它当作秘密藏起来吧。

"你和爷爷没有其他的故事了吗？像我们的'连胜'计划那样的。"

"没有那样的。我们都喜欢棒球，不过我的兄弟们也同样喜欢。"

爸爸想了一会儿，我知道自己这个问题问到点子上了。爸爸的床对面有一面镜子，我偷偷地打量镜中的自己，看看自己是不是突然间长高了一点儿，或者长得更像大人了。我觉得是的，虽然也许只是一点儿。爸爸的块头还是像以前一样大，但是他整个人蜷缩成小小的一团，背弓着，好像在尽力抵御着暴风雨的袭击。

"嗯，拳击是我和爷爷的共同爱好。住在华敦路的时候，我们经常一起看比赛；我从家里搬到这儿之后，他也会来这儿看比赛。有时我会带他去看现场比赛。有一些比赛相当精彩。"

"这么说，你和爷爷还是有一些其他的只属于你们两个人的回忆的，不光是揉脚。"

"对，是有一些，但是不多。当你有四个孩子的时候，要做到这一点很难。你总不能把所有的时间都花在一个孩子身上吧？其他三个干什么呢？当你们最后终于可以单独待在一起了，却发现自己也长成大人了。当然了，并非人人都是如此。在你努力认识世界的过程中，才会慢慢地了解彼此。"

"但是你现在还在努力地认识世界，不是吗？"

"你说得很对。那你呢？"

"我也是。有很多事情我都想知道。而且'蜘蛛'也一定有很多事情想弄清楚。"我指着爸爸摆在床头柜上的一幅姐姐的照片说。

"跟四个孩子比起来，两个就容易多了。"

"但是你仍然有时间去了解爷爷，对吗？有很多时间。"

爸爸摇了摇头，表示"不敢苟同"，或者直接就等于老实告诉我"根本不是那样"。爸爸把书摊在膝盖上，准备开始给我读书了。但是他的目光却停留在地板上，呆呆地望着。也许他在望着自己的脚。我想继续问下去。爸爸非常坦诚地回答我的问题，这是以前从没有过的。他把我当作一个大人，在解释死亡的时候，打破了通常的那些条条框框。仿佛他不是在讲述死亡，而是在讲述查尔斯·布罗齐纳，他的父亲；讲述中也顺便提到了詹姆斯·布罗齐纳，我的父亲。一切就在他的讲述中逐渐清晰起来。

"他一辈子工作都非常勤奋。他父亲去世的时候，他还是个少年，就已经开始像个大人一样每天上班了。"

这件事我以前听说过，但这是我第一次试图去想象爷爷的童年。他比我现在大不了多少，已经开始赚钱养家了。这种事只是想想就让我觉得难受。想象着爷爷的父亲去世之后他的遭遇，我心里更加难过了。如果爷爷也早早过世了，爸爸会怎么样呢？爷爷放弃了自己的童年，像个大人一样出去工作赚钱，那么他怎么跟自己的孩子相处呢？对一个从 14 岁开始就出去靠力气挣一点儿微薄薪水的男人来说，付给儿子 5 美分让他给自己揉脚未免有些傻气，甚至有点儿讽刺意味。但是，我想象着爷爷那张饱经风霜的脸庞，那张脸上的表情是快乐的。在我的记忆中，爷爷的皮肤暗沉粗糙，但是嘴角却始终挂着微笑。就在几天之前，爷爷活着的时候我刚刚见过他，所以我很确定。

"他辛劳了一辈子，"我说，"但是去世的时候是快乐的。"

"你真的这么想吗？"

父亲的声音听上去有点儿奇怪，竟然有点儿像我平时向他提问的口气 —— 满怀希望地渴望得到一个正面的解释，同时也需要一些指导。我不知道怎么扮演好这个角色，因为通常都是我向他提问。但是，我尽量去想象平时父亲会怎么说。我用一种平稳自信的口气说道："当然，他有四个很棒的孩子，现在都有稳定的工作和家庭。他有爱他的孙子孙女。他还有奶奶，"说到这里，爸爸看上去神色有些担忧，所以我马上避重就轻地说，"奶奶会想念爷爷，但是他们也一起度过了很多快乐的日子。爷爷还有一个美丽的花园，种满了好吃的东西；还有一条很棒的工作裤，还有那让人难以忘怀的味道。爷爷是个了不起的人，度过了了不起的一生。我觉得他离开的时候是快乐的。"

说完，为了表示我在用心倾听，又继续说："读完书之后，我们能不能一起看看那些你靠给爷爷揉脚挣钱换来的棒球卡？"这句话提醒了爸爸，我们还有任务没有完成。他抽出了夹在书中的书签。"你有给人写一篇优美的悼词的潜力，宝贝。"

爸爸的声音和微笑告诉我，他心里好受多了。但是我希望他说这句话的意思是，他没有后悔向我敞开心扉。失去亲人是令人悲伤的。我们都很伤心，尽管爸爸是个大人，并且当了父亲。如果他只是说他很伤心，也许我不会相信。但是当他坦诚地把自己的感受说出来，我罕见地看到了爸爸脆弱的一面，可能很多年都不会再看到了。也许我还是太小，不能透彻地理解死亡，但是我已经能够明白，现在家里发生的这件事有点儿不一样。我用自己的方式帮助爸爸度过这段痛苦的时间。

当我们开始读书的时候，我更紧地偎依在爸爸的臂弯里。我轻轻地哭了，眼泪滴在他的衬衫上、枕头上 —— 因为我想爷爷了。同时我也知道，一切都会好的。

· 第*829*天 ·

爸爸的课堂

"我向来信奉一条金科玉律：

小事永远是最重要的。"

—

亚瑟 · 柯南 · 道尔爵士《福尔摩斯探案集》之《身份案》

Sir Arthur Conan Doyle, "A *Case of Identity*," *The Adventures of Sherlock Holmes*

我们的校医很清楚我的一些小把戏。我并不是不喜欢上学，也不是特别想回家 —— 因为上午 9 点到下午 2 点之间也没什么好看的电视节目。但我就是喜欢往校医那里跑，我喜欢被人送回家。这是我练习演技的好机会，也许顺便还能躲过做那些乘法练习。

我们的校医是一个友善、健谈，同时又很热情的人。就算有时她没送我回家，也会让我在办公室里待一会儿。我想，她一定也很喜欢我们来找她玩，就像我们喜欢去找她一样，因为原因是相同的：这是日常琐事之外的一种休息。

老师很快识破了我的计谋，开始限制我往校医那儿跑，但也不是无机可乘。比如说，那些代课老师看到我们痛苦地咳嗽或者湿冷的双手就会同情心泛滥（我刚刚很自然地用了第二招，这也是我很擅长的一招，所以经常用）。在操场上，如果有人提出要求，就会顺利地被送到校医那里去，因为场边的急救员觉得如果不是真的坚持不下去的话，是不会有同学轻易放弃踢足球或者玩躲避球的机会的。我这辈子可能都会讨厌任何一种需要踢呀接呀的运动 —— 对我来说，我经常需要躲开那些亮红色的球，免得砸到头上。我一点儿都不擅长这些"运动"，觉得它们无聊至极。但是更重要的一个原因是，我经常被球砸到。急救员也不会把这种事放在心上。最直截了当的办法就是，呼呼地喘粗气，也许再假装对自己不能上场表示一点儿遗憾（"真是的！我真想把这貌似有点儿危险的球踢到对方的门洞里去！"），这样我就能名正言顺、大摇大 摆地去医务室了。

我一进去，校医就会微笑着拉过一张椅子。大多数时候她会问我哪儿不舒服，但是有时候，她会试着根据我的面部表情或者是神态来猜。"嗓子疼？"她边说边伸手去拿止咳药。"是的，"我小声回答，把手迅速从肚子挪到脖子那儿去，"真的很疼。"

接下来的十分钟，我都必须躺在简易的病床上。医务室里一共有三张病床，但我每次都会躺在左边角落里的那一张床上 —— 如果爸爸知道了也许会说，这好像是我"家以外的另一个家"。这张床在一个小小的隔间里，墙壁上贴着光洁的瓷砖，就是在新生宿舍、医院还有其他让人感到不开心的地方经常见到的那种瓷砖。

房间的另一头是洗手间，自从有一次看到一个生病的小孩吐在里面的东西之后，我无论如何再也不肯踏进一步了。我的小把戏是装得好像要吐，而不是让自己真吐出来。我把洗手间的门关上，免得因为保洁员忘记打扫而不幸被我看到一堆消化了一半的鸡肉饼，然后爬上病床，闭上了眼睛。我一点儿睡意都没有，一半是因为床上为了保持卫生铺了白纸，一动就窸窣作响；另一半是因为我的年纪。10 岁的我，睡觉还基本得靠管。叛逆的天性使我在天黑之后还得精神好大一会儿，更别提自觉地乖乖睡觉了。不过，关键是我也不需要睡觉，就这么躺着反而更像生病。

"睡不着吗？"大约二十分钟之后，校医会走到我的床前问。

"嗯。"我回答，同时疲倦地摇摇头。

"你的喉咙一定疼得很厉害，对吧？"

"嗯。"我回答得有些心虚。

"我们去给你家人打电话吧。"校医边说边要扶我起来。

"哦，不，"我嘶哑地低声说，"我还想回外面去踢球呢。我喜欢踢球，也喜欢接球。不过如果你真的认为应该给我家人打电话的话……"

这个时候就是要推辞一下，如此一来就大功告成了。我想也许是同样为人母的原因吧，校医总是先给我妈妈打电话，尽管她已经从家里搬走了。偶尔我也去过她家，但是差不多半年才去一次，在她和我都没生病的时候 —— 妈妈总是在不停地生病。校医的电话声音很大，我完全能听到电话另一头说了什么。当我听到妈妈那抱歉但又有些烦躁的声音时，我就能猜到接下来会发生什么了。

"没问题，"校医会愉悦地说，"那我再给她父亲打电话吧。"

我并不是不想跟父亲待在一起 —— 我一直都很喜欢待在他身边。但是当他上班的时候 —— 打扮得很精神，穿着熨得平平整整的裤子，系着鲜艳的领带 —— 他就像换了个人一样。在家的时候，他会宽容地放纵我，优哉游哉地闲玩几个小时都没关系。我们会一起吃冰激凌，看 50 频道的恐怖电影，当然还会一起读书。但是在他工作的时候，这些事里只剩下一件是最重要的：读书是一切的焦点所在。其他的任何事情对他来说都是干扰。

爸爸在小学图书馆里工作了三十八年。我可以很公正地说，他是一名最好的图书馆馆员。他的学生们都很喜欢他，因为他很称职 —— 从给学生读书，到教导他们，营造一种互相尊重的氛围，爸爸非常擅长引导孩子们爱上图书馆。每天见到爸爸绝对是一件令人开心的事情。当然了，有些时候爸爸也会铁面无私起来，少有地惩罚一下。

每当爸爸接到电话要他来接我，而他也答应来的时候，我就要真的生病了 —— 他跟校医不一样，如果我没发高烧的话，他就会默认我是在装病。我们会迅速地回家拿上我的睡袋、枕头、咳嗽药，然后再直奔他的图书馆。我曾经试图说服他，当你"真的"生病的时候，最不想去的地方就是小学了，那里到处是又吵又闹、身上沾满细菌的孩子。事实上，正是因为这个，我才不愿意让爸爸来接我。但是我的爸爸生来只有 25% 的听力，所以当他想做什么事的时候，很容易对我的抗议置之不理。只要我能爬上他办公楼的楼梯，那么就逃不掉跟他去图书馆的命运了。

我们到了之后，爸爸首先要跟同事们打声招呼，告诉他们他回来了，图书馆的课程可以照常进行了。这时我就会在爸爸的办公桌后面把我的睡袋铺开，我觉得这个位置可以隔开一些视线，让他班上的同学少看我几眼。不过，从桌子下面还是能看见我，从进门的地方也能很清楚地看见。这里真不是个很好的藏身之处。孩子们一进图书馆，就会马上问藏在桌子后面的是谁，纳闷我是不是奄奄一息或者干脆一命呜呼了。爸爸对这些问题通通都置之不理，让他们快点儿到座位上坐好，因为他不想让学生的注意力被分散得太多。

根据我去爸爸学校时间的不同，会听到他反复读三到八遍相同的内容。他读的内容都选自七本左右的图画书，在父亲看来，本本都是经典，我在家里早就听他读得耳熟能详了。在给学生上课之前，爸爸会事先进行几个小时的练习，整本书的内容都已经烂熟于心了。所以，他上课的时候会一直把书面向同学，把上面的图片展示给他们看。这些书的每一本，爸爸都可以背下来，用一种清晰而又夸张的声音朗诵给学生听 —— 读的内容从"大红狗克利福德"到民间故事等等，不一而足。而且他最喜欢的书，例如"大红狗"系列和"沉默的兔宝宝"，简直可以说是倒背如流，始终保持流畅的节奏，翻页的时机也把握得恰到好处。

因为我是在开学几周之后才有机会走进爸爸的课堂的，所以我不知道爸爸的学生是否对他的这项本领感到惊奇。当然了，我觉得这没什么好大惊小怪的 —— 看到爸爸事先反复地练习，我有很多年都坚信给孩子读书的人如果做不到像他这样，就是偷懒了。听爸爸读书，情节的发展是那么水到渠成，翻页的时候是那么有自信，他会让你听出接下来有精彩的事情要发生了，你的眉毛会不自觉地挑起来。作为一个和朋友一起自编自演过戏剧的人来说，这也许正是我灵感的来源所在。爸爸一直都说自己从来都不喜欢表演，但是多年来他恰恰每天都在表演。他会不着痕迹地改变声调，扮演一个小孩子，比如苏斯博士笔下的小女孩辛蒂露；或者在讲完一个像《怪兽和裁缝》这样的恐怖故事之后，突然"砰"的一声把书合上。要做到像爸爸这样是需要很多技巧的。

但是，当我带着昏昏沉沉的脑袋和上下搅动的胃缩在睡袋里，躲在爸爸桌子后面的时候，我发现他的表演实在是太有感染力了。每次读到扣人心弦的情节，孩子们紧张地喘气的时候（我甚至连书上的图画都看不到，因为是朝向孩子们的，不过还是会跟着紧张），我都会呻吟着捂上耳朵，往睡袋里再缩一缩，无比渴望能找个地方，什么地方都行，能躲开这里的声音和灯光。不管起初我觉得这有多么糟糕，随着爸爸的朗诵，我的感觉都会越来越糟糕。更糟糕的是，如果读的是一本朗朗上口的书，就会很容易让人记住。遇到这种情况，我就会发现自己这一天剩下的时间都会不自觉念念有词地重复这本书的内容，逃不出爸爸的"魔音贯脑"，也逃不出每本书读完之后那些热烈的掌声了。每当这种时候，我就无比渴望回到医务室那张简陋的病床上，回到那间贴着瓷砖的昏暗的房间，也许再真正地来上一觉。

爸爸开车带我回家的路上，我会忍不住再提一遍这件事："关键是你把我带到图书馆，我感觉更不舒服了。那里又吵又热，到处是人。你不该带一个生病的孩子到那种地方去。"

"对一个应该在发高烧的人来说，你的思维未免过于清晰了点儿吧。"

"你说这句话的意思是，你明白我的意思了？"

"玛莎说：'不用讨论了！'"这时爸爸会引用一本经典著作（对我们来说是经典著作）里面的对白来结束对话。这句话是出自詹姆斯·马歇尔的系列绘本《乔治和玛莎》（*George and Martha*）。当玛莎，或者我爸爸，说"不用讨论"的时候，就代表可以闭嘴了。于是我一路上都会生着闷气，试图把从图书馆地板上沾的灰从头发上弄干净。朗读是他的激情所在，这种激情是如此强烈，以至于在家里面对一个生病的小孩他都停不下来。他自己从不生病，所以显然永远不会看到这样的一幕：他坐在沙发上无所事事，我在楼上窝在床里睡大觉。只要他能读书，他就会读下去，完全无视任何干扰，比如我在图书馆的后面发出的阵阵咳嗽声。

也许这也是"连胜"计划能坚持下来的原因之一吧。只要父亲计划去做一件事情，那么什么都无法阻止他 —— 尤其当这件事是朗读的时候。读书是神圣的，是多年一直坚持下来的传统。

我记不清他是从什么时候开始给我读书的（在"连胜"计划正式启动之前，我们已经读了很多年了），当然我也想象不到读书什么时候会结束。爸爸也一样。

在那些我蜷缩在睡袋里，咳嗽得惊天动地，喷嚏打得一塌糊涂，度日如年的日子里，我们还在坚持读书。我们当然会坚持。那些在图书馆里连续五个小时不间断的，让人无处可逃的朗读并不算数。因为那时爸爸并不是读给我听的，在他眼中这不能代替什么。所以晚上我洗完澡之后，睡觉之前，我会抱着破破烂烂的洋娃娃安妮 —— 这是 4 岁时爸爸给我买的。安妮个头很大，几乎和我一样大；当我累的时候，抱着她会觉得很沉；但是她的嘴是用鲜红的线勾勒出来的，看到那红艳艳的微笑的小嘴会让我感觉好很多。我会抱着一盒纸巾钻进被子里，挨着爸爸。我会打喷嚏、咳嗽，时不时地还要克制住想吐的感觉 —— 但我们还是会读书。

是的，我们会读书 —— 只有我和爸爸，一如既往。

· 第 *873* 天 ·

自行车狂人

"聚精会神地观察是为了准确无误地记住。"

——

埃德加 · 爱伦 · 坡《莫尔格街凶杀案》

Edgar Allan Poe, *The Murders in the Rue Morgue*

"它有很炫的喷漆，骑起来就像在云端一样妙不可言。"吃早餐的时候，爸爸又开始向我推销他买的自行车，我则向他投以怀疑的目光。这一辆的外形看上去不怎么样 —— 这已经是今年夏天爸爸从别人家后院里买来的第六辆旧自行车了。我觉得我有必要跟他谈谈。

"听着，"我开腔了，"你知道怎么骑自行车吗？"

"当然了。"爸爸说着跨上去，飞快地从我面前骑过，一直骑到地下室门口。

"那你打算骑吗？因为如果它又像其他的自行车一样，被扔在地下室里闲着的话，你就该考虑别乱花钱了。"

爸爸把头歪过来，仿佛听不太清楚我在说什么，他应该明白我是对的。爸爸从小家境贫寒，买东西向来精打细算。如果要找出一件让我父亲有罪恶感的事情，那就是花钱。

"这辆车多少钱？"

"才 25 块钱！真是捡了个大便宜！"

"如果你永远不骑的话，它就算不上'便宜'。你把它推到地下室里的那天起，还会把它再推上来吗？这个'大便宜'还有重见天日的一天吗？"

"我在考虑，把它给你骑怎么样？"爸爸满怀希望地提议。

"你明知道的，我不会骑车。"

"吃完你那些猪食以后我们可以试试。"

爸爸最喜欢用这个词来表达"吃饭"。通常我对此都毫无反应，但是碗里的早餐渐渐凝固，变得不那么诱人了，我也很快没了胃口。

"我吃饱了，但是我对学骑车不感兴趣。你最后会被我弄得不耐烦，我也会从车上摔下来，把脑袋摔开花。"爸爸走出屋子到门廊上，不一会儿又进来了，手里拿着一个亮粉色的头盔。"我还买了这个。"爸爸有点儿不好意思地说。

我对骑自行车真的是一点儿都没兴趣。我长到 12 岁，从来没骑过车，生活照样过得有滋有味。姐姐学骑车学得很不错，但是父亲还是只让她在我们家的车道上骑。我家附近的街上连个人影都没有，但是爸爸还是不让她骑上街，我不明白他有什么好担心的。姐姐唯一能做的就是骑车到信箱，转个弯再回来。如果爸爸在外面洗车或者除草，姐姐能做到不在街上磨蹭的话，那么就允许她沿街骑到隔壁的院子那边，然后再骑回来。不用说，这样一来姐姐肯定小小年纪就失去了对骑车的兴趣，我则是从没发展过这方面的兴趣。但是我知道爸爸为什么把这事看得那么重，所以我同意他帮我扶着后座，摇摇晃晃地学起了骑车。

但是，这也不代表我把爸爸买车的事就这么揭过去了。

"你知道，"我说，"长大之后不管你买多少辆自行车，长大了就是长大了。你不可能让时间倒流，给 10 岁的自己买一辆自行车。给我一辆车也不能算数，而且我并不想要。"

我的这番话仿佛不但没让他泄气，反而鼓舞了他。

"你知道我寻找一辆自行车的故事吗？"

"知道一些。"我说，紧皱双眉作沉思状。我当然记得，但是我向来乐于听爸爸的童年故事。

就像他很擅长读书一样，我觉得他更擅长讲述自己的人生故事。不过可能我更关心他故事里的主人公。当时我们刚开始读哈利·波特系列，读得非常投入，因为这套书是当时最热门的；在我的要求之下，我们每天都坚持朗读这套书。我完全理解哈利为什么那么想弄清楚关于父母的一切。不过，和他相比，我有个优势，因为我的父母还健在，所以就没那么有神秘感。无论如何，看着这些大人，想象他们孩提时代的样子仍然是一件有趣的事 —— 不管他们被恐怖的伏地魔谋杀了，还是活得好好的。一辆接一辆地买二手自行车 —— 尽管我的父亲不是一个伟大的巫师，在我眼中他的故事也同样精彩。哈利让我更懂得欣赏这些故事 —— 现在我就想听一个。

"你小时候曾经特别想要一辆这样的自行车，你父母就给你买了一辆对吗？一辆红色的。"我装出一副对此深信不疑的样子，尽管这只是我临时编出来的。爸爸摇了摇头，带着对我有点儿惋惜的神情。

"宝贝，"他说，"你的记性比我的还差。"

"我想我不记得了。"我知道爸爸马上就要上钩了。

爸爸清了清嗓子，使劲推了一下我的车座，让我加点儿速。

"我的确想要过一辆自行车，"爸爸开始讲了，"我记得你伯伯查尔斯有过一辆，是爷爷在路边捡的。因为他是最大的孩子，所以车子归他了。"

"类似长子继承权。"我好心地插了一嘴。

"是的，因为他是最大的儿子。你在 C 先生的课上学过这个吗？这件事有点儿类似，但是要分的东西是一辆自行车，不是土地；而且这辆车也不属于你爷爷。所以，其实这件事跟长子继承并不太沾边，不过你能知道这个词儿也很不错。"

爸爸非常高兴，因为他上大学的时候主修的是历史。"可惜爷爷没捡到两辆，你知道，而且我也不能张口要一辆。当然了，我也不会这样做。"

爸爸呼了口气，也许是在考虑用不用告诉我为什么他没有要一辆车。但是他以前跟我讲过他小时候家里的一贫如洗的样子 —— 晚饭顿顿喝蔬菜汤，房子里也没有热水，整个高一爸爸就是靠两件有污渍的衬衫撑过去的 —— 这些足以成为爸爸不要自行车的理由了。爸爸从不开口要任何东西，因为要了也是白要。爸爸继续讲道："所以邻居家的孩子到哪儿去的时候，我就跟在他们的自行车旁边跑。"

我怀疑爸爸有没有留意自己刚才的动作，也是跟在我的自行车旁边跑，紧张地看着我有没有往一边歪。

"每个人都有一辆自行车，除了我。我想，跑这么多路，也许倒是有利于我锻炼身体。但是没有车也的确让我显得跟别人格格不入。"

"格格不入也并不完全是坏事。"我提醒爸爸，因为我知道他把个性看得很重。

"不，我那种格格不入是不好的格格不入，我很清楚。所以，当童子军宣布要组织一场全城比赛，一等奖的奖品是一辆自行车的时候，你可以想象得到我有多么激动。我暗暗地下定决心，一定要卖出最多的巧克力。巧克力 1 美分两块，个头很大，还有椰子奶油夹心。谁卖得最多，自行车就归谁。我渴望得到那辆车。"

"你觉得自己有胜算吗？""不觉得。如果说我有什么计划的话，也就是不停地推销推销再推销。我没时间去想其他男孩在⼲什么，因为我满脑子都想着赢大奖。"

爸爸的手稍稍离开了一下自行车，他以为我自己能保持平衡呢。我马上朝他倒过去，爸爸一把扶住我，帮我把车扶正，又继续讲他的故事：

"当时正值深秋，秋高气爽，但是每晚放学之后就会有点儿冷，还刮风。在那种天气之下，你就会不停地流鼻涕。能体会吗？反正当时的气温对我来说太低了。我央求你奶奶让我用用查尔斯的单车 —— 虽然他平时不骑，但我还是连碰都不能碰一下 —— 因为它不属于我。"

这时爸爸用一种渴望的眼神看着我骑的单车，似乎忘记了和其他五辆放在储藏室的单车一样，这辆车是他的。

"所以每天放学之后，我就把巧克力放在车筐里，骑车在方圆两英里以内挨家挨户地推销这讨厌的'1美分两块'的糖果。等我回家的时候，家人都已经回来了，因为也没什么地方可去。不过，我也不是每天晚上都出去推销这该死的巧克力。"

"那些巧克力有这么糟糕吗？"

"不，事实上还挺好吃的。虽然是我自己的商品，我也吃不起太多。但是我记得那巧克力味道很好，所以我一定是尝过的。卖巧克力的整个过程都很痛苦，所以显得巧克力就没那么糟糕了。"

"有人买吗？"

"不是很多，但我也卖了不少。不管怎么说，"爸爸继续说道，"最后的期限到了，我紧张地去了组委会那里，就像等待命运的判决一样。屋里挤满了男孩，被从城市各处赶来的童子军挤得水泄不通。"

"有多少人？""少说也有一百个。"爸爸每次讲这个故事，我都会问一遍这个问题，他的答案从来没有变过，所以我知道他没有夸大其词。"组委会的人让我们都安静下来，然后童子军团长说，'你们有多少人卖了 5 美元？'，有不少人举手。然后他又问谁卖了 10 美元，有一些人把手放下了。这完全可以理解，因为要挣 10 美元就等于要卖掉 2000 块巧克力！然后他又抬到 15 美元，更多的手放下了。当他问谁卖了 20 美元以上时，只剩下我和另外一个孩子举着手了。"

听到这里，我想把车停在路边，因为来到了故事的高潮部分；而且我为了保持平衡已经被弄得手忙脚乱了。但是我不会刹车，也不想问父亲，因为这样会打断他。

"所以童子军团长看了看我，又看了看那个孩子，然后先问我卖了多少钱。我老老实实地回答 —— 同时带着一股子自豪 —— 23 美元 16 美分。然后他转向另一个男孩，问他卖了多少钱，那个男孩说他卖了 25 美元。"

通常讲到这里的时候爸爸会形容一下他的心是如何猛地一沉，如何眼巴巴地看着那辆自行车被推出来，然后被那个孩子骑走了。但是今天他只是望着骑在车上的我。我希望他没把我想象成那个男孩，把他为之努力了那么久的奖品给夺走了。

"没有二等奖吗？"

"连把尺子都没给。那个男孩得到了自行车，我两手空空。"

讲到这里，我不得不惭愧自己知道得太多了："但是他实际上并没有挣那么多钱，对吗？"

"我也不能确定。不过几年以后，我发现那孩子是童子军团

长的儿子，而且他出名地懒。然后你就可以琢磨一下了，那个
团长先问我挣了多少钱是不是有点儿可疑？你不觉得不管我说
多少钱，他的儿子都会报上一个比我更高的数字吗？当时，我
真的相信了那家伙挣得比我多。但是后来想想，那几乎是不可
能的。不管怎么说，爸爸让你这么做，每个人都会乖乖听话的。
我觉得要光明正大地赢得那辆车是不可能的，他们事先就已经
知道该归谁了。不知道我说得对不对，但是直觉告诉我事实就
是这样。"

这些有点儿愤世嫉俗的话不像爸爸说的，因为没有得到奖
品就怀疑是别人从中作梗。但是每次听爸爸讲这个故事，想象
着那个男孩和他那当团长的爸爸时，我也不能信任他们。我甩
甩头，想把他们从脑子里赶出去。

"然后我就开始梦想拥有一辆自行车。在梦里我能把那辆自
行车看得清清楚楚：它是海绿色的，轮胎侧面涂成白色，车头
有一盏灯，可以任意开关，车把上还垂着长长的流苏。我经常
做这样的梦，每周都要做几次。在梦里，我能看到那辆车，施
文牌的，就停在我的窗外。"

"然后呢？"我问，脸上已经绽开了大大的笑容。"然后那
一年的圣诞节，父母给我买了一辆自行车！跟我梦里看到的一
模一样！一点儿都不差。"每次听到这里，我的眼睛总是不禁湿
润起来。"你事先把做梦的事情跟奶奶说过吗？"

"没有！我记得没有。除非我说了梦话。""这简直就是圣

诞奇迹嘛。"爸爸笑了，耸了耸肩。然后他把手放开了，我失去平衡，连人带车歪倒在人行道上。"你这个小笨猴！"爸爸大笑着把我扶起来。我的膝盖摔破了一大片，爸爸的故事也讲完了。

"我觉得我对骑车还是不感兴趣。"我老实说。

"没关系，反正你骑车没准儿会把脖子摔断。"

"但是这车确实挺不赖的，"我说，"我不再觉得这是浪费钱了。"

再一次听完爸爸的故事之后，我有点儿内疚，觉得之前不该那样指责他。"谢谢您恩准我花自己的钱。"爸爸边说边向我深深地鞠了一躬，让我感觉自己像一个女王。

"不过我觉得你应该答应我一件事，"我把头盔摘下来，"如果将来我有了孩子，他想要一辆自行车的话，你得把其中一辆送给他。把你最好的送给他。"

"哦，我看这样可以。"

"也许你应该再多买几辆，这样他就可以好好挑挑了。"

"是的，宝贝，"当我们把这辆车放进储藏室，跟它的另外五个兄弟姐妹放在一起的时候，爸爸说，"我觉得这次你又说对了。"

*12*岁

12 Years Old

一周过去了，两周过去了，爸爸再也不指望我回到他的臂弯了。他把胳膊收了起来。他的身边似乎再也没有我的位置了，我要求他再为我张开手臂似乎也有些不合时宜。所以我就待在现在的位置，找不回曾经的亲昵，却仍然在听他读书。

就这样，我听，他读，我们的计划还是一如既往地进行着。

肯尼迪后遗症

"露，诗对真实的生活并没有什么助益，
诗就是诗。生活能不能改善还得取决于我们自己。"

——

戴维 · 鲍尔达奇《祝你好运》

David Baldacci, *Wish You Well*

"我就是不明白你到底在怕什么。"爸爸站在我的房间门口说，这也许是他今天晚上第五次过来看了，"如果我不知道怎么回事儿，那我什么都不能帮你。"

我一言不发地指了指儿童床的下铺，坚持让他再帮我检查一遍。

"你想让我找什么呢？你到底害怕那里有什么？魔鬼？幽灵？"

"别逼我说出来，"我喃喃地说，"如果我说出来就会变成真的了。"

"这样的话你叫我过来也没什么用呀。我不知道我在找什么。我告诉你这下面都有些什么吧：一堆乱七八糟的毯子。你是害怕铺床吗？你就是怕这个对吗？我猜是这样的。"

当你害怕的时候，别人还来开你的玩笑，再没什么事情比这个更糟糕了。我的忍耐也差不多到了极限。我都 12 岁了，按理说不应该再害怕，但我控制不了，爸爸也应该早就知道。最后，在爸爸继续嘲笑我之前，我终于忍不住脱口而出："我怕 J. F. 肯尼迪的尸体躺在我的下铺上！你明知道的！你每天晚上都会帮我检查！你就告诉我床上有没有尸体就行了！"

"宝贝，"爸爸说，"如果一个前总统的尸体躺在你的下铺上，我还会这么镇定自若地跟你说话吗？你不觉得我会冲下楼，喊邻居来看看吗？"

"不，"我说，"你不会的，因为这事儿太不可思议了。这也是我觉得恐怖的原因所在。别人会觉得你在喊'狼来了'，没人相信肯尼 迪的尸体会在我们家里。"

"我想这会成为一件关系到国家安全的大事。我们也许要回答很多问题。每次不得不回答问题的时候，我就不知道该怎么办了，因为我的听力不好。所以看在我的面子上，宝贝，这个尸体的事情能拖几个晚上再说吗？"

"如果我同意的话，那也不是看在你的面上。"我用床单蒙着头，喃喃地说。

有些孩子会产生一种严重的恐惧，比如对肯尼迪尸体的恐惧，这种恐惧会改变他的一生。我不知道我父母做了什么让我养成了这个习惯。不过我却清楚地记得我是从什么时候开始害怕的 —— 其实也并不是很吓人。

我没有固定的作息时间（"如果你第二天醒来觉得很累，那说明你前一天劳累过度了"，这是我父亲的名言），所以我花了好几年的时间来确定自己的最佳作息时间表。大概在我 8 岁那年，有一天晚上，我早早就睡着了，做了一个噩梦。在梦里，我在我们小学外面的操场上玩耍，和小伙伴们玩一只红色的皮球。忽然大家都消失了，我只好回学校里面。在回学校的路上，我发现有人在后面跟着我。我一转头，发现那人竟然是前总统肯尼迪。我告诉他别跟着我进学校，因为他是个大人，而且已经死了，而我们的学校是为"活生生"的小孩开的。可他还是跟着我，一言不发，看上去有些孤独而忧伤。他让我感到有些不安，所以我不想让他进我的学校，但是他不听，我有点儿害怕了。我不喜欢被人跟着。

这时我从梦中惊醒了。这个梦一定非常短暂，因为我醒来的时候家里其他人都还没睡，还在自己忙自己的。我下楼去找爸爸，又跟他重复了一遍我的梦，但是他有些心不在焉。他正在处理一些文件，确实需要集中精力。为了安抚我，同时又不占用他的时间，他到我们存放录像带的书架那里，选了一盘关于肯尼迪的纪录片放给我看。在影片里，肯尼迪看起来就像一个和蔼可亲的人。爸爸以为看看这个能帮助我从阴影里走出来，明白肯尼迪是那种就算可以伤害我，也不会那么做的人。不过，爸爸忘了在影片的结尾有一个十五分钟的片段，全是讲肯尼迪遇刺和葬礼的经过。那个片段让人感觉很阴暗，比我的梦还吓人，因为全部用的是黑白镜头。对一个小女孩来说，这样一个轰动全国的死亡事件有点儿过于沉重了。我马上跑回楼上，一头扎进被子里面。就这样，我的"肯尼迪后遗症"落下了病根。

其实凭良心说，起初我并不是害怕肯尼迪这个人，我怕的是他的尸体，而且总觉得早晚有一天他的尸体会出现在我的下铺，一副一切就绪就等葬礼开始的样子。我不知道这个念头是从哪儿冒出来的，不过我也很高兴地向大家汇报，现在再回头看看那个念头，就觉得很可笑了 —— 尽管肯尼迪之死是一件非常严肃的事情。

每天晚上，我都要经历一番痛苦的折磨，避开那具"尸体"。起初，我尽量在天黑之前上床。当时正好是冬天，天黑得早，所以我放学回家之后只有一个小时的时间，就该上床了。而且早睡就意味着早醒，醒来的时候往往天还没亮。所以，经历黑暗是不可避免的。后来我转而打开房间里所有的灯，开着灯睡觉。父母倒是没说什么，但是最后顶灯坏了，我个子又太矮，没法换灯泡。爸爸个子够高，但是我觉得他似乎下定了决心不帮我换。随着年龄的增长，我的恐惧也与日俱增，这一点大大出乎了父母的预料。到上初中的时候，怎么躲开躺在我下铺的肯尼迪的尸体，是我每天晚上最关心的事情。

家里养了几只猫，我捉了一只让它睡在我的下铺 —— 不是把它当作祭品，而是让它当我的保安。猫一般都非常勇敢。有了猫之后，我就从梯子上一步跨到上铺去。当然了，如果肯尼迪的尸体要抓住我的脚把我拉下来，那么我爬梯子的时候就是个天赐良机。我想让他知道，他那点儿小把戏逃不过我的法眼。

我到上铺之后，每隔几分钟就会往下面看一下，而且每隔半小时会喊人过来（为了确定他没藏在我看不到的地方），直到大家都陆续睡觉了，只剩下我还辗转难眠。

很快，我的恐惧从肯尼迪的尸体迅速蔓延到关于他的一切，从他的照片到他的名言，无一例外。所以在妈妈搬走的那年夏天，当我得知父亲为我和姐姐筹划了一次家庭旅行，而其中的一站是肯尼迪图书馆时，我觉得害怕极了。爸爸试图说服我，让我相信自己对图书馆的热爱足以战胜对肯尼迪的恐惧。我不得不告诉他，他并不了解自己的女儿，而且我们以前也去过那里 —— 那不仅仅是一座图书馆。不，它比图书馆更糟：那里到处陈列着肯尼迪用过、穿过或者摸过的东西。那里也有杰奎琳的东西 —— 我扒着图书馆的门死活不进去的时候，爸爸这样提醒我 —— 有像衣服帽子这样的时髦、漂亮的东西。可惜我对时尚没有任何兴趣，我的全部注意力都集中在自卫上。我的警惕程度到了一进纪念品商店的门，看到金光闪闪的肯尼迪半身像，我的神经就马上紧绷起来，不等出去就眼泪汪汪了。这时，人们就会看着我 —— 我想他们一定不明白这是怎么回事。在售书区我找到一个长凳，于是就坐在那里，试着平复自己的呼吸。

就这样度过了紧张的三个小时之后，最后终于听到爸爸和姐姐谈笑风生地走过来。我蜷缩在长凳的一角，双手抱膝 —— 我觉得这个动作会让自己看上去强大一些，就像弓起身子，竖起毛发的猫一样。看到我的样子，姐姐非常难过，她坐到我旁边，拍拍我的背，安慰我说，现在该走了，最难受的时候已经过去了。江山易改，本性难移，爸爸又使出他安慰我的撒手锏：读书。他从我旁边的书架上选了一本书。之前我也注意到了这本书，因为它跟其他的书不太一样。它的封面上没有肯尼迪家族的黑白肖像 —— 相反，从封面来看，这本书像是关于山羊的。

"《山羊胡比利》(*Billy Whiskers*)，"爸爸一边随意翻到一页，一边说，"刚才的肯尼迪生平展览里提到，这是肯尼迪小时候最喜欢的一本书。这本书看上去还不赖，我们要买一本试着读读吗？"

我马上摇头，把视线转向一边，但是却不由自主地又去瞄封面上的那只山羊。在这个阴森森的地方，山羊看起来没那么恐怖。在等待爸爸和姐姐的时候，是它陪伴着我；早在爸爸喜欢上这本书之前，我就发现这是整个商店里唯一一个跟肯尼迪没有任何关系的东西。现在我该离开了，想到要把它撇在这个恐怖的屋子里自生自灭，心里有些难受。

"好吧，"与其说我是冲着爸爸，还不如说是冲着书说，"我想我们可以在假期给它个机会。但是我知道你的安排，所以很可能不会实现。"

所谓爸爸的安排，具体来说就是试图把"连胜"计划当作一个解决问题的方式。尽管不是有意为之，不过爸爸经常这样做。这是有迹可循的：自从妈妈搬走之后，我们读的故事大多是关于没娘的小姑娘的。当学校里有坏孩子的时候，我们读的故事的主题就会变成乖孩子智胜坏孩子，而不是用拳头解决问题。现在，也许是因为没有适合中学生的关于"可怕的肯尼迪"的书，爸爸得自己发挥创造性了。

我们买下这本书，带回宾馆，把原来读的那本洛伊丝·劳里的《记忆传授人》（*The Giver*）放进了爸爸的行李箱。这是关于一个少年成为"记忆传授人"之后，把整个社会人民的历史都一力承担的故事，非常吸引人。故事里的未来世界让人觉得难以想象，却又真实可信。书中描绘的"乌托邦"看起来非常美好，可是我们却开始渐渐发现它的缺点。每次爸爸读到一个有悬念的地方就会打住，"且听下回分解"，但是我总要央求爸爸再多读一段。在这种情况下，把这本书放下，捧起《山羊胡比利》，对我们来说就更加困难了，很有可能会让我对肯尼迪的偏见不减反增。但是我们只离开家两个晚上，所以最后爸爸和我达成了一致：如果我喜欢这本新书，就自己读完；回家之后，我们还是一起读《记忆传授人》。

时隔多年，我对《山羊胡比利》的印象已经很模糊了。

不过可以确定的是，这一定是一本不错的书，因为回家之后我确实自己把它看完了。但是问题在于，我找不到一个安全的看书的地方。我最喜欢窝在床上舒舒服服地看书。我甚至都自己安了一个简易的小架子，放上一盏小台灯和一个书签，这样当我困了的时候，就不用从床上爬下来关灯了。可是，我不能把《山羊胡比利》带到床上去看。如果被肯尼迪知道我在看他最喜欢的书，他也会自己凑过来看的。如果我把这本书放在我房间里的任何一个地方，他就会趁我睡着的时候来看。更糟的是，说不定我还没睡着他就会来看。

我决定把书放在地下室里，不过很快就发现这个主意也不够好。这有点儿掩耳盗铃，就好像把奶酪放在门前的台阶上，还一个劲儿地纳闷屋子里哪儿来的这么多老鼠。最后，我实在没有办法，只好偷偷地把书放进了学校的失物招领箱。

有些事情是读书——或者说"连胜"计划也无能为力的。出乎爸爸意料的是，《山羊胡比利》并不是治愈我的恐惧的良药。甚至在我把那本书丢掉之后，我还害怕肯尼迪闻到我手上残留的油墨味。那天晚上，我把自己关在浴室里，像麦克白夫人一样疯狂地洗澡。然后飞快地跑回房间，尽最大的努力跨过下铺，甚至连看都不敢看一眼。我跳到床上，往外看了看，貌似挺安全的，什么都没有。我看了一两个小时书，迫使自己入睡，直到眼皮重得抬不起来。睡到半夜时分，爸爸大声把我喊醒，让我要么把灯关上，要么把门关上——因为我房里的灯光能直直地照进他的房间。我当然不可能去关门，因为那样就要下床，我之前做的一切准备就白费了。所以我偷偷地往床边瞄了一两眼，关上了小台灯，然后把被子拉高蒙着头，把脚蜷起来，这样睡着的时候脚就不会伸出床外了。

那段日子非常难熬，但是却让我第一次尝到了躺在床上瑟瑟发抖是什么滋味，心中还忐忑着我的猫会不会保护我 —— 不是保护我免遭鬼怪或者幽灵的毒手，而是帮我挡下那位美利坚合众国深受爱戴的著名前总统。得益于"连胜"计划还有我父亲的训练，我的想象力可是非常丰富的。

· 第 *1206* 天 ·

成长和失去

"紧紧地闭上眼睛，我试图抹去那段记忆，

但是它却在我的脑海里不断地浮现。

最奇怪的是，

我却已经不记得我试图忘记却难以忘记的事情是什么了。"

——

金伯利·威利斯·霍特《当扎卡里·比弗来到小镇》

Kimberly Willis Holt, *When Zachary Beaver Came to Town*

我爸爸并不是一个容易亲近的人。身为图书馆馆员，在学校的时候他会告诉学生们别碰他，警告他们他的皮肤有毒。幼儿园的小孩没准儿会相信，但是稍微大点儿的孩子就会常常纳闷，为什么他们不能跟自己最喜欢的老师拥抱一下。爸爸不喜欢别人碰他，同样也不喜欢碰别人。学校的演奏会或者颁奖典礼举行完之后，我常常看到其他父母拥抱自己的孩子，有时候还给他们一个吻；我爸爸却从不这样，最多伸出一个手指碰碰我的头发，用指甲挠挠我的头皮，就好像在帮我抓痒一样。就算是为情势所逼不得不做一个这样的手势，爸爸也会很快结束，然后迅速退后几英尺。不过，这却跟我记忆中的父亲有所不同。

在"连胜"计划开始之前，以及在计划的头几年，我都有一个固定的位置：依偎在爸爸的臂弯里，把身子转过去，找一个看不到书页的角度（我可以自己阅读之后，如果爸爸给我读书的时候我随着他一起看，他会不自然），努力当一个好听众。我离他的耳朵只有几英寸远，所以我一有什么动静很容易就会被爸爸听到。如果碰巧读的章节比较拖沓，或者我走了神，就没办法当一个好听众了。在我更小的时候，为了尽最大的努力不让自己走神，我养成了咬头发的习惯。头发微微卷曲，刚好能凑到嘴边，我们家的洗发水刚好是蜜桃味的，味道很好闻。我就在一旁不停地咬，爸爸通常不会发现，但是如果我的注意力转移到书上，头发不知不觉地从嘴里掉出来，爸爸就会发觉了。

"我胳膊上是什么东西？湿湿的。"爸爸问，因为被打断而微微有些不悦。

"嗯……应该是我刚才打喷嚏了吧？"

"你又舔头发了吗？你的头发已经看起来像老鼠窝了，就算不咬已经够糟糕了。"就这样，因为我不想让爸爸发现胳膊上的湿头发，就不得不找个地方把它藏起来 —— 我的嘴巴碰巧又成了藏头发的绝佳地点。

还有一些夜晚，我会不太安分。比如当我努力练习在唱诗班新学的歌曲的时候，就会不知不觉地哼唱自己的部分。更糟的是，和妈妈或姐姐闹别扭的时候，我会格外敏感脆弱，有时会在读书的时候抽泣起来。遇到这种情况，爸爸就会束手无策，特别是当我为了一点儿鸡毛蒜皮的小事伤心难过的时候。平时我会像个小大人一样，但是我讨厌吵架或者挨批评，事后通常会接连几个小时都闷闷不乐。

"你在哭吗，宝贝？"爸爸会问，表情很不自然。"是，是的。"爸爸的脸会抽搐一下 —— 他太不擅长掩饰自己的情绪了。"你愿意告诉我为什么吗？"爸爸从不要求我一定说出来，所以我可以说，也可以不说。"嗯，妈妈冲我吼了。呜呜，她说不许我再在她的公寓里烤面包，因为我弄得一团糟。""我也觉得你会弄得一团糟。但是你想烤的话，可以在家里烤。"

"我们没有那些锅和盆，呜呜。"

"唉，你可真难伺候。"

听到这句话我哭得更凶了，尽管爸爸只是开个玩笑。

"你还有什么想说的吗？"

我捧起要读的书，不再说话了。

"没有了。"我抽泣着蜷缩在爸爸的臂弯，拉起一绺头发放进嘴里。

如果在读书的时候我哭了，通常是因为别人的事儿。如果爸爸惹我伤心难过的话，我通常不习惯告诉他。那会让我觉得自己很傻很尴尬，因为爸爸通常意识不到自己哪句话惹到我了，也很少向我道歉。所以，当他一针见血地戳到我的痛处时，我会把自己关在浴室里洗一个长长的澡，尽量压低声音哭一场，尽量不盖过流水声，直到心情稍稍平静为止。如果爸爸是惹我哭的始作俑者的话，那么在读书的时候掉眼泪一点儿意义都没有，因为我们就不得不谈一谈，那种感觉很怪。

但是在我 12 岁的一天晚上，在我们读书之前发生了一些争执。不过，令我苦恼的是，现在我已经记不清楚争执的细节了，因为都是一些琐碎的事。记得最坏的情况是我们发生了一些口角，但是"读热"马上就要开始了，我没有时间去"洗个澡"，所以我没能哭成。当我跟着爸爸上楼的时候，我的脸在发烧，喉咙发紧。我不得不大口大口地喘气，免得晕倒；我的喘息声很大，听上去也很痛苦。我不记得自己当时到底是生气还是伤心 —— 也许都有一点儿 —— 但是我知道自己处于泪崩的边缘，而且不想让爸爸看到他让我多么伤心难过。我想告诉爸爸我流鼻血了，或者随便编个什么理由不进他的房间，这样我能争取一些时间痛哭一场，然后再去他的房间。这样虽然很累，但是至少我能跟爸爸待在一间屋子里不觉得难受了。不过，我也没有时间躲着哭一场了，因为已经不早了，读完就到了睡觉时间了，如果要把时间往后推一推，没准儿又会引起另一场争执。于是我进了爸爸的屋子，却没什么心情去完成这例行的读书。

我一走进房间，就从一堆备用的寝具里抓起了一个枕头，然后爬上床，把枕头放在离爸爸最远的一头 —— 妈妈还没跟爸爸分手的时候，经常躺在这个位置。爸爸似乎没发现有什么不对劲，所以我故意夸张地把被子扯过来把自己裹得严严实实，然后转身背对着他。我听到爸爸动了动，他一定是在看着我。

接下来是一段长长的沉默。我能感觉到爸爸的目光停留在我的背上，我等着他开口说点儿什么。他会训我吗？会命令我转过身去，把我的头放在他胳膊上吗？不，那不像爸爸，他不是一个感情外露的人。沉默，再加上爸爸的注视，让我觉得耳朵发烧。我拼命地咬着头发，知道爸爸看不到。如果说本来我很难过，那么现在已经转为气愤了。我们僵持着。爸爸吸了口气，好像要说点儿什么。我拼命把脸在枕头里埋得更深，打定主意不管爸爸说什么都不为所动。但是爸爸又把嘴巴闭上了。他深深地吸了口气，然后打开书，开始读了。

我没想到爸爸什么都不说就打算让这事这么过去了 —— 我觉得这本来是我应该做的。我们之间没什么好说的，或者说就算有也不会说出来。跟平时相比，爸爸今天读得格外快，我怀疑他是不是像我一样心情不好。我们从不会故意去中断"连胜"计划 —— 即使是性格中那个叛逆的我也从没想过这样 —— 我们都想赶快读完，然后各自退回自己的小角落，各怀心事。

本来应该读二十分钟左右的书，只用了不到十五分钟就完事儿了 —— 但是这十五分钟却是"连胜"计划里最难熬的十五分钟。自我把枕头从床的另一端拿走的那一刻起，我就隐隐感觉到自己再也不会回来了。我已经快长成一个少女了，我的朋友们似乎都觉得爸爸到现在还每晚为我读书非常怪异。我从没告诉朋友们，读书时我通常舒服地偎依在爸爸身边，感受着读每个词时他胸膛的震动。这会让人觉得很奇怪，特别是对那些氛围比较淡漠，连一个拥抱都没有的家庭来说。现在我躺在离爸爸远远的地方，把这张大床的空间充分利用起来 —— 这样看上去比较合理。一个 12 岁的女孩躺在这里，枕着自己的枕头，独自躺在床的一侧。而且，就算我明天晚上想回到爸爸的臂弯，也会忍住不这么做。这样看上去就像道歉，或者宣布停战——这两条我都无法接受。我永远都不会回去了。我有了新的位置。

但是当我躺在那里想着心事，吮着头发上的蜜桃味时，忽然意识到跟吵架比起来，现在这个状况更加悲哀。我受了伤，需要一点儿空间。我不能转过身去，舒服地蜷缩在他身边，假装什么事都没有发生。但是我却痛苦地意识到，自己正在失去什么。我们之前也没有太多的肢体接触，最亲密的程度就是躺在他的臂弯里，但是这已经比大多数父亲跟青春期的女儿要亲密得多了。放弃父亲的臂弯，就意味着让爸爸失去了唯一一个跟别人能有所接触的机会。大家都知道他不喜欢别人碰他，所以永远都不会给他一个拥抱。不管怎么说，不知不觉，父亲的臂弯已经陪伴了我几年。现在突然回想，我想我们都会纳闷这个习惯怎么会坚持了这么长时间。不管是我还是爸爸，之前都没有想过这件事，觉得非常自然；现在特地去想，就觉得有些刻意而且尴尬——尽管之前从未觉得，可是现在却开始体会到了。

我蜷缩成一个球，觉得又生气又内疚。如果爸爸没有训我，现在我就会躺在他的臂弯里，也许直到我长到十五六岁都不会觉得这样有丝毫不妥。我会还有几年的时间可以嗅到爸爸软软的棉质背心的味道，可以近距离观察爸爸胳膊上的汗毛，可是我把这一切都毁了，或者说他把这一切毁了，现在我们回不去了。在被子下面，我用指甲深深地抓进膝盖里，努力不让自己哭。但是眼泪却不听话地涌出来，滑过我的下巴，滴在床单上。我试图不出声，但是我不得不迅速眨眼，让眼泪流出来，这样我的眼皮就会发出一点儿声音，那声音带着一种湿润的忧伤，似乎盖过了爸爸读书的声音。我知道自己的呼吸一定也会变得不平稳。和爸爸闹别扭的时候，我非常非常讨厌在他面前哭鼻子。但是就算我现在忍不住，至少也要尽量掩饰。所以我大声地咳嗽，希望让爸爸以为我发出的抽泣声只是因为感冒。

　　读完之后，爸爸把书放在一边，就那么静静地躺着。我想他在等着我说点儿什么，但是我只是用湿头发遮着脸，迅速离开了他的房间。我原本想编个借口，说自己想上厕所。但是当我从爸爸身边匆匆走过的时候忘记说了，直接出门进了走廊。我想回自己的房间，爬上床盖着被子，但是我的房间离爸爸的太近，我怕被他发现，所以又一次去了浴室。不巧当天的水压出奇地低，所以浴缸里的水涨得很慢，于是我就有了充足的时间释放自己的感情。这时候，我甚至已经记不清为什么争吵了，我只记得那难堪的沉寂。爸爸想说点儿什么，他也希望我说点儿什么，但是因为我们谁也不想承认自己受了伤，所以我只好去洗了一个长长的、忧伤的澡，感觉糟糕至极。

　　正如我那天晚上预料的一样，从那以后我再也没有回到爸爸的臂弯。第二天晚上我曾犹豫过要不要回去，但是这个动作似乎太过亲密，我怕爸爸会提起昨天晚上发生的事。自己躺在床的一侧让我感觉更加轻松自在 —— 至少当时是这样的。一周过去了，两周过去了，爸爸再也不指望我回到他的臂弯了。他把胳膊收了起来。他的身边似乎再也没有我的位置了，我要求他再为我张开手臂似乎也有些不合时宜。所以我就待在现在的位置，找不回曾经的亲昵，却仍然在听他读书。

就这样，我听，他读，我们的计划还是一如既往地进行着。

13 岁

13 Years Old

凯西走了，我们坐在酒店的床上，和以往一样读着《秘密花园》，好像回到了家里，什么都没有发生。从读这本书伊始我们就在期待一个时刻，玛丽最终找到入口，第一次走进花园的时刻。现在我们终于读到了这里。玛丽也在经历着失去的痛苦，但是她那种失去跟我不同。就算是一样的，也不会让我觉得感动。她不是真实的人物，而现实重重地压在我的胸口，让我没有心情去管什么"花园"，尽管花园可能很大很漂亮。

· 第*1384*天 ·

星星有记忆

"所以我们一起长大，像一朵重瓣樱花一样，

看上去是分开的，

但实际上是一体的 —— 生长在一个枝头上的两朵漂亮的姊妹花。"

——

威廉 · 莎士比亚《仲夏夜之梦》

William Shakespeare, *A Midsummer Night's Dream*

　　姐姐离开家去上大学的那一天，几乎没有给我留下什么记忆。好像我们应该做点儿什么才对，因为这毕竟是一件大事，但是就那么平淡地过去了。姐姐走之前的一天晚上，没有出现感人的一幕，大家也没有促膝长谈。我们已经很擅长道别了，这次分别也没有什么特别的，和其他的分别一样，甚至几年前就开始酝酿了。

　　高中还没有毕业的时候，凯西就想离开家，我们也劝阻不了她。除了家人之外，这个家应该也没什么让她留恋的。当时我们的生活非常困难，爸爸想让我们走出债台高筑的境地，在日常生活之余为我们攒下大学的学费，还要还房贷 —— 以爸爸当老师的薪水来说，养这样一栋房子几乎是不可能的。我们的日子就这样在生存之上，生活之下。每年的返校季我的行头都是一件超级肥大，带着奇怪污渍的橙色衬衫，是我从箱底翻出来的。我们很多年都没有去外面吃过一顿饭，偶尔从麦当劳买两个汉堡已经足以让我和姐姐瞪大眼睛，纳闷发生了什么事情让爸爸舍得花这种额外的钱。爸爸并不是小气，他在做自己认为该做的事情。这一切都跟父母的分开有很大的关系。跟其他存在这个问题的家庭一样，在同一个屋檐下争吵不休已经让这个家捉襟见肘了。对我来说，这一点儿都算不上坏事，也不能成为离家的理由。

这也不是姐姐离开的原因。她想出去看看外面的世界，而且她特别有语言天赋。我以前以为她一定是把词汇在脑子里面组合起来，然后把那些词句摘出来，加上一些特别的发音方式，变成通俗易懂的话。在我很小的时候，一天晚上，我在浴缸里洗澡，姐姐坐在盥洗台上教我如何说话容易让别人明白 —— 就算万里之外的人也能听得懂。我被那些奇奇怪怪的声音逗得大笑不止。

所以，在我 11 岁的时候，当她宣布自己想去国外当交换生时，爸爸和我一点儿都不感到意外。我们家之前接待过一个交换生，大概有两周的时间；而且我们认为这是个很好的经历，我们支持她去。不过当她把交换项目手册拿出来的时候，我们就目瞪口呆了。那是一个为期一年的项目，这期间家长不能探望，学生也不能休假回家，甚至圣诞节也不行。

"一年？！"我说，"你在德国待一年能干什么呀？"

"这个项目是不是太贵了？"爸爸说，"你也知道我们家没什么钱。"

　　姐姐解释说，这个项目对符合要求的学生是免费的。然后我坚定地声称，我不希望她取得资格。姐姐有些受伤，但是我不希望她走。爷爷奶奶相继去世，妈妈走了，现在姐姐也要离开，突然间我觉得正在失去身边的每一个人。凯西的存在让我觉得安心，尽管她有时候会抓着我的头发不放，还会当着我朋友的面取笑我。我暗暗祈祷她的面试会失败。

　　当然了，对一个后来考上耶鲁，毕业后凭借自己的语言优势谋得一个相当不错的公务员职位的女孩来说，在这场面试中脱颖而出，拿到奖学金是毫无悬念的。于是姐姐去了德国一年，除了自己的生活费之外全额公费。爸爸承诺尽全力支持 —— 尽管我们也没多少钱。我觉得自己就像一个跟屁虫一样跟在她后面，努力说服她就算没有钱我和爸爸也会过得不赖；这个时候我们一家需要抱成一团，共渡难关。姐姐出国的事情对我们不会造成什么影响 —— 但是感觉却恰恰相反。我已经开始忍不住想象没有她的日子会是怎样的了。

　　我们开车送她去出发地华盛顿，每个人心里都非常清楚，等回家的时候，姐姐就不在车上了。我们在车上放了她最喜欢的CD，我把头倚在她肩膀上。我希望在路上发生点儿事故，不要太严重，只要让我们拖延一点儿时间，让她迟到一会儿，这样项目的主管就会冲她发火，把她打发回家。事实上，我们反而早到了几个小时。爸爸事事都会提早准备，尤其是要给别人留下第一印象的时候。我们先在宾馆停留了一下，爸爸和我登记入住，把我们的行李放下，但是姐姐的行李留在了车上。时间过得太快了。后来的事情我有些记不清了，只记得有点儿吵。

姐姐跟他们团队的人在一个会议中心碰头，那个地方非常可爱。窗户是那种富有戏剧感的从地到顶的大窗户，配着天鹅绒的窗帘。地板是大理石的，擦得光可鉴人，当优雅的高跟鞋踩在上面时，就会发出悦耳的声音。我不得不承认这个项目有点儿规格。但是豪华的设施并没有让我忘记一个事实：他们要把我的姐姐带走整整一年的时间。他们为什么需要凯西呢？她是一个出色的学生，是我们国家的优秀代表。这都是事实，但是还有很多人也同样优秀。我更需要她。这个豪华的大厅并没有让我买账。

主办方安排了一些见面活动，让学生们以及他们的家庭互相认识一下。这些活动希望营造一个轻松愉悦的氛围，主办者也会开一些傻傻的玩笑，这看上去太不公平了。没人有心情去说笑 —— 学生们太紧张，家长们太悲伤。事实上，每个人都很难过，他们都在强颜欢笑。我觉得没有一个人例外。也许我们离开之后，学生们会变得兴奋一些，但是他们的家人却高兴不起来了。活动进行得比原定计划稍微长一点儿，慢吞吞的，然后突然停了下来。每个人都在期待接下来会发生什么。当一个人走上我们前面的舞台，开始讲话的时候，我看到爸爸脸上闪过一丝紧张。我们都屏住呼吸，好奇她要说什么。

"好了，现在到了该说'回头见'的时候了。"负责这个项目的女人说，脸上挂着一个大大的微笑，那样子好像在宣布到了吃馅饼和冰激凌的时间了。

"回头见？"我们附近的一名家长问，"这是什么意思呢？是今晚回头见？晚饭以后吗，还是什么时候？"那个女人摇了摇头，挠了挠耳朵，试图避免跟那个家长有眼神接触。她已经做这个动作很多次了，我们看得很清楚。她也不是非常确定这个节骨眼儿上该说点儿什么。

"你的意思是'一年后见'。你的意思是我们应该说再见了。"我平静地说道。

那个女人又一次绽开了那个大大的微笑，非常用力地点点头，对这个场合来说甚至有点儿用力过头了。这时下面的人群都纷纷涌向自己的孩子、姐妹、男朋友或者女朋友，做着同样的动作：紧紧地抱成一团。凯西说了点儿什么，但是周围都是嘤嘤的哭声、殷切的嘱托和不舍的叮咛，我们听不清她的话。小情侣们在请求对方对自己忠诚，父母们要求孩子出门在外事事小心谨慎。每个人都在央求着"请不要离开我"，尽管他们在说其他的事情，试图让自己看上去不那么难过。

出乎我意料的是，姐姐和爸爸来了一个长长的拥抱。姐姐的脸上滑过两行泪水。然后爸爸也流泪了，我的眼泪也随之不由自主地滑落下来。我也抱了凯西，嗅了嗅她头发的味道。然后我吻了一下她的脸颊，恶作剧地在她脸上贴了一小块尼克儿童台的贴纸。我给她贴上的时候她似乎很生气，但是却懒得撕下来了。我握着她的手，然后姐姐把手松开，离开了。她向我们挥了挥手，走过了拐角，消失了。我站在原地一动不动。

有整整十分钟的时间，爸爸和我都不愿意离开刚才站的地方，我们没有交谈 —— 把脸上的泪水擦干已经够我们忙活的了，可是却沮丧地发现，眼泪怎样都擦不尽。我看着爸爸，指望他能说点儿什么。"至少我们和你姐姐还待在同一层楼。"爸爸嘶哑着嗓子就说了这么一句。我们走进电梯，门一合上，我们哭得更凶了 —— 多亏在电梯里没人看见。"至少我们和姐姐还待在同一栋楼。"我说。当我们步履缓慢地找到车，开出停车场的时候，爸爸又说："至少我们和她还在同一条街上。"

距离每增加一分，就越来越难以把我们仨聚在一起。

我们回到宾馆，盯着墙咬着嘴唇在床上坐了一会儿。

"我们去游泳吧。"爸爸终于说道，然后开始在他的手提箱里找泳裤。"现在？就凭我们现在这副样子？我觉得我们会出丑的。我不确定自己是不是想去。""泳池是一个装满水的大坑，没有人会看到我们的眼泪。泪水会跟池水混在一起的。""也许我们会让泳池水面上升，'水漫金山'。"我们最终还是去了，仰面漂浮在水面上，不说话，甚至连动都不动。没有凯西的一年开始了。那天晚上读书的时候，感觉怎么都不对劲。凯西走了，我们坐在酒店的床上，和以往一样读着《秘密花园》，好像回到了家里，什么都没有发生。从读这本书伊始我们就在期待一个时刻，玛丽最终找到入口，第一次走进花园的时刻。现在我们终于读到了这里。我们翻到那一页，花园突然展现在我们面前：绿油油的草地，生长得郁郁葱葱。但是这却没有提起我们太大的兴致。我们就这样平淡地一口气读过去，也没有讨论。我们的书籍世界曾经感觉非常真实、非常接近，现在却感觉如此渺小而遥远。我觉得书里的玛丽离我十万八千里。她做了什么跟我一点儿关系都没有。发现花园也好，待在房间里玩跳棋也好，我都不关心。玛丽也在经历着失去的痛苦，但是她那种失去跟我不同。就算是一样的，也不会让我觉得感动。她不是真实的人物，而现实重重地压在我的胸口，让我没有心情去管什么"花园"，尽管花园可能很大很漂亮。

"至少我们跟她还在同一个州。"第二天一早，爸爸退完房，和我一起走向停车场的时候说。

等我们回到家的时候，他又说："至少我们还在同一个国家。"

两天后，姐姐乘飞机去了德国。我甚至不能确定我们是否还在同一片天空下。

爸爸和我学着适应只有两个人的生活 —— 相信很快我们就会非常习惯了。不管怎么说，两个人生活开销要少很多。我姐姐非常不适应她在德国的寄宿家庭的生活，经历了一系列稀奇古怪的事情之后 —— 例如那家人会把在路上碾死的动物当晚餐，而且生吃 —— 姐姐临时回了趟家，刚好赶上和我们过圣诞节。不过，过完节之后，她也没有马上回去。她在家待了一个月，然后又去了德国，他们给她找了一个新的寄宿家庭。后来她又去了俄罗斯，现在她住在塞尔维亚。

所以姐姐上大学的那天，尽管当时我已经 13 岁，就算绞尽脑汁回忆也几乎没什么印象了。我们没有哭哭啼啼。那天我们身边到处都是学生和他们的家人，但是觉得与我们没有什么关系。他们不像我们，之前已经"练习过了"。看着他们哭，我们只是耸耸肩。现在她离我们根本不算远，开车就能到，在周末和节假日，我们还能见到她。在我眼中，上大学是一个巨大的跨越。我们面带微笑地把最后几个箱子搬进她的房间，然后挥手告别 —— 我们知道这次是真正的"回头见"，一周后又能见到她。

她回家的时候，爸爸会帮她洗衣服，所以她衣服上的味道和我的一模一样。没什么不一样的。后来姐姐又去了国外一个学期。她总是在离开，但我也不能怪她。她总是有很好的机会，并非四处乱跑。我记得她的很多次离开，唯独不记得上大学的那次。

后来，我们经济上最困难的时候，凯西远在俄罗斯。爸爸把家里的温度调在52华氏度[1]，晚上戴着手套和两顶羊毛帽子上床睡觉。我也有一副手套，叫作打字手套，是露指的，这样我在做作业的时候方便一点儿。有一次因为太冷，一个在我家过

---

1. 约 11 摄氏度。

夜的朋友半夜离开了。那段日子真难熬。我会想，姐姐现在每天在做什么，她住的地方暖不暖和。我在电话里问过她，她说不暖和，那儿比家里更冷。她非常想我们，思念之情用语言难以描述，所以会定期给我们打电话。她坚持着这么做。没有她的日子，时间过得很快，我们也失去了点儿什么。每当我听到爸爸烤面包的声音就会飞快地从床上爬起来，只是为了记住以前我下楼的时候，曾经有个人在后面追着我，争着抱住那个正在烤面包的吐司炉暖暖手。

有时在晚上我会躺在她的床上数星星。不是数窗外的星星，而是她天花板上那些在黑暗中荧荧发光的小星星。几年前我们买了这样一袋星星，平分了，但是我房间里的大部分都掉了。它们会时不时地掉下一个，落到地板或者梳妆台上时会发出一种清脆的塑料声。但是凯西用了更多的大头钉把它们固定好，所以她的星星还好好地在天花板上 —— 尽管经历了我们家的"寒冬"，接下来还要经历"酷暑"。我想摘下来一些寄给她，所以我和爸爸每天晚上都要一起看会儿"星星"。但是它们已经在天花板上待了这么久了，所以我最终还是让它们留在原地了。那些真正的星星，夜空中燃烧的一颗颗圆球，远远不能与之相比。那些星星每个人都能看到，这些塑料星星却有记忆。它们把一切都看在眼中，它们还在那儿。

冒点儿傻气也和谐

"因为他们说过,在圣诞节吵架是个对的。

所以就是这样!

上帝喜欢这个节日,所以就是这样!"

——

查尔斯·狄更斯《圣诞颂歌》

Charles Dickens, *A Christmas Carol*

"我不要把那个东西放在我的圣诞树上。"

"你的圣诞树？你怎么能说这是你的圣诞树？"

"我为了买这棵树，把存放袜子的抽屉里的零花钱都花光了，还花了两个小时让它立起来。我做了这么多，我想说它是我的，它就是我的。"

爸爸此时正围着圣诞树转，想找一个地方挂上他最喜欢的装饰品：一个大大的金色盒子，比我的手掌大，比大多数小说要宽，印着猫王的全息照片，上面还有小小的五颜六色的按钮。但是这个盒子看上去更像一个收音机，只不过，它却像电视机一样有个屏幕。当你把它倾斜的时候，屏幕上就会出现一张照片，有时是浑身大汗淋漓、圆圆胖胖的猫王，有时是拿着麦克风狂吼、看上去非常疲惫的猫王。那些照片简直是难看至极，所以我非常确信这个盒子当初一定是作为恶作剧礼物出售的。

"看，它还能放音乐！"爸爸边说边按下盒子背后的一个按钮，随后便传出一阵混杂着金属声的吱吱嘎嘎的声音。听调子这首歌应该是"猎犬"，但是听起来更像是猎犬本尊唱的 —— 无数自行车喇叭齐鸣，一只猎犬在其中边走边嚎叫。

"没错，它的确很可爱，这一点没人能否认。我也一点儿都没有那个意思。但是树上还有地方挂吗？"答案是否定的 —— 因为我已经把树上的每一寸空间都挂满了装饰品。有一些是自制的，有一些是传家宝，但是没有一个跟大汗淋漓的胖男人有关系。我打算把东西像这样摆。这时外面有人敲门。"我腾不出手来！"我喊道，手中在整理我们的礼物，免得爸爸用锡纸包好的那些过早露出来。"可我刚刚洗完澡！"姐姐在楼上喊。爸爸没有注意到有人敲门，或者说他不想理会，因为他正跪在地上，想确认把礼物挂得离地面多高，才不会让家里的猫够到。"嗯，还是我去开门吧。"姐姐的男朋友南森小心翼翼地说。

他和凯西把假期分成两部分来过，在新泽西待一段时间，然后再去他的家乡得克萨斯。以前他也来过几次，还在这里过了几个圣诞节，但是很显然在别人家去应门还是让他有点儿不太自在。

"大家圣诞快乐！"还没进门妈妈就开始喊。她怀里抱了一大堆毯子和枕头，把它们放在沙发上，然后说还有几个枕头和床单要拿。

"你打算睡在一堆乱石头上吗？"妈妈正要回车上，爸爸问她，"因为如果你不占沙发的话，我准备把礼物放在上面呢。"

　　尽管妈妈离家之后的第一个圣诞节是在自己的公寓过的，但是我觉得很不是滋味。在这样一个重要的日子，妈妈没有理由孤独地睡去，然后再孤独地醒来。所以我建议她回家来睡，一年之中只睡这么一晚，然后这个规矩就延续至今了。妈妈从来没有抱怨过在自己前夫的沙发上凑合过夜，爸爸也从来没有真正地介意过让前妻待在自己的客厅。尽管他们有时候会吵得不可开交，但是他们之间总是存在一种友情，这种友情让他们不需要在我们面前假装和睦。妈妈在这里过夜，因为她知道这对我来说很重要，尽管现在我已经 13 岁了；爸爸同意她回家住是因为觉得不该让她一个人过节。我们一直都没觉得这样有什么不对，直到我快高中毕业的时候，爸爸的女朋友对这样的安排表示不满。出乎我们意料的是，爸爸坚持维护了这个传统。

　　"南森，在你上楼之前，"我抓住他的毛衣问，"回答我一个问题：'你觉得在我们的圣诞树顶上挂着一个扭屁股唱摇滚的男人，耶稣知道了会作何感想？'"

　　我指着那个饰物 —— 刚才那里挂的还是一颗星星，现在却被换掉了。"我也不知道他会说什么，"南森说，想尽量避开一场争端，"因为我从没亲眼见过他；再说，我是个犹太人。"

　　"但是，你可以猜呀。"我坚持让他表态。

　　"嗯，猫王不是唱过很多福音歌吗？我想耶稣会喜欢的。"

　　这时爸爸应景地唱起了猫王的《何其美妙》(*How Great Thou Art*)，并且为了达到效果还拿着他的照片晃来晃去。又是"浑身是汗，圆圆胖胖"，还有"疲惫的狂吼"。这个男人在职业生涯里拍了成千上万张照片，他们至少可以挑两张赏心悦目的吧。

"你们在唱什么歌呢？"妈妈开心地笑着问。她刚刚一层又一层地铺完厚厚的毯子，那厚度连豌豆公主看了也要自叹弗如了。

"你们是在唱'这盒黄油怎么会过期六年'吗？"凯西说，把盒子举到爸爸面前，"还是你们都不在乎，是我在小题大做？"

"买了之后就放在冰箱里了，它还新鲜着呢。"

"这就是为什么我们永远都说不到一起去。爸爸，我已经告诉你很多很多遍了，冰箱并不能让时间变慢。"爸爸的表情严肃起来。

"今天到底是什么日子？是'圣诞节'还是'抱怨爸爸节'？如果你不喜欢这盒黄油，别吃就是了！我才不在乎呢！我求你吃了吗？你以为我闲着没事儿会祈祷着你下楼来，希望你吃点儿吐司，然后告诉我我的人生充满错误吗？"

"也许是由你挑选装饰物的品味引起的。"我插嘴说。

"詹姆斯，抱歉打断一下，这个东西是送给我的礼物吗？"妈妈谁也没有理会，径自开口问，手中高举着一个用锡纸包好的盒子，"如果这是我向你要的拖鞋的话，我想现在就打开。"

"那不是给你的！你不会读标签吗？"爸爸把那个礼物拿走，放到礼物堆的后面。他显然对妈妈在接受礼物的人面前泄露了它的形状和质地感到不满 —— 不管是送给谁的。"非常抱歉杰米！真的很抱歉！我以为我就是那个'相关人士'呢，我真的是这么以为的！"我正在帮姐姐检查冰箱里每样东西的保质期。从我站的位置，可以清楚地看到标签上是这么写的："送给：相关人士。来自：与我无关。"

这真是一张典型的詹姆斯·布罗齐纳式的标签，但是就连我都没弄明白它是什么意思。不过我感觉这是送给南森的，因为爸爸用记号笔在锡纸上画了一个跳舞的男人。不过，这种猜测也没什么根据。

这时妈妈开始放一些圣诞音乐，除了爸爸之外，大家围坐一圈，七嘴八舌地欣赏着被我们装点一新的圣诞树。爸爸去了餐厅，打开电视，边看新闻边吃花生酱三明治。爸爸平时就喜欢这样，在圣诞前夜也不例外。因为圣诞节的乐趣就在于让每个人用自己喜欢的方式过节，所以我们就没有打扰他，让他自娱自乐。

那天爸爸提前给我读了书，所以我能尽情地享受圣诞前夜的庆祝活动了。那段时间我们正在读盖瑞·伯森的《逃离荒野》，但是那天晚上我们不得不中断一下。这本书讲的是一个小男孩在荒野中独自生存的故事，读来非常激动人心。当我发现我实验课上的搭档碰巧也在读这本书的时候，就觉得它更加令人兴奋了。扎克和我会经常凑在一起，想象如果是我们碰到书里的各种情况会怎么办，讨论对方方案的可行性。我非常喜欢这本书，但是对圣诞前夜来说它少了点儿节日的欢乐气氛。所以我们临时把它换掉，从《圣诞颂歌》里不按顺序找了几段来读。我喜欢与斯克鲁奇的妹妹芳妮有关的章节，尽管有点儿悲情，但是她听起来是个非常好的人。然后为了让我们心情好一点儿，我们又一起读了菲兹维格家的晚会那一段。仅仅是"菲兹维格"这个名字的发音，就能马上让我心情明媚起来。

因为今天的读书任务已经完成，爸爸就第一个上床睡觉去了。我们则留在客厅，边猜那些礼物是什么边喝热可可——连我这个平时讨厌热饮的人现在也乐此不疲地参与进去。圣诞节能改变你对大多数事情的看法。一两个小时之后，我们正要站起身来去睡觉，这时我本能地把那个猫王的装饰品取下来，换上了我们一直用的那颗星星。

"值得吗？"南森站在我的身后说，"如果我是你的话，就会把它留在那儿。""你说的和我说的是一个东西吗？是那个有全息照片的金色盒子吗？"我惊讶地问。

"是的。"

"你觉得这个东西不错？"

"不，并不是。"

"那是为什么呢？"

"这个饰物确实有点儿傻，放在树顶上就更傻了；如果是在其他家庭，树顶上原本应该放个星星或者天使的。但是我一向喜欢你们家庭的一点就是：就算冒点儿傻气也很和谐。其实作为外人我不该插嘴，但是我不觉得把圣诞树装饰成这样有什么不妥。如果你仔细想想，这很符合布罗齐纳家的风格。"

"你让我觉得自己很像查理·布朗，"我说，"守着自己可怜而又'合适'的圣诞树。"

"像查理·布朗有什么不好？"

"那摆上我们的圣诞星星有什么不好？我们都用了很多年了。"

"没有，"南森说，"没有不好，摆哪个都很合适。不管怎么摆，圣诞树看起来都很棒。"

他向我道了声圣诞快乐，就去睡觉了。

现在客厅里就剩下我自己了，我凝视着那棵大大的圣诞树。我搬了张椅子站上去，往树上比量了一下那颗星星，看上去很不错。然后我又比量了一下那个猫王的饰品，看上去傻傻的。但是当我把星星放在树顶，然后把猫王挂在星星上时，不知怎的看上去竟然很和谐。于是我就让它们这样摆着了。

那天晚上躺在床上，我静静地听着房间里的每一个声响。有爸爸轻轻的鼾声，平和而有节奏；有妈妈张着嘴睡觉的呼吸声，就像她用手指在车窗上写字之前，先呼一口气让它起一层雾一样；有姐姐和南森咯咯的笑声，听上去有些困倦，但是非常开心；在我的脚边，还有一只猫的呼呼喘息声。

这些年来，我已经习惯了只有我和爸爸两个人的生活。我不再觉得房间空空荡荡，也不再觉得家里太过安静。只有两个人的家庭也很好。但是今天晚上，我们所有人的声音混在一起，组成了一首安静版的"圣诞颂歌"。我尽情地欣赏着这首歌，全身心地享受。我们在唱一首歌，这首歌的名字不是《平安夜》，也许是《猎犬》—— 不过是我们原创的《猎犬》。

· 第*1528*天 ·

"C"

"她试着去回忆每一件高兴事儿;

她写了一张清单,列出她印象中的所有奇迹;

她独自背诗,轻声歌唱,

唱在学校里学过的所有歌曲还有爸爸为她唱过的歌。

但是却没有什么帮助。"

——

弗吉尼亚·索伦森《枫树山的奇迹》

Virginia Sorenson, *Miracles on Maple Hill*

如果给人打分的话，"C"绝对是最差的分数。得C不如得D，甚至还不如得F —— 因为得"C"就等于毫无余地地宣告了你的"平庸"。但是实际上，你可能连平平无奇都算不上，因为大多数学生要么优秀要么差劲。如果自我评价的话，你会认为自己要么做得很好，要么做得不好。如果得到一个"C"的话，这个评价的界限就变得有点儿模糊了 —— 你到底是一个不够努力的聪明孩子，还是一个尽到最大努力的笨孩子？而且，对于一个习惯了得 A 的学生来说，得到一个 C 基本上感觉就跟得 F 一样差。有很多以 C 开头的字眼，意思都不怎么样：粗暴（crusty）、口腔溃疡（canker sore）、食人族（cannibal）、凝固（congeal）等等，简直是信手拈来。

所以，在我上了七年学之后 —— 七年中大部分时间都是得A（偶尔数学和科学得过B）—— 我得到了人生中的第一个C。这对于我来说绝不是件稀松平常的小事，而且最糟糕的是，得 C

的是我最擅长的一科。

成绩单是在年级教室发下来的，不过并不是在上年级课程的时间：那天的最后一节课提前下了课，让学生们回到年级教室。高中会在第一节课就把成绩单发下来，但是初中生（包括我自己在内，很快我就会尝到滋味了）还是比较容易有较大的情绪波动，第一节课就知道成绩的话会整整一天都闷闷不乐。在放学铃响之前的几分钟，我从西班牙语教室出来，一路跑着奔向地理教室，在前面找了个位子，希望快点儿领到成绩单。

我还有事要做。当时我正在排演学校的戏剧，打算放学之后跟几个朋友碰个头，在正式彩排之前再练练台词。我也没什么好期待的，因为我的成绩单从来都不会带来惊喜或意外：我喜欢的科目都会得 A，我不喜欢的都会得 B。有时候我会超常发挥，数学和科学也会得 A，但是这次应该不会，我也没有指望。事实上，当老师把成绩单递给我的时候，我连看都没看，折了几下整齐地放进我的活页夹里，一股脑儿扔进书包，就赶着去见朋友了。

我到的时候，其他人还没到 —— 没人领成绩单领得像我一样三下五除二 —— 所以我得等一会儿。我懒散地靠在柜子上，打开书包找些糖果来吃，这时我记起了放在活页夹里的成绩单。我把它拿出来，弄平整，放在膝盖上。我享受着老师给我的评分。这时，一个不一样的东西吸引了我的注意：我看到了那道曲线，像一条正准备攻击的蛇。一个又小又黑、面目可憎的

C —— 而且是英语成绩。

英语！我不敢相信地又看了一遍。我有可能在生物、初等代数上栽跟头，可能在这两门上勉强得个 B。但是英语从来都是我最强的科目。我喜欢英语。英语就等于故事 —— 写故事，读故事，或者讨论故事。所以本质上说，等于我在故事课上得了个C。

我迅速站起来，心想一定是弄错了，打算在老师下班之前去找她一下。老师的样子浮现在我脑中，那位特别的女老师，然后我知道她没有弄错。

她并不是一位很凶的老师，更确切地形容她是有点儿"酷"。跟学生在一起或者在课堂上，她从来没笑过。我永远记得她的眼睛：灰色的，但不是像我眼睛一样的灰蓝色，而是一种银灰色，透着一种冷漠的光芒。她在批改作文的时候会写下尖刻挖苦的评语；她只有在取笑什么东西时才会露出笑容。我觉得她应该也不喜欢书。总之，我不喜欢她，她也不喜欢我。

这个学期我和这位老师见过无数次面，大部分都是围绕一个主题反复争论：我对作业进行了一些有创造性的发挥，但是这就等于我的作业完成得不理想吗？她之前曾经给我打过一次低分，因为她觉得我做错了，例如写了一首诗作为读后感。关于为什么我认为我的作业是符合要求的，我也给出了理由：首先达到了字数要求，其次内容也是关于指定的读物的。我向她解释的时候，她通常会转身离开，而我往往就会认为我成功地说服了她，她会在她的登记簿上把我的成绩改过来。

　　我猜，就是这个假设让我犯下了大错。那些交涉没有改变任何事情。现在我得到了一个 C，我人生中第一个 C，而且是我最拿手的科目。身为"连胜"计划的女儿，我的英语竟然得了个 C。最糟的是，她给我打低分的其中一份作业竟然是关于《记忆传授人》的！要知道，在她的课上我已经是第二次读这本书了，因为在家里我和爸爸已经一起读过了，而且还进行了长时间的讨论。我甚至能够背诵个别章节，还能与我们读过的其他书加以对比。在写那篇作业的时候我并没有卖弄 —— 在家和爸爸一起读的所有书都让我兴奋，我迫不及待地想让我的同学们也对我喜欢的书着迷。我相信我的那份热忱已经足以让大多数老师感到欣慰了。但是这个老师却并不买账。我的背景、我的热情都毫无意义。我爸爸每天晚上都为我读书，我的英语却得了个 C。

　　在人来人往的大厅中央，我的嘴巴不由自主地张开，这意味着可能会发生两件事情：我要么会哭，要么会吐。幸运的是，应该是前者。我一头扎进书包里，让自己看起来像在找东西，这样别人就不会看到我的脸；但是我的呼吸却又粗又重。最后，一个保安走过来 —— 她刚好是我朋友的妈妈，问我怎么了。我给她看了我的成绩单。她看完后还给了我。

　　"成绩单上有这么个小家伙确实不太完美，但这仍然是一份漂亮的成绩单。别担心爸爸会说你，我相信他会理解的。"这不是关键。爸爸当然会理解。整个彩排我从头到尾都在哭，爸爸来接我的时候，我也没想遮掩。

"看！"我爬进后座的时候还在抽泣。我把成绩单一把递到前面去，头靠在位子的后面。爸爸看了几秒钟，然后小小地喘了一口气。

"见什么鬼了？"他说。

"我知道！"我哀号着。

"怎么会这样呢？""她讨厌我！"我们之前曾经多次谈论过这个女人。"嗯，我怀疑她是你最死忠的粉丝。我猜她觉得遭到了你的挑战。但是挑战也是一件好事，任何一个称职的老师都应该明白这一点。"

我摇了摇头，扯着自己的头发。

"你不会觉得我这么想是神经不正常吧？"爸爸还没有发动车子。

"当然不会，我只是很烦，因为这事儿太让人心烦了！"

"好吧。如果你愿意的话，我可以给你看看我的成绩单。它们都放在家里的一个盒子里，没有一张能比得上你这张。""我知道你很正常，我知道！我不是因为没考好才哭。我是因为英语得了个 C ！"我说这句话的时候有些破音，因为我忍不住又哭了。我们离开停车场的时候我用胳膊挡着脸，以免被人看见。

"那么，"爸爸说，"我们能做什么呢？"

"我不知道。什么都做不了，做什么都帮不上忙，什么都不能。"

"去'奶油围栏'吃一顿怎么样？"

"可能这也是唯一有用的办法了。"

除了名字里用了两个"C"之外，"奶油围栏"（Custard Corral）不失为解决很多问题的办法。它是一家冰激凌店，离我家一两英里远，同时以冰激凌和山羊闻名。山羊养在围栏里，离观赏区很近，调皮的孩子们经常把吃了一半的冰激凌蛋筒通过围栏的空隙扔进去。正因为如此，那里的山羊跟人很亲近，也很胖。"奶油围栏"是地球上我最喜欢的地方之一。

我们点了我经常吃的东西——一份草莓酥饼圣代搭配温热的小饼干，坐在一张正对着山羊的长凳上。我感觉好点儿了，但是我有点儿羞于承认自己最大的问题竟然能被一份冰激凌解决。所以我什么都没说。

"你愿意跟我随便聊聊你的英语课吗？"爸爸问。

"不。"我说。

但是，我已经等了整整一天想跟一个真正能懂我的人一吐为快。

"嗯，就是她打分不太公平。我一直都在额外付出，但是她给我打的分就好像我比别人偷懒了一样。如果这门课的考核有标准答案的话，那么评分还可以说是公平的；但是如果是让学生发挥创造性完成作业或者是写文章，她就可以根据自己的好恶来打分。显然，她不太喜欢我。"

"是的，"爸爸挖了一大勺我的圣代，"有很多老师都会这样。我在学校里总能见到这样的事。这确实很不应该，但是每个人都难免有好恶。即使是最优秀的老师也不例外 —— 这是情不自禁的。有时候我也会这样，自己却一点儿都没有意识到。"

我很欣赏爸爸的坦诚。我搞不懂为什么有些父母都不给孩子表达的机会就试图说服孩子，所有的问题都是他们想当然的。有时候孩子会没来由地觉得被针对和孤立，但是从我的亲身经历来看，很多时候只是因为老师也是人，也会犯严重的错误。孩子是非常敏感的。

"你只是习惯了当英语老师的宠儿了。"爸爸又说。

"我觉得那样才公平！我是说，如果其他人能做到的话也能当宠儿。我学习刻苦，尝试新的东西，而且我觉得我提的问题也很有水平。我喜欢阅读和写作。你觉得这些当一个尖子生还不够吗？"

我停下来吃了一大勺冰激凌，心满意足地在舌尖上打着转，然后又继续说："我们在课堂上读的东西比咱们在家读的要容易。有时我课后想跟她探讨一下在家读的书。例如我们读《蓝色的海豚岛》(*Island of the Blue Dolphins*) 的时候，我建议她明年把这本书列入指定书目，因为我们是如此喜欢这本书。这既不是一本女孩的书，也不是一本男孩的书 —— 被困在岛上独自生活多年的女孩卡罗娜，她的事迹就连最勇敢的男人都要自愧不如。我把我们的那本书带到学校里，还给她读了一段，但是她却一副不感兴趣的样子。我想她一定觉得我很怪。如果我是老师，遇到一个像我一样的学生的话，我会很高兴的。至少我认为我会。尽管那个女孩可能有点儿怪，但是这样做依然很好。我不擅长数学和科学，一点儿都不。所以当我做自己擅长的事情时，我希望能得到别人的关注。"

我意识到我在辩解的时候竟然激动得从座位上站了起来，于是又郁闷地坐了回去。

"我关注你。在我面前你不用伪装自己，宝贝。"

我停止哭泣已经差不多半小时了，但是听到爸爸这句话，我又哭了。我知道他会相信我，但是知道他一直都在信任着我，还是有些感动。爸爸不明白我为什么又泣不成声了，所以他只是轻轻地拍了一下我的背，说道："如果你三十秒之内不把圣代吃完，我就要把剩下的都吃光光了。"

我把圣代递给他，他一下子倒进嘴里，就像喝水一样。

我记不清那天晚上我们读的是什么书了，因为我的心情还是很糟，根本无法集中精力。但是我依然记得，躺在床上听着爸爸读书是多么的令人安心。爸爸的声音像一张毯子裹着我，帮我扛御寒冷。他相信我的话，同时也信任我。

第二天，当我去学校的时候，我的眼睛看起来还是有点儿浮肿。我在年级教室里挨着我的朋友找了个座位，把那张难为情的成绩单递给她，自己连看都没有看一眼。

"哇，一个C？你爸爸什么反应？"

"我们一起去吃了冰激凌。不过这不是重点，重点不在于他做了什么。"

"你在说什么？姑娘，如果我得了 C，我爸爸会让我好看的。"

"让你什么？"

"这是句俗语。我会被罚不许出门的。我老爸肯定会大发雷霆。你们竟然去吃冰激凌了？"

"是的，我很郁闷，所以我们去吃了冰激凌，聊了聊。"

"我希望能有你那样的爸爸。"

"你好像并不关心我的 C，珊奈尔。我得了个 C。"

"不，我关心。不过比起那个，在你因为一个不理想的分数而失落的时候，你爸爸对你的关心更让我羡慕。他会因为你的难过而难过。真是的，你想跟我换换家庭试试吗？我妈妈做鸡蛋堪称一绝。"她笑了，在我的背上拍了一下，把成绩单递给我。"知足吧，亲爱的。"我知足了，我有一个珊奈尔这样的朋友，有冰激凌，有"连胜"计划，还有爸爸。我低头看了看那个C。它看上去好像变小了一些。

*14*岁

14 Years Old

我想他也许在对自己说，我还没有准备好聊这些事，所以，《黛西之歌》里提到的问题我还没有遇到。但实际上是他没有准备好 —— 他永远都不会准备好。

伴读拉比

"因为动物和鸟儿也像人一样，

尽管他们说着不同的语言，做着不同的事情。

如果没有他们的话，地球会成为一个没有欢乐的地方。"

——

司各特·奥台尔《蓝色的海豚岛》

Scott O'Dell *Island of the Blue Dolphins*

"你可以拍拍他，就像正常人一样拍一拍。"我把拉比往爸爸跟前推了推说。

"我不会用手去碰那个脏东西的。"

实际上，我爸爸"拍"猫的方式还是会用到手的。但是那更像一种粗暴的虐待——他会抓起猫的一撮毛，摇一摇，然后再换一撮。有时候为了表现他那独特的喜爱之情，爸爸会把拉比轻轻推到他的肚子上来，让他待着不准动。

"为什么你不试着摸摸他呢？就像这样。"

我把手放在拉比的背上，轻柔地从头到尾顺着他的毛来回游走。大概从"连胜"计划开始的时候，我们就已经养猫了，所以我对爱抚宠物具备了丰富的经验。这需要一些技巧。

"如果他不喜欢我摸他的方式的话，会咻咻喘气吗？"

不可否认拉比的确会发出这种声音，一种很响亮的嗡嗡声，让他听起来更像一台发动机，而不是一只肥胖又有点儿斗鸡眼的混血暹罗猫。

"还有，"爸爸说，"如果他占不到便宜的话还会每天晚上都来吗？"这次爸爸又说到点子上了。如果不算上爸爸给我买的拉格第·安妮娃娃的话（虽然我已经过了玩娃娃的年纪，她还是一直跟着我读书。不过她在这件事情上没有什么选择权），拉比是我们读书计划中非正式的第三位成员。我们每天晚上读书的时间一般是固定的 —— 从 9 点到 9 点半，已经形成了规律，就连看不懂表的动物都知道。拉比也适应了这个作息时间，从吃完饭到"连胜"计划中间，他竟然可以坚持四十五分钟不打盹，非常难能可贵。

不过，尽管他非常"专注"，却对读书这件事情不甚感兴趣。从狄更斯到莎士比亚，我们尽了最大的努力来让读书的内容精彩刺激，有适当的挑战性，但是拉比还是不能集中精力。就算我们读的内容是关于猫咪的，他还是觉得跟自己没什么关系。他加入我们的读书计划，不是出于对优秀文学作品的热爱和渴望，而是因为他需要一点儿"享受"—— 用爸爸的话来说就是"私人按摩"。

"你真狡猾，拉比，"几乎每天晚上读完书之后爸爸都会对拉比说，"你是一个狡猾、贪得无厌的吸血鬼！"

我一直觉得这个评价有失公正。没错，从我们开始读书的那一刻起，拉比就巴望着被抚摸，直到爸爸关灯睡觉为止，却不会给我们任何回报。但是我也跟爸爸说过很多次了，他又能做点儿什么来表达感激之情呢？爸爸这么说好像就是希望他在接受完爱抚之后一跃而起，把自己的窝清理干净，下楼把银制餐具摆好，然后再把漏水的管子修好。

爸爸指责拉比最奇怪的地方在于，他总是用一副温柔友善的口吻来说出那些话。"你是一个自私的乞丐"，爸爸说这句话的时候，就像人们说"见到你真高兴，快和我们一起玩吧"一样。当然了，我们都认为爸爸实际上就是这个意思，尽管他自己不承认。

"我从来都不想养这些猫，"爸爸边抓着拉比的一撮毛来回晃动边说，弄得拉比咻咻直喘，整张床都跟着微微震动，"现在还得每天晚上都爱抚他们。"实际上，因为布莱恩很少来掺和我们的读书，所以基本上就是独宠拉比自己。"首先，你那样算不上爱抚，那是骚扰。拉比已经够能忍了，强迫自己享受你的所谓的爱抚。"

这时，爸爸重重地抓了一下拉比，拉比朝爸爸又凑了凑，头离爸爸的手更近了一些。不管我把拉比摸得多么舒服，他还是跟爸爸更亲近，等着享受他的"按摩"，头上还会时不时地被敲 下，那是爸爸在提醒他别离自己太近。我永远都搞不明白他们奇怪的关系。

"其次，如果你不愿意爱抚他，就别勉强。我会爱抚他的。再说，既要爱抚他，同时还要专心读书，对你来说也有些困难。"爸爸并没有听出我的弦外之音（我的猫更喜欢爸爸，这让

我感到嫉妒 —— 我对猫咪既友善又温柔，几乎堪称"猫咪杀手"），因为他说："这你就小看我了。你觉得我的朗读技巧就那么差吗？把手放在一只爬满跳蚤的啮齿动物身上就会让我分心吗？"

"他没有爬满跳蚤。"

"这次你倒是没有否认他是一只啮齿动物。"

每次我跟陌生人说起拉比的时候，他们都以为自己听错了。然后我就不得不解释一番：在我得到他之前，拉比（Rabbi，意为犹太学者、教师，犹太教领导人）最初叫作汉塞尔，后来又根据姐姐朋友的建议改叫"飞盘"。但是后来爸爸开始喊他拉比，或者拉伯。他给姐姐写了一封信 —— 当时姐姐正在德国参加交换项目 —— 解释说拉比脸下方长的一块黑斑看起来像胡子，而且他的样子总像是在沉思。于是爸爸就想出了这个绰号好好地"恭维"一下他（其实在爸爸看来，这只猫配不上这个绰号，他是在说反话）。不过，爸爸给另外一只猫布莱恩起的绰号却不怎么好听。尽管那只猫瞳孔的颜色非常独特，是一种特别的黄色，但是我怎么也无法接受把我喜欢的东西冠上"尿眼"的名号。

当我 14 岁的时候，爸爸突然说我们遇到了一个"洞穴蟋蟀"的问题。"洞穴蟋蟀？什么是洞穴蟋蟀？""我不知道，是你姐姐发现的。她说上次回家的时候在她房间里看见了一些。"

"他们长什么样儿呢？"

"个头不小，爬得很快。"

"但是昆虫不是我们的朋友吗？"

"这些昆虫例外。就连我都觉得它们很恐怖。他们没什么危险，但是仍然是很脏的东西。而且，这种虫子我们在门廊上看不到，他们在房子里面。"爸爸早就把那些虫子搞清楚了。在外面，任何虫子他都会觉得很有趣。但是对进到家里面的虫子，他就没什么同情心了 —— 除非是蜘蛛。

"也许我们应该找个灭虫的人来。"我说。

"我觉得应该给那些猫几天时间，让他们把那些虫子吓跑。那天我看到过布莱恩追着一只洞穴蟋蟀跑。我打赌那只蟋蟀一定会把这事告诉他的朋友们。""这两个小伙子真是出色的猎手。"

我管那两只猫叫作"小伙子"或者"宝贝"，但是爸爸却管他们叫"烦人精"，或者"姑娘们"，或者在给他们喂食的时候叫作"可爱的女士朋友"。如果这两只猫中有一只母猫的话，后两个名字听上去去还算悦耳动听 —— 可是两只都是公的。

"他们终于能派上用场了。"爸爸最后来了一句。

接下来连续几个晚上，我们都能听见两只猫在姐姐的房间里来回跑。不知道因为什么，那些洞穴蟋蟀从来没有出过她的房门（至少就我所见是这样），所以两只猫就像狩猎一样：去姐姐的房间里打几个小时猎，然后来我的房间打个盹儿。我从没亲眼见过这些蟋蟀，但是夜深人静的时候能听到他们的声音。

声音一大，我就能听到布莱恩或者拉比喊上对方去执行任务，或者悄悄地沿着地板溜过去突然袭击。因为他们都喜欢捕猎，我不得不猜想这或许是他们生命中最快乐的时光。这让我不禁想定期为他们组织点儿游戏，但是如果玩耍的东西比洞穴蟋蟀稍稍可爱一点儿的话，我心里会舒服一些。基本上什么东西都比那些蟋蟀可爱。

一天晚上，猫跑动的声音格外大，已经干扰了我们读书。我们能听到隔壁房间里猛冲猛跑的声音，玩得很开心，但是动静实在太大了。爸爸正准备把声音抬高一些，这时隔壁的动静戛然而止。我留神听了一会儿，想弄明白是怎么回事儿，这时拉比突然出现在爸爸的房门口。他大声地喘着气，舔着自己。他完成了杀虫的任务。

然后他跳到床上，却没有像往常一样把头凑到爸爸身边。他没有表现出想被爱抚的样子，只是在等着爸爸这么做。我觉得自己就像一个勇士的妻子，自己的丈夫从战场上凯旋，我在充满爱意地迎接他。不过，我还是尽量不去看他的嘴，因为害怕不小心看见虫子腿摇摇晃晃地挂在那里。几分钟以后我们读完了书，爸爸注意到拉比今天格外兴奋。

"他怎么了？"爸爸问。

"拉比征服了洞穴蟋蟀，"我骄傲地说，"至少征服了一只。"

"我想如果我整天就知道睡大觉的话，也会觉得打猎很有意思的。"

"你不感动吗？"

"没怎么觉得。""他可是在保护我们！""我怀疑他可没想那么多。""至少现在你不该再说他吃白食了。""我应该还是会那么说。"

我怒气冲冲地回到自己床上，希望拉比也会跟我过来。但是出乎我意料的是，他选择了我父亲来跟他分享自己的光辉时刻。像往常一样，这让我很苦恼。我不得不听爸爸一遍又一遍地重复："你真烦人，拉比。你真的很烦人。"

我想从床上跳起来帮拉比说句公道话，告诉爸爸拉比杀死了一只非常讨厌的虫子 —— 也许是两只、三只、四只 —— 保卫了我们的家庭，捍卫了我的荣誉。但是我又听了一会儿，有一个声音盖过了爸爸喋喋不休的戏弄。尽管隔着一条走廊，我还是能听到拉比心满意足的喘气声。

我觉得不可思议，拉比应该把爸爸的话理解成这样了吧："谢谢你杀死了洞穴蟋蟀。你真勇敢，并且值得得到我的爱。"也许把爸爸的话翻译成只有他们两个能懂的语言，就是这个意思。

你想谈谈那些事吗

"就是……"她对奶奶说，
"我有一种感觉，我知道自己是谁，
只不过变得跟以前不一样了。"

——

辛西娅 · 沃格《黛西之歌》

Cynthia Voigt, *Dicey's Song*

爸爸总是说，在给我读书之前他需要点儿时间提前练一遍。对一些比较有难度的书，特别是夹杂着晦涩难懂的方言的，这样做的确很有必要。但是如果他觉得书里有什么不合适的内容的话，也会利用这个机会进行审核。他从不在书上留下字迹，那样的话我能看到。但是如果他替换了个别词或者跳过去一个短语的话，我应该也能发觉。一般来说，爸爸的修改不会超过一个句子。不过，《黛西之歌》（*Dicey's Song*）这本书却给爸爸随机应变的本领带来了全新的挑战。

上了高中之后，我试着去理解那些善变的朋友、轻浮的男孩，还有我的高中生活。我感觉自己应该做一些更大的，更引人注意的事情，形成自己鲜明的特色，帮我在高中找到自己的位置。但是我不知道该怎么办。把自己的挪威口音练得更地道，在学校戏剧中当上主演已经行不通了。把自己的头发染成红色或者金色，用两年的时间把自己肤色变回天生的深色也行不通。

我一度以为张扬个性的 T 恤衫就是我的装酷之道，直到后来我意识到身穿印着一只戴军帽的小鸡，上面写着"小鸡有型"的 T 恤一点儿都不明智。我的其他 T 恤也一样。后来我还悲剧地穿了一段时间天鹅绒裤子，真是往事不堪回首。总而言之，我一点儿都不酷，而就是因为不酷，处于懵懂期的少女才能真正变得完美。感谢上帝，我当时不知道这一点。

也许是为了帮我适应刚刚开始的高中生活，爸爸和我读了很多关于青春期女孩的书。这些书有相似的情节，我们把关注的重点放在那些女性作者们对当年痛苦的自我发现过程乐观透彻的叙述上。也许我应该从中学到点儿东西，但是却一直都不太明白她们要表达什么。尽管她们宣称自己的经历"真的很尴尬"，但是跟我比起来，那些女主人公在大多数情况下还是强多了。她们会在事情发生的那天晚上把它写进日记本，过段时间就会跟妈妈分享，一笑了之。她们听起来比我好得多。

我不记得我们是怎么发现《黛西之歌》这本书了。我记得是在图书馆里，但是不记得我们为什么挑了它。爸爸快速地翻了一下，然后选中了它。我对情节不是很了解，所以对选书也没有什么发言权 —— 不然我一定会自己安排的 —— 我只关心是否有趣。

几乎我们读的所有的书都是爸爸选的 —— 我偶尔会提出抗议，至少提醒他一下我是"连胜"计划的另一半合伙人。

"这本书的封面设计得太烂了。"我也许会说。

"它得过奖。"爸爸会说。

"这个封面得过奖？"

"不，这本书得过。"

"你确定吗？我感觉在你决定让这本书占据我们下个月的时间之前，应该把事情再搞清楚点儿。""你这么伶牙俐齿，是不是皮又痒了？""是的，"这时我会迅速见风转舵，"现在我们达成了一致意见，我也觉得这本书太适合被选入'连胜'计划了。"

在我们选书的过程中，像这样睿智的讨论是经常发生的。不过在挑选《黛西之歌》这本书的时候却没有什么争议 —— 我们的争议是在读书的过程中发生的。

爸爸像往常一样先上床预读，我就坐在餐厅的桌子旁等着，看着自己最喜欢的电视节目《门基乐队》（The Monkees）—— 一档尼克儿童台的夜间节目。第三集的主题曲开始的时候，我觉得有点儿不对劲了。爸爸通常预读只需要十五分钟左右，最多二十分钟。终于等到爸爸喊我了，我心中充满了疑惑。

跟以往读的章节相比，这一章没什么特别的。黛西 —— 一个跟我差不多大的女孩儿 —— 跟她的奶奶一起坐公共汽车，讨论了在生活中遇到的很多事情。但是几分钟以后，我开始忍不住猜想，到底是哪部分内容让我等了这么久。爸爸开始迅速地翻页，视线只在书上短暂地停留一会儿。有时候，他似乎只往书上扫了一眼。我不得不猜测也许他已经把内容记在脑子里了，但是那些句子听起来又非常怪异。我们之前读过的对话非常生动，也很复杂，但是今天黛西和她奶奶的对话却非常生硬，有点儿像这样：

"黛西，你明白所有这些事情吗？"

"明白，奶奶。"

"都明白吗？"

"当然。"

"你准备好长大了吗？"

"是的，我已经准备好了。我们不用再讨论这个问题了。"

"对，我们不应该再讨论了。"

"对。"

"那好吧。"

"很好。我很高兴我们谈了这个问题。"

我往书上看了一眼，看看那一页的文字是不是像我想象的那么稀疏。不是 —— 那两页都印得满满的，对话看起来都很长。我不禁开始猜想我没听到的内容可能是什么。我等着爸爸读完那章，然后开始调查。虽然没指望能从爸爸那里知道什么，但我还是试着问了一下。

"这一章有点儿怪，是吧？"

"是的，对话有点儿不知所云。"

"我觉得我都没听明白她们在说什么。"

"你说谁？"

爸爸不太擅长装聋作哑。"这一章唯一的两个人物：戴西和她的奶奶。我觉得我没弄明白她们在公共汽车上谈了什么。""相当模糊。"

"你弄明白了吗？"

"没有。我觉得她们只是在没事儿闲聊打发时间。"

我快绷不住劲儿，没法再这样装模作样地问下去了。

"我想也是。"

第二天，趁爸爸在地下室里整理文件的时候，我溜进他的卧室，一屁股坐在他床边的地上。很多爸爸自己的书都堆成一堆放在那里，但是我们计划中正在进行的那本书总是放在那一堆书的最上面，插着书签，方便每天拿起来读。我没有把书签拿出来，这样就不会不小心把它插错地方，同时也不会暴露自己。我不喜欢隐瞒什么事情，但是如果两个人都有事情互相隐瞒的话，我就想做得更高明一些。

我把书翻到我们昨天晚上读过的那一章，开始从后往前读。我终于看到了被我们痛批一顿的黛西和她奶奶的对话，但是却跟爸爸读的不一样。那段对话是关于青春期的，但是由于内容是经过编辑的，所以也很隐晦。奶奶非常不自在地跟黛西谈起了月经和男孩的话题，黛西也有些不自在地答应了有任何问题都会问奶奶。那段对话怪异而又真实，但是一点儿都不会让人浮想联翩。实际上，如果父母想跟孩子讨论这类话题的话，这是个很好的办法。我可以想象到某位家长 —— 我爸爸除外 —— 把这本书送给女儿，以此为由头进行一些这方面的交流。当我发现另一个跳过去的段落：奶奶带黛西去买她的第一个胸罩，我不得不先把书放下 —— 因为我的眼泪流了出来，看不清字了。

我笑得前仰后合，在爸爸房间里粗糙的圆形地毯上滚来滚去，直到胳膊被磨得发烧为止（别忘了，我的腿可是被天鹅绒裤子保护得好好的呢）。眼泪顺着脸颊不停地往下流，我甚至都想去照照镜子，看看我的雀斑有没有被冲掉。我笑得喘不过气来，最后肚子都疼了。

爸爸为了把这些对话给砍掉，着实费了一番心思。其实他本可以用一种比较简单的方式，通过书中的奶奶之口把那些事情告诉我，而不是自己提出来。我敢说大多数单身父亲都会这么做。爸爸却选择了痛苦地绞尽脑汁来对这样的交流遮遮掩掩，同时也间接地修改了整本小说的情节。不知为什么，我觉得这是爸爸做过的最傻的事情。如果写一本《爱丽丝的歌》的话，我可以想象得到我和爸爸在公交车上的那场对话是什么样的 —— 一定会跟爸爸那天晚上的即兴发挥惊人地相似，只不过换换主角罢了：

"爸爸，"我会说，"你想谈谈那些事吗？"

"不，我想你自己知道。"

"所有的吗？"

"是的，"他会说，"所有的事你都知道。"

"好吧，那么我们就不谈了？"

"是的，我们决不应该谈这个。"

我把这一幕在脑子里反复播放。实际上，我们的对话连那样的尺度也达不到。我想他也许在对自己说，我还没准备好聊这些事情，所以《黛西之歌》里提到的问题我还没有遇到。但是实际上是他没准备好 —— 他永远都不会准备好。我们从来都没有认真深入地谈过这个问题。有一次，他对我说希望我不要"跳舞"，我不应该去涉足社会的压力。我以为他是要跟我深入地谈谈人际交往，或者"嗑药"问题，最后才搞明白他只是在告诉我不要在父亲节给他花钱买东西。我从没听过"跳舞"竟然可以被用在这个语境中。

我坐在地上，翻看着我们读过的其他书，寻找被爸爸省略的其他章节。我觉得爸爸有些可怜，因为他在这样做的时候自己一定也很不舒服。我觉得自己的喉咙有些发紧。下次再大笑的时候，我得提醒自己别忘了呼吸。

*15*岁

15 Years Old

但是，当我回忆那个夏天的时候，我的记忆可能和他的不太一样。天气很热，从 6 月到 9 月都非常炎热。萤火虫比往年出现得早，有时候到深夜还能看到。街上的某个邻居在户外弄了一个炉子，好几个月整条街都能闻到木柴和烟的味道。除此之外，记忆中还有一些其他的事情。有一份喜悦，还有一份骄傲 —— 因为我们又克服了一个困难。没有任何事情能够挡在我们前方。"连胜"计划带给我们的挑战，我们都能轻松应对。我们无所畏惧，不可战胜。爸爸朗读一本童书时的无力低语，比莎士比亚最动人的诗歌更加美妙。

美妙低语

"尽自己最大的努力来把事情做好。

记住，就像人们说的，生活像一个布丁，

要做得美味，必须既加点儿糖又加点儿盐。"

——

琼 · W. 布洛丝《几许时光：一个新英格兰女孩的日记》

Joan W. Blos, *A Gathering of Days: A New England Girl's Journal, 1830—1832*

"我房间里有一只很大的灰蜘蛛开张营业了！快来看看！"我听到爸爸的房间里传来一阵低沉的声音，然后是一阵刺耳的咳嗽声。"快点儿！她要爬回窗台那儿了！她在那儿有个小小的藏身之处。"那种奇怪的声音又出现了，就像有人吹黑管却没吹在调上。"你在干吗呢？就快看不见啦！"我应了一声，连忙跑进爸爸的卧室。

"哦，我的天呀，你怎么了？"我跑到爸爸的床边，想伸手摸摸爸爸的额头，但是他一下把我的手挡开，眉毛紧皱在一起，表示他现在很难受。

爸爸的脸色白中泛青，满脸是汗。身上穿的白背心被汗浸透，都变得半透明了。

"咳咳，"他的嘴唇翕动着，好像除了咳嗽之外还想说点儿什么。我笑了，随后意识到他其实就是在说着什么。我离他更近一些，把耳朵靠近他的嘴巴。

"我想我得扶着点儿什么下床。"爸爸小声说。他的声音很微弱，而且气息不稳，就像有人把他的声音放在奶酪擦碎器上擦过一样。他的呼吸带着反常的热度。

"我会把她拿得离你远远的 —— 你生病了。"我告诫他，同时学着他的声音，想引起他的重视，让他知道自己听上去多糟糕。

"我没生病，"他呼哧呼哧地边喘边说，"我从不生病，我这辈子从来没病过。我只不过是有点儿受天气影响，状态有点儿不好。"他又咳了几声。

"状态'不好'到你这种程度一般早就撑不住了。"

"我觉得我该尽快去一下医院。"他用手擦了把头上的汗。

"尽快是多快？今天？一小时之内？需不需要我打个电话问问医生今天上不上班？""少安毋躁，宝贝，打电话这点儿力气我还是有的。""是的，但是人家一接起电话肯定会马上挂掉，还以为是有人模仿唐老鸭的声音搞恶作剧呢。你真的不需要我替你打电话吗？我也想不出更好的办法了。"

"是的。"他边说边强撑着要下床。

"那是什么意思？'是的'？"

"我自己打。"爸爸小声说，"他们是医生，对这种事情已经司空见惯了。"

事实证明，爸爸是对的。医生确实对这样的事情已经司空见惯了，他们见多了疼痛的喉咙和倔强的老头。爸爸回家之后，发誓说医生让他吃点儿感冒药，然后正常作息即可。但是尽管爸爸没提，我觉得医生一定也要他多休息。似乎爸爸真正的病根就是他那红肿疼痛的喉咙。他说话的时候我都能看到，也许是因为他声音太小，我得靠得很近才能听清他在说什么。"看起来你的嗓子疼得很厉害。他们告诉你用盐水漱口了吗？太严重了。""其实并没有听上去那么糟糕。我没觉得有什么不舒服，只是发不出声音来。现在我觉得这些话都不是从我的嗓子里说出来的。"

他向我展示了他是如何鼓着腮帮子吹气，同时怪模怪样地一个个单词往外蹦。这样发出的声音有点儿像模模糊糊地说话，但是更像吹口哨。

"你就这么说话？难怪你说的话我一句都听不懂。如果你的嗓子真的不疼的话，那你怎么不用嗓子说话？医生告诉你不要用嗓子了吗？""不，我就是说不出话来了，什么都说不出来。发不出声音。就好像有人把我的嗓子关掉了。""太怪了！那真是有点儿怪。你就像一个不会说话的外星人。真酷。""嗯，"他说，"我有点儿担心，所以不敢告诉你真相。"爸爸吹着哨说。

"哦，你可真不赖！我没想到你还会把自己的健康放在心上。我很高兴。不过也不用担心，你刚刚去过医院，如果病得严重的话她会告诉你的。"

"不，"爸爸说，"我不是说这个。我觉得还行，嗓子过几天也会好。我只是在担心，"他凑过来，费力地说，"'连胜'计划。"起初我没听白爸爸是什么意思，只当他是生病了闲聊，微笑着点头听着。然后我反应过来他说的是什么，突然也开始担心了。为什么今天早上我刚听到爸爸声音的时候没有意识到这个问题？或者就算当时没有马上想到，今天上午也该想到的呀。爸爸当然会担心，因为在"连胜"计划中爸爸全部的工作都需要用到声音。其他的事情跟"连胜"倒是关系不大。之前爸爸的嗓子从没出过问题；就像爸爸说的，他从来没有真正地病过。就算现在他也不算病得很重，因为他已经感觉好些了，看上去也好些了。唯一的问题就是他的嗓子，就是这么一个小小的部位，给我们带来了惊人的大麻烦。一想到我们延续至今的传统不知道何去何从，我觉得自己好像也有点儿生病了。

我们必须解决这个问题。这一天剩下的时间，我们都在冥思苦想解决方案。我提出，可不可以选一个字大行稀的绘本，我自己读，爸爸只做口型？这个提议被爸爸否决了，他说，这是作弊。那样就等于我给自己读，爸爸只是在一旁陪着。爸爸想出一个主意，读点儿我们都熟知，而且带点儿韵律的东西，比如一首爱伦·坡的诗，就算我听不到爸爸的声音，也能知道他在"读"什么。可是，如果说我的主意行不通的话，爸爸的也同样行不通；如果我们两个人已经把读的内容都背得滚瓜烂熟的话，那也算不上真正的朗读，充其量只能说是一起背诵，也一样不能被接受。爸爸一想到新主意，就会把它记在一个笔记本上，把本子放在餐厅里我的位子上。但是直到晚上，我们想到的办法跟开始那些比起来，也没有强到哪里去。最后我们一致认为，这些办法都不是非常符合我们为"连胜"计划设定的要求。现在我开始觉得有些头疼了。

　　我把两只猫带到门廊上陪他们玩耍一会儿。这是他们一天之中最喜欢的时刻，也是我非常喜欢的时刻，因为我可以趁这个机会想想事情。我坐在门前的台阶上，拿着一块小石头随手乱画 —— 这种石头像粉笔一样能写字。我发现自己在一遍一遍地写着"连胜"这两个字。那些字时而潦草，写得又大又蠢；时而都用大写，写得坚定明确；但是大部分都写得小而整齐，就像我一贯的笔迹。经过了这么多年，现在我已经15岁了，我试着去想象，如果"连胜"计划将在今晚被迫结束的话，我会是什么感受。但是我知道它不会结束的，如果要突然结束的话，我们其中一个人有事不能回家的时候就结束了。只要我们在相同的时间都在同一个地方，就像现在，还有晚上，"连胜"就会继续。我们会想出解决的办法的。但是我还是忍不住胡思乱想，比如从车窗摔出去，或者不小心吞下去很多牙膏，不得不给毒品控制中心打电话。但是，就算这些联想也不能帮我想象出，如果"连胜"计划今晚结束的话我会是什么感受。我们会把书拿起来，爸爸会试着朗读，可惜就是发不出声音。他会蹦出几个词儿，然后声音会越变越小，几不可闻，我们不得不停下来。毕竟如果我听不懂的话，就不能算作为我朗读。我们会默然相对而坐，心里明白，今天是最后一夜了，我们却无能为力。那一幕应该是伤感的，也许是我遇到过的最令我伤感的事情。对爸爸来说，这会比任何事情都严重，这意味着失败。我知道爸爸不会让这样的事情发生的。

我拿着刚才涂鸦的石头，在刚才写的"连胜"下面重重地画着线。我把这几个字写得更大，笔触更加坚定。我们会想出办法的。我们必须要。我们最后的决定是，选一个最接近我们平时做法的方式，像平时一样读书，但是比平时挨得近一些。挨得非常近。

"呼呼。"爸爸在沙发上坐下来的时候还在呼呼喘气。我们把读书的地方从他的床上转移到了沙发上，这样我坐在他的旁边，正好离他的嘴很近，可以尽可能地侧耳倾听。

"我本想说你得大点儿声我才能听到，不过我想这个玩笑一点儿都不好笑，对吧？"

"靠近点儿。"我看到他的嘴唇动了动，说出三个字。他的嗓子听起来比刚才更加糟糕了。

我正靠在爸爸身边，这时他开始咳嗽，我一下子向后弹开。他咳了好大一会儿，时间久到我足以跑上楼把消毒液拿下来。我倒了一些在他的手上，然后在我的手上倒了一些，又在脸上抹了抹。这东西抹在脸上又凉又干，但我还是觉得安全了一点儿。当我坐回原位的时候，就多加了一份小心。

"你能听清我说的话吗？"虽然我把耳朵凑得离他的嘴唇很近，甚至都能听到他说话时的口水声，可是听清楚他的话还是费了一番工夫。我的爸爸一向都讨厌别人靠他很近，可能从我还是个蹒跚学步的孩子的时候，或者他和妈妈还快乐地生活在一起的时候，就没让别人离他这么近过。我为父母都感到遗憾，我不知道爸爸是不是从一开始就这样。因为不想让他觉得不舒服，所以我尽量让身体的每个部分都不跟他接触。

"上次我们读到哪儿了？"爸爸开始了，我马上安静地坐好。

在开始新的一章之前，爸爸总是带我回顾一下前一天晚上读过的章节。尽管《疯狂麦基》(*Maniac Magee*) 讲的是一个体格健壮的孤儿寻找一个家的故事，情节并不复杂，但是今天晚上我却由衷感激爸爸的提示。另外，我唯一关注的事情就是现在这个怪异的场面。我在想象，如果有人把现在的一幕用相机拍下来，登在报纸上，旁边的图片说明会怎么写 —— 就像孩子玩消防栓的照片，有时候会被放在某个酷暑天的天气预报旁边。也许我们的那张照片会配上这样的文字：

"55 岁的詹姆斯·布罗齐纳正在为 15 岁的女儿读书。因为最近的一些身体原因，布罗齐纳先生无法接受采访。没有人能够解释为什么他的脸色这么青，或者为什么他的女儿坐得离他这么近。威力兰市的一位读者指出他们其实并没有挨着。关于此事我们会继续关注。"

我把飘远的思绪拉回来，发现爸爸正在做一件了不起的事情。他原本为书里的动物园看守厄尔设计了低沉的噪音，现在这个声音被抬高了八度。而爱读书的小姑娘阿曼达·比尔唱的歌原本应该欢快嘹亮，现在声调却被降了下来，但是歌词却在爸爸的舌头尖上打转，含混不清，听起来有一种美妙的催眠的效果。爸爸读得非常干脆利落，每读完一句都会紧紧地闭上嘴巴，喘口气儿，然后开始一个新的句子。很显然，为了达到现在的水平，爸爸必须付出艰辛。汗水从他的脸上淌下，这次却不是因为发烧；他很费力，有时候想试着用嗓子发声，却很快发现根本发不出声来。爸爸的那种"低语"变得熟练起来，听上去不那么别扭了，还会配上一些面部表情来作为补充。他虽然如此"读书"，却并不难听懂。像以前一样，他让书的内容变得简单明了。毫无疑问，知道自己病了之后，他一定把这一章练习了很多很多遍。

在接下来的三天里，他的声音都没有恢复。他每天晚上都用一个小时，甚至更多时间来练习那短短的几页，高水准地完成我们的"连胜"计划。在那一周结束的时候，爸爸的声音恢复了，可我竟然不觉得他现在读得比前几天好。不过爸爸倒是很高兴自己喉咙痊愈，这样他终于可以发挥出自己的最高水平了。

但是，当我回忆那个夏天的时候，我的记忆可能和他的不太一样。天气很热，从 6 月到 9 月都非常炎热。萤火虫比往年出现得早，有时候到深夜还能看到。街上的某个邻居在户外弄了一个炉子，好几个月整条街都能闻到木柴和烟的味道。除此之外，记忆中还有一些其他的事情。有一份喜悦，还有一份骄

傲 —— 因为我们又克服了一个困难。没有任何事情能够挡在我们前方。"连胜"计划带给我们的挑战，我们都能轻松应对。我们无所畏惧，不可战胜。爸爸朗读一本童书时的无力低语，比莎士比亚最动人的诗歌更加美妙。

推迟梦想会怎样

"那真的很可怕。"她咕哝着说,

"所有的一切都在争吵不休。这真让人抓狂!"

——

刘易斯·卡罗尔《爱丽丝漫游仙境》

Lewis Carroll, *Alice's Adventures in Wonderland*

　　当你像枫糖浆做的糖人儿一样被某样东西粘住的时候，往往当时的天气都是闷热潮湿的。刚刚在和爸爸、姐姐去宾夕法尼亚参观博物馆和公园的路上，我就被粘在车子的座椅上了。在家里，不到7月爸爸坚决反对开空调，所以开着车窗在路上对我来说应该是很惬意的事情，就像小狗一样，长耳朵在风中拍打着，说不出的惬意。但是一路上走了三十英里，太阳无情地直直照着我那一侧，让我对这次旅程的热情大打折扣。我觉得自己热得发胀，就像一根紧紧包裹的香肠，要从肠衣中爆出来。我想去拍一下姐姐，她刚刚找到自己的第一份工作。她和我一起坐在后座上，我想在她的膝盖上拍一下，感谢她和我一起出来旅行。不过，这个动作似乎有些费劲，所以我只能冲她挥了挥手，哼哼了几声。她正在读一本关于收藏的书，同时请求爸爸把猫王的音乐关掉，所以她误会了我那个表示友好的手势，以为我想胳肢她，于是打了我的手一下。就这样，我们的旅程有了一个并不美好的开端。

对于湿漉漉的我来说，最大的安慰就是"汉克之家"。它就像出现在前方的一座海市蜃楼，悦耳的歌声飘到高速公路上来，飘进我的耳朵，全天候地向路人们提供丰盛的豆子汤和鸡蛋奶酪三明治。那里的饭菜味道鲜美，再加上它的标语"集天下美食，汇四海朋友"，给人感觉这里是就餐会友的不二之选。有了"汉克"，任何旅程 —— 哪怕是又热又黏的旅程 —— 好像都值了。如果我们家外旅行途经此地，就一定会在这里歇歇脚。我甚至连早饭都没吃，就等着来这里饱餐一顿。可是我们的车却径直开过了停车场，我立刻跳了起来，把安全带抻得紧紧的，像一只猎犬一样指着那里。

"我想在人多起来之前赶到白兰地博物馆。"爸爸说。

"可是我还没吃饭呢。"

"这是谁的好主意？"

"我吃了一碗燕麦片，但是没吃饱。如果我们能在一两个小时之内回来的话，我们三个人就都会有更好的胃口了。"凯西建议说。

她想扮演一个无党派的和事佬。在一场激烈的争执中，出现这么一位无党派的和事佬是再讨厌不过的了。所以我狠狠地拍了她一下。爸爸继续向前开。

"多谢你的建议。"我重重地坐回位子，同时从牙缝中挤出这么一句带着讽刺意味的话。"不用谢。"她真诚地说，又埋头看书了。当我们到达博物馆的时候，我就已经下定决心尽快离开，回去吃东西。

"本周有一个关于鸭子的新展。"坐在办公桌后的女士边把入场券递给我们边高兴地提了一句，"每二十分钟一轮。"她的声音很轻柔，好像只有我听到了。

"不用了，谢谢您。"我用一种遗憾的语气轻声说，背对着我的家人，只有嘴唇在动，"我姐姐特别害怕鸭子。"那位女士看了看凯西，把手放在自己的胸口，点了点头。

最后我们终于要走了，在推开玻璃门准备出去的时候我让自己振奋了下精神，准备应对外面的热浪。我们总共只用了不到半个小时的时间就结束了整个参观行程。我觉得自己很大方，没有马上要走，而是建议在吃早午餐之前再去逛逛公园。

"早午餐？"爸爸说，"我以为我们在其中一个公园吃些点心就完事了呢。"

"哦，"凯西表示同意，"我可以吃些巧克力蛋糕。"

"不不不，我们计划去'汉克'的。"

太阳晒得我有些头晕目眩，特别想吃一些味道浓重鲜美的东西，这个想法让我的胃在抽搐。更重要的是，我的血糖有问题，不能把甜东西当饭吃。于是我说出了自己的想法。

"小孤儿蛋蛋。"我姐姐叫着她给我起的外号，咯咯地笑。

"你的人生真是一场莎士比亚式的悲剧。"爸爸说，也加入取笑我的行列。

我真的有点儿热得受不了了，但是他们的戏弄让我更加难受。带着孩子气的不解和怨恨，我冲到公园的一个角落，蜷缩在一座猪的雕塑后面。那个雕塑是青铜制的，被晒得滚烫，我的胳膊被烫伤了。

"推迟梦想会怎样？"我从书包里拿出一个笔记本，疯狂地在上面写着这句话。这是一句兰斯顿·休斯的诗，16 岁的我想变得富有哲思而冷静。我不知道如果休斯知道不能去我最喜欢的餐馆会怎么说，所以我给我的脚画了一张画 —— 笔触间还是透着气愤。

我用眼角的余光能看到他们在偷瞄我，尽量不让自己笑出来。

"这不好笑！"我终于忍不住大喊。

"你吃不到煎蛋，所以就藏在一座猪的雕像后面，把这事写在日记里。"姐姐说。"我没有写在日记里！我是在我的'反思本'里反思！"他们再也绷不住劲儿了。

"你能到下个景点去反思吗？先吃块饼干？"爸爸笑着问。我怒气冲冲，不发一言。当我们到了公园的餐厅之后，我用自己的钱买了一份三明治，看都没看一眼那些甜点。

大约一小时以后，我的情绪缓和了一些，又跟姐姐交谈起来，尽管心里还是对她的"背叛"有些耿耿于怀。"你为什么还带着课本？"我指着那本厚厚的关于收藏的参考书问。在去最后一个景点的路上，姐姐又把那本书拿了出来。"我在上一门关于美国早期家具的课程，"她说，"我想在去温特图尔博物馆参观家居建筑之前先做好充分的准备。""那里一点儿意思都没有！"爸爸说，"两小时以前我就该睡午觉了！我们到了之后坐着那里的大萝卜车走马观花地看一圈就行了，然后赶快回去。""大萝卜车"就是公园里的观光车，爸爸总是喜欢当着那里的管理员和导游的面这么说。幸好他们听不懂，所以从不会计较什么。凯西看上去好像有人刚刚告诉她，她被注射了一种慢性的致命毒药。她的脸色变白，瞳孔变大，一把抓住了我的手。

"我们……不去……那里参观？这是我周末回家的唯一原因！"

"我以为你回家是因为你爱我呢。"我说。

"不是。"她解释说。

我想了一会儿说："我们已经去那里参观过无数次了。如果我们要额外加点什么别的行程的话，应该去'汉克'。其实那也算不上什么额外行程，因为我们早就该去那里。"

"如果有人跟你说，"爸爸开口了，"你这辈子可以在世界上任何一家餐厅吃饭，但是作为代价，这辈子剩下的时间每天晚上都得睡在棺材里，不能睡在床上，你会怎么选择呢？"

显然，爸爸没有在听我和姐姐说话。姐姐用求助的眼神看着我，我却想起了短短几个小时之前自己的悲惨时刻：躲在一座猪的雕像后面渴望着一碗浓汤。我没有帮她说话，而是摇了摇头，把视线转向窗外。姐姐转身倚着车门生闷气。她噘着嘴巴，用郁郁寡欢眼神看着我们。她让我想起了拉比，当你毫无征兆地停止爱抚他的时候，拉比就是这副神情。因为之前她没有帮我说话，所以现在我一点儿也不觉得对不起她。

可是，二十分钟之后，我开始觉得有些歉疚了。“真遗憾你没能看到那些没意思的椅子。”我安慰她说。她怀疑地看了我一眼，就像一条警觉的蛇，正要决定应该发动攻击还是继续睡觉等着我自己走开。“我也很遗憾你没能像火鸡一样把自己塞得饱饱的，而且是老爸掏钱。”她的态度最终还是缓和了。

为了让心情好一点儿，我们开始玩“尖牙的故事”。这是我们自己发明的游戏。奶奶去世之后，她的猫由我们来养。那只猫的名字本来叫作基蒂小姐，但是我们根据她的年纪和喜欢咬东西的嗜好给她重新起了个合适的名字：尖牙奶奶。她对任何东西都会毫不掩饰地流露出憎恨和敌意。玩这个游戏的时候，你只需要想出一个情节，然后表现出尖牙奶奶会怎样去搞破坏即可。通常，她的办法都会用到她标志性的尖牙。

“好吧，假如你男朋友正要求婚。”“太简单了，”我姐姐说，“尖牙奶奶会咬掉我的手指，这样我就没法戴戒指了。”“假如在你的婚礼上呢？”

“那更容易了——她会用她的尖牙咬遍我的全身，让鲜血染透我的婚纱。”“被你形容得听起来就像斗牛。”“是的，只不过比斗牛更加暴力。”

我们开始大笑，爸爸在前面不满地喊了一嗓子："闭嘴！你们在说我什么呢？"

我和姐姐面面相觑。"什么都没说，我们在说尖牙奶奶。""刚才谁喊我老公牛了？""首先，"姐姐说，"这根本算不上真正的侮辱。其次，没人那么说过。"

爸爸的眼睛仍然盯着前面的路，但是他的脸在变红。"我不喜欢你们两个在后面说悄悄话。""我们是用正常音量说话！""别忘了您耳朵不好，爸爸。"

他把手伸向储物箱："如果你们只顾自己的话，就不要在我的车上讲话好了。"说完他拿出一张猫王的 CD ，按下播放键，调大音量。我们一路到家都没有再说一句话。到家之后，爸爸给我读了史蒂芬妮·S. 托兰的《爱波怀特家庭学校生存记》(*Surviving the Applewhites*)。后来这本书成了"连胜"计划中我最喜欢的书之一。起初我喜欢这本书是因为书中的主人公们在排练《音乐之声》(*The Sound of Music*)，而在当时，音乐剧在我的生活中占有很重要的位置。那是我们读的第一本关于戏剧的书，我觉得它跟我有一种特别的关系。但是今晚，这种关系更加密切了，因为我重新认识了书里的爱波怀特一家：他们是八个看上去性格迥异的人，但是在大部分时候都快乐地生活在同一个屋檐下。他们生活得非常拥挤，但是即使是到他们家去的客人，也会由衷地喜欢他们的生活方式。八个人的家庭！我简直无法想象。每次凯西回家的时候，家里就会变成三个人，我们还有些无法适应呢。我们会觉得家里拥挤狭窄，不知道该怎么把我们都装下。我希望我们可以像爱波怀特一家，可惜我们不是。

今天只不过是又一个例子，我觉得有些哭笑不得，因为类似的事情经常会发生。我会首先失去耐心，但是当凯西也暴躁起来的时候，我就会安静下来；当爸爸开始发脾气的时候，凯西又会安静下来。尽管我们不想承认，但是我们已经适应分开生活了。不管做什么，待在一起就意味着其中一个人会觉得受到攻击，或者被排挤。我们可以相安无事一个圣诞节，或者一个长长的周末。但是大多数时候，我们在一起都算不上有活力，因为即使有一次相处得不错，我姐姐很快又会离开，下次回来我们又得重新适应了。我们都有些内疚，但是似乎我们又都无力改变这一局面。当每个人都很痛苦的时候，道歉也没有什么用处。我们只有三个人，甚至都不能像爱波怀特一家那样去排一部《音乐之声》。

那天晚上，爸爸读完书之后，我站在姐姐的门前，她刚刚在自己的床边结束例行的晚祷。"你觉得如果我们作为客人到尖牙奶奶家去做客的话，她会怎么做？"我问。凯西拉开被子，把灯关上："她可能会把我们三个人关进同一个房间里。这应该是她最残忍的办法了。"我回到自己的房间，坐在床边，双手抱着膝盖。

"一切会变好的。"我安慰自己说。

*16*岁

16 Years Old

"在午夜之前我必须得给她读书。"

你们家有没有什么传统？

"某样东西让我可以去尝试一些从没尝试过的事情，
一些连想都没想过的事情。这些东西已经触发了某个深藏的东西，
开始慢慢孵化，而且这些事情已经深植我心，
就像刚刚孵化的小海龟，
在破壳而出之前要在窝里度过一段黑暗的时光。"

——

E. L. 科尼斯伯格《相约星期六》

E.L. Konigsburg, *The View from Saturday*

我的全名叫作克里斯滕·爱丽丝·奥兹玛·布罗齐纳。在本书的一开始我就已经说过了。名字真是一个有趣的东西。父母们会花上几个月，甚至几年的时间来一起讨论，反复权衡，经常在孩子出生之前就提前把名字想好。或者他们会等着你出生，看着白白胖胖也许还没有头发的你，然后给你起名莱恩、吉米或者莎娜。或者起名克里斯滕。

我不是一开始就叫克里斯滕的。起初我的名字是小詹姆斯。妈妈的超声波检查清楚地显示出一个可疑的阴影，所以断定我是个男孩。如果要我说的话，这可真是个高明的花招。所以当我出生的时候，妈妈发现我跟"小詹姆斯"这个名字没有一点能对上号的地方，就临时给我起名克里斯滕。因为她以前教过的一个学生就叫这个名字，显然那是一个不错的姑娘。这个名字是在最后关头蹦出来的，可是从被安上这个名字的一刹那起，我就觉得它并不适合我。

很多人都说这个世界不适合他们。但是对我来说，这种不适合多是文字方面的。爸爸刚给我起的名字，他自己还没适应就不得不放弃了；之后父母带着我从医院回家的时候，把我安排在一个到处是"菲尔·科林斯（创世纪乐队成员）"的房间。

"他们弄一个菲尔·科林斯的房间干什么？"最近我的朋友问我。

"因为他们喜欢菲尔·科林斯。"

"他们需要占用一整个房间吗？"

"不，他们需要半个。所以可以把孩子放在另外半个房间里。"

房间里有照片、唱片，还有海报，跟那些黄黄蓝蓝的儿童房装饰品放在一起。其中一张海报我印象很深，因为其他的纪念品被收走之后，它还在我房门上贴了很多年。那是一张创世纪乐队"无形"演唱会的宣传海报，我一直都对此感到困惑不解。

"真的，"一天晚上我边换睡衣边对妈妈说，"去看那场演唱会可能就是浪费钱。我觉得他们可能都没有出场。我不知道人是不是真的能隐身化为'无形'，就算有人可以，我觉得一整个乐队也不可能都会隐身，至少不会同时隐身。这样的话我觉得门票至少应该便宜一些。"

就这样，我一直住在那个到处都是菲尔·科林斯的房间里，我的名字就叫作克里斯滕 —— 因为詹姆斯不能用。我从小就觉得我的房间和名字都不适合我，但是真正想到要做出改变还是在十六年之后。

上高二的时候，我决定重新改造一下我的房间。我的房间一直都很乱，但是我想，也许这是因为我觉得这个房间并不属于我。所以我把所有的旧海报都取下来，换上我的朋友们的照片；把地毯卷起来，把地板打磨光亮。我给房间做了一遍大扫除，又重新修饰一番，直到感觉这不再是菲尔·科林斯或者小詹姆斯的房间，而是真真正正地属于我的。这时我才发现，原来我也是喜欢把房间收拾得干净整洁的。家长们，请注意：也许给房间刷上淡紫色的墙漆或者贴上重金属乐队的海报并不像想象的那么糟糕。

既然已经开始大改造了，我就琢磨着最好把名字也一起"改造"了。于是渐渐地，我开始让周围的人知道我不想被叫作克里斯滕。

"你想让我叫你什么？"人们总是会问。

"什么都行，除了克里斯滕。"

尽管我一直在考虑这件事，但是说出来还是感觉怪怪的。我从来没跟别人说过，我有好多名字。不过我真正想被人叫的，是爱丽丝·奥兹玛。

爱丽丝·奥兹玛。先是爱丽丝，然后再是奥兹玛。这两个名字搭配起来堪称完美，简直是绝配，甚至比绝配还绝配；比莉·珍、辛迪·露、萨拉·简这些名字都不能跟爱丽丝·奥兹玛媲美。我喜欢一遍一遍地读这个名字，喜欢它从我的舌尖上跳跃到空气中，停留片刻，就像冬天里一股暖暖的气息一般怡人。

"爱丽丝"是一个典型的美国式的名字，代表着健康、平静；然后这个名字后面出人意料地跟着一个"奥兹玛"—— 这是一个长着一头黑发的异国美人，充满神秘感。经常会有人问奥兹玛这个名字的由来，而我总是很乐意回答这样的问题。

早先，我的父母曾经约好，如果生的是女孩的话，妈妈负责起名字，爸爸可以起教名；男孩则相反。所以爱丽丝和奥兹玛都是爸爸的杰作。对参与了"连胜"计划的小姑娘来说，这两个名字再合适不过了 —— 尽管爸爸起名字的时候我们的计划还没开始。爸爸想用文学作品里坚强女性的名字为我起名。幸运的是，他之前为我姐姐读过书，积攒了一些经验，头脑中已经有两个备选的年轻女性了。

爱丽丝选自刘易斯·卡罗尔的《爱丽丝漫游仙境》，她是一个充满疑问的小女孩，而且总是乐于承认很多问题的答案自己并不知道。她热爱思考，同时也会犯错误。这个名字是一个合适的教名。然后爸爸又想到了"奥兹玛"，L.弗兰克·鲍姆的《绿野仙踪》系列每一本的女主人公都是她 —— 第一本 (同时也是最著名的一本) 除外。爸爸有些左右为难了。奥兹玛是奥兹国睿智、公平的统治者，是多萝西的朋友和引路人。她聪明，善良，高贵。这两个名字各有千秋，从中做出选择真的很难。

于是，与其难以取舍，干脆两个都用，按照声调把它们排在一起。很自然地，就有了爱丽丝·奥兹玛这个名字，也是我后来的名字。

这两个名字是我最喜欢的。我把它们写在我的笔记本上；需要签名的时候我也总是写全名，尽量把这两个名字包括进去。当人们问我这两个名字是什么意思的时候，我总是很乐意把名字的由来告诉他们，一遍又一遍，不厌其烦；当有人猜到我名字的含义的时候，我知道自己找到了一个知音。

在我16岁的时候，当我小心翼翼地要求人们随便喊我什么都好，就是别再喊我克里斯滕的时候，很多人都犯了难。对这些犯难的人，我建议他们喊我爱丽丝·奥兹玛。

"这个名字非常文艺，"我会像一个路边推销员一样解释说，"但又很容易上口。它听起来像夏天的雨，或者茉莉花。当你把这个名字连起来读的时候，就像在读世界上最动听的名字。"如果他们还是不接受的话，我就会说："至少你们可以试试。"

但是我还是想鼓励大家都来猜一猜。我的一位老师曾经说过，要想在高中找到你的位置，关键在于把自己的招牌推销出去。所以一有机会，我就开始推销爱丽丝·奥兹玛这个名字。

我有一个"爱丽丝·奥兹玛"的博客，还有一个"爱丽丝·奥兹玛"的网名用来跟朋友聊天，还有一个"爱丽丝·奥兹玛"的邮箱。我也开始使用"爱丽丝·奥兹玛"的签名。上美术课的时候，为了节省画布的空间，我只在角落简单地签上"奥兹玛"就了事，但是它看上去有点儿孤零零的。"爱丽丝"和"奥兹玛"需要成双成对地凑在一起，才能呈现出一种平衡的美感。

慢慢地，大多数人不再叫我克里斯滕了，但是让我有点儿沮丧的是，爱丽丝·奥兹玛也没有真正地叫起来。只是时不时地，某些人在某些特定的情况下，或者在某些特定的圈子里才会叫我这个名字。

"为什么没人叫我我想叫的名字呢？"一天晚上读完书之后，我问爸爸，"我是说，这本来就是我的名字，并不是自己胡编乱造的。"

"他们只是在嫉妒。他们嫉妒得要命，因为他们的名字都是父母从育儿书上照搬的。"爸爸把头枕在胳膊下面，又谈起了他一向引以为傲的育儿经。"你觉不觉得我有必要留长某样东西？比如头发？"我已经一年没有剪过头发了，尽管看上去长度倒还合适，但是配上我的头就觉得怪怪的。爸爸皱起眉头，做了一个好像在吹蜡烛一样的鬼脸。"你确定要留长发吗？你看起来就像一个沼泽怪。"幸好我的抗打击能力还比较强。

"你记得那部叫作《杀人鼩》(*Attack of the Killer Shrews*) 的电影吗？里面给小狗披上毯子扮演怪物的那部。你现在的发型就有点儿像里面的怪物。"

是呀，此时此刻有一颗强大的心脏是多么重要。我不认为像爸爸说的，其他人是在嫉妒。也许有人会觉得我的名字，还有名字背后的故事有点儿讨厌，那些人可能也不会喜欢我们的

"连胜"计划。所以在一些场合，我会根据情况选择用哪个名字，或者选择要不要告诉别人我的读书计划。不过，几乎每当我跟新朋友讲我的故事的时候，我会看到对方的眼睛里闪过一丝好奇的光芒："真的吗？"她会说，"那是真的吗？你校园 ID 卡上的名字就是这个？"这时我会把卡拿出来给她看。"哇，这个名字可真好听，真的很好听。它很特别。你爸爸也很特别，好像对书很有研究？你小时候他是不是经常给你读书？"

我已经 16 岁了，和其他 16 岁的孩子一样。我不确定如果别人知道我或者我的家人更多的事情的话会作何感想。但是如果他们是真的对我的教名感兴趣，问了很多问题并且带着善意的微笑，我知道我是安全的。那个时刻将是最美好的，因为我有一肚子的故事，就想找一个不会笑我的人分享。

"嗯，"我会这样开始讲，"你的家庭有没有什么……传统？"

午夜之前我必须得给她读书

"只要想想：此生你再也没有什么事情好怕了。

就算把裤子穿反，穿的两只袜子颜色不一样，

帽子上顶着葡萄，或者身上粘着尿布，

你看起来都不会比刚才更傻了。

显然，这样你就再也不会觉得尴尬了。"

——

史蒂芬 · 曼尼斯《三天成为一个完美的人》

Stephen Manes, *Be a Perfect Person in Just Three Days*

　　参加剧团的一个问题就是，占用时间。不消说，每个爱好都要花费点儿时间，但是对一个身负"连胜"计划重任的女孩来说，参加一个自己没什么时间支配权的剧团就有些困难了。

　　我第一次参与表演的时候，还没有"连胜"计划。当时我4岁，很高兴地友情参与了当地一所高中的春季音乐剧的演出，他们需要一个孩子来出演一个小角色。这次演出经历激发了我极大的热情，以致后来又在很多作品中扮演角色。我一点儿都不担心这些演出会占用太多时间，就算排练到深夜也没关系。可是，"连胜"计划开始之后，那些漫长的排练之夜就变成了一个问题。

　　记得那是一个秋高气爽的夜晚，天气好极了。其实当时应该已经进入冬季了，但是不知怎的，天气还停留在秋天。树叶还挂在树上，在微风中轻轻舞动，向慢慢逼近的严寒挑衅地展示着它们红彤彤金灿灿的颜色。呼出的气还不会变成白雾，但是如果天黑之后要在户外久留的话，你或许需要穿上一件毛衣，在我看来，当时的天气是最好的，做很多事情都无比合适：比如买南瓜味的软糖，用姜汁饼干来做冰激凌三明治，或者捧着一杯苹果汁坐在门廊前，盼望着能闻到一丝有人烧树叶的美妙的气息。因为秋季是我最喜欢的季节，所以我觉得秋季的天气也是做任何事情都最合适的。不过，对尴尬的事情来说，这个时候的天气绝不合适，一点儿都不合适。我也不知道什么样的天气适合发生点儿糗事，可能雨雪天气，或者其他影响能见度的天气都会稍好一些。

有一次，我正参加一场晦涩过时的音乐剧的彩排。那部剧是探讨家庭观念和美国人的理想的。其实，彩排早在一个小时之前就已经结束了，我们现在正在做的是冗长乏味的"总结说明"。在剧团里，所谓的总结说明其实就是导演、音乐编导、舞蹈编导、服装、道具或者剧务关于作品的意见，包括好的意见和坏的意见。一场五分钟的戏，大家不知不觉就能讨论十五到二十分钟。一次我在一部剧中只扮演一个出场三十秒，没有台词的小角色，被提的意见却足有五分钟，从我的姿势到我戴的帽子的角度，都包括了。进行总结是一个漫长的过程。

我是在最后关头才被拉进这部音乐剧的合唱团的，因为导演发现他们的女高音竟然没有一位可以唱真正的高音。我的工作就是演唱高声部，另外就是披着一块披肩从舞台上走过去，在某个时间点把一本书递给其中一位主角。我没有台词，也没有独唱，这样一来就比较适合我自己紧凑的时间安排。因为我的工作基本上是和大家一起完成的，所以我希望可以不必参与"总结说明"的环节。

我坐在舞台边上，腿垂下去无聊地晃着，眼睛盯着墙上的钟。过去的一个多小时好像过得飞快。感觉就在一分钟前，我还在抠着我的裤袜靠近脚踝位置的一个洞，挂钟明明显示的是10点45分；现在这个洞只被我抠大了一点儿，裤袜下的皮肤也只是被我抠得有一点儿不舒服，但是时间却已经是11点半了。我用手撑着头，尽量让自己坐正，保持一副平静的样子。如果有人留神观察我的话，可能已经猜到我累了，想回家上床睡觉。我第二天还得去上学，这个要求应该说一点儿也不过分。

不过，事实上，我却在默默地祈祷，希望爸爸千万别在下一秒就推门而入。当时我还没有手机，但是我出门之前跟他说过，彩排快结束的时候，我会借别人的手机给他打个电话，让他来接我。我原计划在第二幕结束，进行总结的时候给他打电话，但是我们现在第一幕还没排完一半。我知道他现在一定很焦急，担心我们在12点之前没法读书了。如果爸爸现在不在开车过来的路上，那么他一定是已经到了。他把车在外面停好，借着手电筒的光在练习要读的章节，偶尔看一眼手表，再紧张地走过来，透过窗户往里看看。

我可以如此清晰地把这一切都描绘出来，是因为以前发生过类似的事情。只要彩排到很晚，爸爸就会出现，手里拿着书，从礼堂的后面冲我招手。一般情况下，剧场里非常忙碌，一个站在暗处头发花白的人不容易被注意到，所以其他人往往不会发现。

这时候，我会冲他做个手势，表示我看到他了，然后告诉他如果他愿意的话可以在外面等一下，一轮到我休息就会马上出去找他。一般来说，就算是主角也会有一定的休息时间，所以我会跑到停车场，坐在车的发动机盖上，或者靠着剧场的墙，听爸爸读十分钟左右的书，然后再匆匆忙忙地跑进去。如果错过了一场戏，我通常就会简单解释一句："对不起，刚才我有事出去了一下。"在那种情况下，和盘托出我们的"连胜"计划有些尴尬，而且更重要的是，一时半会儿也解释不清楚。每次我向人解释"连胜"计划的时候，总是得把事情的来龙去脉交代得一清二楚。因为只简单说一句"对不起，我爸爸必须在午夜之前给我读几页福尔摩斯"只会让别人更加摸不着头脑。

不过，今天我所担心的是，这里没有一个昏暗的角落可以让他在那里等我，从远处冲我招手。我们排练的房间非常小，因为剧团正在寻找一个新的剧场，所以今天排练的地方比较拥挤、狭窄且明亮。临时搭建的舞台几乎不能同时容下所有的成员，所以有一些就分散坐在房间的各处。导演（还有几个相当英俊的少年）都刚好坐在通向停车场的门前，房间里的每一盏灯都亮着。

我抠自己袜子上的洞抠得更凶了。我想制订一个计划，如果我要求提前离开的话，应该不会被允许 —— 有人刚刚说过要走，导演坚持说只要他不走，谁都不能走。我可以去洗手间，看看后廊那里有没有门，但是这样的话万一爸爸进来却刚好看不到我，会让他更加担心。我又想借口去我的车上拿点儿东西，但是因为我一向都是蹭别人的车坐，所以剧团里的每个人都知道我不会开车。我可以借口说爸爸在停车场等我，有事要跟我说，可是这样一来我就会被批评在总结的时候开小差看手机 —— 而这是被严格禁止的。如果没看手机的话，我怎么知道他在外面呢？

我觉得自己好像快从舞台上掉下去了。我也不知道为什么这么害怕爸爸来彩排现场找我。我想有可能是因为我不知道他会说什么，或者做什么。很多事情都可能会发生，但是大概只有百分之二十不会让我觉得尴尬。我想我之所以会觉得尴尬，根源就在于觉得自己完全被误会，尽管明知道没有人会相信，还是忍不住想一遍又一遍地解释，虽然解释也没用。"连胜"经常会带来这种麻烦。没有人能够理解，所以总是会带来或大或小的尴尬。的确，如果是跟能够理解的人谈论这个计划的话，会引起他们的兴趣，也是一个很不错的话题。但是对于一个16岁的人来说，当你被误解的时候，那感觉简直就跟开始长青春痘，并且被认为是第一个能真正听懂"披头士"的人一样 ——"连胜"计划也同样是一件有难度的事情。有时候我并不引以为傲，相反，我希望能谈点儿别的。

我坐在那里，无数次地想象门被推开的场景，以至于当它真的被推开的时候，我没有反应过来。我没有心理准备，没把推门进来的人跟自己联系起来。爸爸走了进来，四下里看了一圈，但是却没有注意到我在舞台那里向他招手。明亮的灯光可能有些晃眼，特别是当你刚从暗处走进来的时候。他用手挡在眼睛前面，看了一小圈，这时导演开口了，口气有些不悦："我能帮你吗？"

"我要找一下我女儿，有事跟她说。"我爸爸只说了这么一句话；我松了口气，因为他用了"说"这个词，而没有说"我要给她读书"。随后我又屏住了呼吸，不知道导演会说什么。导演是个非常和气的人，有一种父亲般的温暖，但是彩排进展不太顺利，这大大消磨了他的耐心。

"我很抱歉，"他说，"我明白现在已经很晚了，我也很抱歉现在还留她在这里。但是我们还有重要的总结，我想她应该听一听。我们应该在二十分钟之内就可以结束，您可以坐着等会儿。"

爸爸的出现打断了我们这场已经长达七个小时的彩排，大家开始窃窃私语。他们在猜测他是谁，尽管我并不介意别人知道他是我爸爸，但是我也没有必要站在舞台上向所有的人宣告这个事实。我又挥了挥手，但是爸爸没有向舞台这边看一眼。

"时间不够了，我现在就得找她。"爸爸迅速地说。

我突然想到一个主意，很简单却会非常奏效 —— 爸爸只需要说一句"我有急事",导演肯定就会放我走了,至少准许我离开几分钟。这句话虽然含糊不清,却透着一股认真的感觉。人们会以为家里一定有人去世了。大家会用同情的眼神目送我们走向出口,而不是像现在一样,用轻蔑的眼神看着爸爸。我闭上眼睛,试着把我的想法用心电感应传给爸爸,但是我的功力还是不够,爸爸并没有按照我想的那样说。爸爸刻意压低了声音说:"午夜之前我必须得给她读书。"

虽然在听音乐会或者讲座的时候我经常提醒他把声音压低点儿,但是爸爸还没有学会小声说话。他的"低声"实际上反而弄巧成拙了,因为别人还是能听得一清二楚,而且他的声音里又增加了一种阴谋的味道。这时爸爸终于看到我了,朝我指了一下。我不知道他是怎么找到我的,因为我像一个破布娃娃一样躺下了,还试图用戏服把自己藏起来。也许是我通红的脸引起了他的注意。

大家纷纷把头转向我。我几乎能听到他们眉毛抬起来的声音。

"什么?"导演问。他望着爸爸,显然以为自己听错了。

爸爸只是点了点头,然后又指了指我。我冲他扯出一个勉强的微笑,希望我脸上滚烫的热度能触发火警警报器,这样我就有理由从后门跑出去了。我旁边的某个人小声说:"让她走好了,我可不想一晚上都坐在这里。"

他的话引来了别人轻声的赞同。导演可能也听到了,因为他又盯着我的父亲看了一会儿，说："那好吧。"爸爸在门边等我，我从舞台旁的台阶下来，向他走去，耳边都是别人的疑问声："他说他必须得做什么？给她读什么？"一个跟我差不多大的孩子在我经过的时候扯了扯我的衣角，问："这是不是某种跟宗教有关的事情？"我终于走到了门口。在走之前，我按照惯例跟导演拥抱了一下，向他道别。他的表情还是有些迷惑，但是仍然冲父亲微笑了一下，显然想告诉他没有什么不妥。但是我们出去之后，门一关我就听到他向大家宣布："在总结结束之前，任何人不准再离开了！"

因为我们在午夜之前无法赶回家了，所以就在停车场靠在车上读了一章阿加莎·克里斯蒂的《十个小印第安人》(*Ten Little Indians*)。尽管借着路灯的灯光能看得很清楚，爸爸还是举着手电筒照着书。我们快结束的时候，剧团的人也纷纷出来了，向自己的车子走去。他们大多数人都假装没看到爸爸在给我读书，这样一来反而显得更奇怪了。我扯出一个大大的微笑，但是眼睛却盯着书本。通常，即使我往书上瞥一眼也会让爸爸感到紧张。但是这次爸爸什么都没说。他让我看着他读，读完之后，他把书合上，迅速而安静地上了车子。

让我没有想到的是，我们心里都很清楚彼此的想法。他知道，至少有那么一瞬间，我因为"连胜"计划而感到尴尬。我为我的这个想法感到羞愧，而不是那天晚上的其他事情。

17 岁

17 Years Old

我们走回家，但是周围依然嘈杂。这呼呼的、悲伤的
声音一次又一次地响起。我等着它消去。等到旁边都
安静了，每个人都睡着了，我知道这是由我而起的。
救护车的声音、妈妈的声音，在我试图入睡的时候又
伴随着我的心跳声响起。但是对我来说，这个声音意
味着幸存。我挺过来了，我们都挺过来了，因为我们
是幸存者之家。我依然那么有生气，无法入睡。让我
万万没有想到的是，我竟然开始理解妈妈了。
我原谅了她。

爸爸的女主人公

"没有希望和梦想，
他就会在游戏中寸步难行。"

——

盖瑞·伯森《逃离荒野》

Gary Paulsen, *Hatchet*

"你刚才有没有在她手上看到戒指？"

"没有，她刚才在做糕点，手一直在面团里面。我可没办法让她把手拿出来。"

"你为什么不和她握握手呢？"

"我晕……宝贝！我想你又说对了！那我们要不要再进去？"

"不，不行，现在进去我们的意图未免暴露得太过明显。"

"那我假装刚好记起自己想要肉桂面包，这个主意怎么样？"

"不过，我记得包里好像已经有一个了。"

"你记得？那你看看到底有没有，你仔细找一找！"

"你看，包里有，而且有两个。"

"唉，这都什么事啊！"

"等等，我想她现在应该正朝窗户这边走来。我或许可以好好窥视一番。你就站在这儿，假装在吃你的肉桂面包。"

我比绝大多数的女孩们都有更多的女陪衬经验。一个单身父亲时不时地会需要别人搭把手。"为什么要我假装吃面包呢？我难道不能吃掉它们吗？""喔，我看到了，我看见了一枚戒指。""是一枚婚戒吗？""看起来好像是。一个金色的圈。""啊，太背了！我们肯定没戏了，宝贝。"

我的爸爸是个多才多艺的人，他有许多拿手好戏。他可以用丰富的经验来分析一场棒球比赛，开车时他能够准确地把握驾驶方向，更令人叫绝的是，他有着深厚的绘画功底。但是，在约会这一类事情上，他从来都不太擅长，或者准确地说是不太走运。

当然，我不是说我的父亲从来都没有约会过。在他这一生的某个日子里，他肯定成功地约会了我的母亲。但是，没过多长时间，他又变成单身了，然后，他就开始和李约会了。

李是一个身材苗条的女人，一头金黄色的卷发披散在她那风筝般轻盈的肩膀上。我上高中时，她曾经在观众席上欣赏了我的一场白天音乐会，并且在音乐会结束后走到我身边和我打招呼。

"你大概已经不记得我了。"她如此和我搭讪。

说实话，我确实不记得她了。

"噢，不，我当然记得您，您是……呃……"

"李！我以前和你爸爸一起工作过一段时间呢。其实我过来主要是想让你知道，你在台上的表现是多么的出色！"

一个甜美的微笑绽放在她的脸上，这微笑让我感受到了家的芬芳。

"啊，谢谢您，非常荣幸您能来，我会告诉爸爸我遇到了您。"

"那真是太好啦！你可千万别忘了啊。"

尽管她给我留下了非常不错的印象，但我还是把她给忘了。

过了几个星期，爸爸告诉我他晚上要和李一起出去一趟。

"哦！她去看我的音乐会了，我本来打算告诉你的。"

"嗯，我已经知道了，她在寄给我的那封信里提起过这事。"

"她给你寄了一封信？信里还说什么了？"

"她说她迷上我了。"

"她不可能那样说吧？！"

"虽然她没有直白地说出来，但她要表达的大概意思就是这样的。"

我从未记得爸爸有过要约会的想法，我觉得对他来说这不太可能。他从来不会提起女人，哪怕只是随便说说，除非他要提起我们姐妹俩卓越的聪明才智。后来我才明白，这其实是我的父亲为了维持家庭的稳固所做出的努力，他很清楚，对他来说我和姐姐才是最重要的，所以他度过了六年没有其他女人陪伴的日子。

直到现在，我才意识到这是多么不正常的一件事情。那天晚上爸爸回来的时候，他面带微笑，吹着口哨，还十分愉悦地给自己冲了杯茶。此情此景不禁令我暗自思忖，父亲期待这一天到底有多久了，他有没有感到一丝紧张？

两周后，我向爸爸申请去参加我有生以来的第一次约会。

"我可以跟本一起去海滩散步吗？"我透过门缝轻轻地对睡眼惺忪的父亲说，很显然，这种时候我会更轻易地得到肯定的回答。

"还有谁跟你们一块儿去吗？"

"没有其他人了。"

他闭了一会儿眼，我以为他又回到睡梦中去了。然后他闭着眼说："如果你打算晚点儿回来的话，我们最好先把书读了吧。"

在我为第一次约会的盛大夜晚精装细扮时，我想，等我回来的时候，我大概也会愉快地吹起口哨。结果，那晚我确实吹着口哨迈进了家门。然后直到那个夏末，我和父亲都分别沐浴在爱河中。

当我们的约会在同一天晚上时，我们会在准备完后互相比较一下各自的打扮。谈论的内容也大多是爸爸告诉我他的身材保持得有多么的棒，虽然有些衣服他穿上去效果会更好，但其实每一件衣服都很适合他。然后我会问问他觉得我的装扮怎么样，而他总是装作很痛苦的样子，然后说衣服的颜色和布料都很糟。如果还有时间的话，他通常会让我把所有的衣服拿出来，然后一件一件地帮我细心熨烫好，因为他一向都对熨得平平整整的衣服情有独钟。

"熨烫衣服只会花几分钟，而这几分钟，就会使你完成从一个满身褶皱的猴子勇士，到一位翩翩佳人的升华。"

我从来都没弄清楚那些猴子勇士到底是谁，也不知道到底是多么悲惨的经历在他们身上留下了这些褶皱，但我知道，有这样一个乐于为我熨烫衣服的父亲，我很满足。

我们就这样各自维持了几年自己的恋情，而我也开始越来越关注李了。她有自己的孩子，但她开始自然而然地对我特别照顾，送给我复活节篮子，在我生日那天给我烤蛋糕，还陪同爸爸参加了很多活动，为我加油打气。她甚至也能跟我妈妈相处得很好。我们开始感觉这个新组成的"家庭"虽有些不怎么平衡，但一切都那么顺理成章而又其乐融融。后来，所有人都感到不解的事情发生了。

就在高中毕业舞会前几个星期的一天晚上，我坐在餐厅里看费城队的比赛，而那场比赛爸爸去现场观看了，所以家里只有我一个人。独自一人在黑暗空荡的房子待着让我感到有些紧张害怕，所以我把所有的灯都打开了。但是每每听到有窸窣的声音发出，我还是紧张地以为有什么人在我家前廊蹑手蹑脚。于是，在我并没有意识到那人到底是谁时，我几乎是冲出去打电话求救。但当意识到那人就是李时，我如释重负地叹了一口气，然后笑了。当我打开门想让她进来时，却发现她早已经开车走了。留在前廊的，是一份预祝我顺利毕业的礼物：一套漂亮的森林绿的行李箱，箱子上贴着一张可爱而贴心的卡片。在那套箱子旁边，爸爸曾经送给她的每一件礼物，都被整整齐齐地堆放在那儿，好像在遗憾地看着我。

"我真的不明白为什么会这样。"那晚的电话里，爸爸很不解地说。

电话那端沉默了一会儿，他又问道："你真的确定吗？"

电话那端又是一段短暂的沉默。

"好吧，我不会求你的。"爸爸好像在自言自语，然后挂断了电话。

持续了两年的感情，却在仅仅三十秒后烟消云散，爸爸被这突如其来的变故打了个措手不及。在这之后的一两天里，爸爸看上去一直很消沉，但在这以后，他变得像一个嘴里念念有词的拳击手一样，开始不断地重复一些相同的话："她对于我来说是个重大的发现，而我对她来说也同样是重大的发现。我会继续生活奋斗下去，然后找到一个更好更合适的另一半！如果她真的想离开我，那就算我倒霉！不过还是会有其他人来顶替她原来在我生活中占据的位置！我现在还好得很！"

接下来的日子里，他又开始跟其他的女人约会，但很快他便意识到，虽然有很多女人一开始看起来跟他合适，而且他也比较中意，但是每每到最后都是不欢而散。其实是他想念以前那段美好感情的幸福滋味了，他想念李了。

于是他花了好几个月的时间，试图找出这段感情破裂的原因。他也开始尝试着给李留下一张又一张便条，向她做一些小小的手势，好让李了解到自己其实还深深地爱着她。终于有一天，爸爸看到了希望，在他与李分手很长时间后，他的一个朋友在李的桌子上看到了李和爸爸当年的合影。在这希望的激励下，爸爸在他们分手后的这么长时间里第一次给李打了电话。但是结果是残酷的，那不过是一张李和另一个白发男人的合影。

爸爸又重新开始了约会，但是因为他已经很多年没有约会过了（以前李追求过他并在一起约会过，但她最后还是没能成为我的母亲），所以他对于约会的细节已经很生疏了。一开始，他的择偶标准实在是太高了，对方要有很好的身材，会做一手好饭菜，并且确实想要成为这个新家庭的一部分，还要喜欢旅行，时不时地会听听猫王的歌。而这所有的标准其实都是李所拥有的，爸爸的真正意图其实就是想找一个像李那样的女人，来顶替李在他生活中所占据的位置。然而这个标准确实是太高了，以至于我曾说服他降低一点儿择偶标准，但他始终没有那么幸运地找到合适的对象。

"那么，我们试试相亲如何呢？"有一天早上，我一边为我的毕业旅行收拾行李，一边随口问道。在过去的一个月里，他已经约过几个女人，但是他的标准实在太高，没有一个人能完全达到他所希望的那样。

"糟糕透了。"他坐在床上，无聊地磨着双脚。"你仅仅用这样一个词就能总结你的相亲啊？相亲就真的那么糟糕吗？"

"我正朝着那个饭店走着的时候，看见那儿有一个长得十分像乔治·华盛顿的人站在饭店外面向别人招手，等我走近了才意识到他在向我招手，等快走到他面前的时候，我才意识到'他'是个女的……"我忍不住"扑哧"笑出了声。

"呃，我只能说万事开头难，但你也不能以貌取人啊，你也要明白不可能每一个人都会像你一样对运动充满激情的。""她会大张着嘴咀嚼食物，诅咒起别人的时候她表现得如同水手一样粗鲁，而且她始终在吹嘘她唯一用来消遣的读物就是那些关于奇闻异事的文章，这难道能怪我标准太高吗？"

日复一日，年复一年，相似的故事不断地发生着，我不得不开始想办法帮着"推销"我的父亲了。我别无选择，就目前的情况来看，我真心希望我的父亲能开开心心的，但仅仅靠他自己的话，这似乎是不可能的。我试着帮爸爸找了几次能让他心仪的女人（例如跟对方搭讪："真巧，我爸爸也会这样笑！"），但是很快我就意识到通往成功的道路是曲折的。

"我觉得吧，"在我们当地的一个百货公司，我试着和一个帮我找鞋号的很有魅力的中年妇女搭讪，"如果你已经结婚了，你真的应该把婚戒戴在手上。"她露出了疑惑的表情。

"可是我没有结婚啊。"她说。"噢，那太巧了，事实上，我爸爸也没有结婚，我很想知道你们俩会不会有什么其他的共同点呢。"

我的策略或许有些太直接了，因为自从我使用了这种策略之后，我的父亲仍然在等待着某个女人的出现。在经历了短暂的喜悦和长期的挫折之后，他依然在坚持不懈地找寻另一半，我也就不需要再对他有什么别的要求了。只要他每天早晨在醒来时，能坚信他的另一半就在某个地方等待他，我就相信他离他的另一半更近一步了。只是他暂时还没有成功而已。

我觉得我的父亲最后一定能找到他想要的女人，这并不是因为作为女儿的我希望他成功，而是因为爸爸不可能不去追寻他理想的另一半。我们注意到"连胜"计划我们读过的书里都有一个相同的模式：妈妈抛弃家庭，父亲或者爷爷想方设法把家撑起来。那些男性角色整日愁眉苦脸、无精打采，他们蜷缩在卧室中以躲避外面的世界。爸爸从来都不是这样一个男人，我们会一起嘲笑这些滑稽的故事。是什么激发了那些作者的灵感使他们创作了如此不切实际的故事？难道不是所有的男人，都能够像爸爸一样，每天醒来时都会对新的一天充满激情，独自抚养子女时仍能保持乐观，在生活中时刻充满幽默感和活力？在"连胜"计划所有的书中，我们都没找到一个能像爸爸一样既对他的另一半不懈追求又毫不畏惧单独抚养女儿的主人公。

在我们读过的那些书中，居然连那些阴郁的、毫无经验的男人最终都能找到自己的女人。总会有些可爱的女人在某个不经意的时刻步入那些男主人公的生活，使他们在若干年后重现笑颜，并最终把他们带回正常生活的轨道之中。我的父亲对生活充满着热情和向往，但是属于他的女主人公却还未露面。我甚至不能确定这些故事能否给爸爸带来更大的希望，但我们仍然坚持阅读它们，因为有些事情是一定需要坚持下来的。我知道爸爸命中注定的那个女人就在某个地方，也许她也手捧着一本同样内容的书，并且在暗自感叹为什么她从未遇见一个像爸爸一样的男人。

如果哪天我遇见了这个女人，我会告诉她，没有哪个男人能像我父亲一样。他们甚至不能和他相提并论。

· 第 3 1 5 6 天 ·

幸存者之家

"这个世界就是一个旋转木马，
它的无数个零件被看不见的纽带联结起来，
那隐藏的轴和连杆带动这个星球，跨越世纪。"

——

保罗·弗莱舒曼《旋转木马》

Paul Fleischman, *Whirligig*

我静静地坐在十字路口，等了许久，等着穿过马路到另一边。我是个畏畏缩缩的新手，几乎没多少用我的新驾照的欲望。我的朋友之所以能够说服我去他家只是因为离得很近，走着就能到。但是正当我出门的时候开始下雨了，然后我知道我只能开车去了。

"过高速公路的时候要小心，"我从爸爸床头拿钥匙的时候，他告诉我，"今天路上会有很多来自海边的车，你真的确定不用我送你去？"

我违心地拒绝了。而现在，我正等着无尽车流中能出现一小段空隙让我穿过去。我一度想调头回去让他送我，但是我的车后面已经排着三辆车了，没有办法调头。我试着通过车的后视镜给他们送上一个抱歉的眼神。

这时来了一段长长的空隙，足以让我和我后面的每辆车都通过。我把脚放在油门上。什么都没发生。我又使劲踩了一下，仍然什么都没发生。我想了想，突然有点儿紧张，这种情况在我倒出车道的时候也发生过。当时我把车停下来，熄了火重新发动，然后又试了一次。这一次没问题了。我想过回屋去问问爸爸，但是又想到不管是什么问题，答案都是因为我忘了做什么事，一些又小又愚蠢的事。现在我知道这次是车的问题，我被困住了。我不能调头，没有人能求助，坐在十字路口边上的一辆车里不能出去。我认为我需要冷静下来然后思考一下，让自己不要惊慌，试着不看我旁边的车。

那是什么？我感觉到我的胃被扯动了一下，我一开始以为是神经，然后我意识到我正在移动。这样缓慢的旋转需要花一点儿时间来反应。我被极快的速度拉向公路，就像被一辆赛车拖着一样。所有东西都倾斜了，我被抛离方向盘；然后我意识到一切都太晚了，我停止思考的时候都没有把脚从油门上松开。

不知怎的，两三分钟以后，这辆车突然加速，并且以十倍的速度向前冲去。我来不及把脚放在刹车上，这一切仿佛没有真实地发生在我身上一样。我只是看着我自己，还有车，向公路上的车流倾斜过去。接着，有什么东西撞上了我的保险杠。我的车转到了某家的草坪上。然后它再次落在公路上，又向高速公路冲去。

我的车引起了很多尖叫声 —— 或许那是我的声音。最后，车猛撞在消防栓上，接着我闻到周围有很多烟味。

我抬头看了看，那个撞上保险杠的东西一定是另一辆车，因为这里有一辆车停在高速公路上，发动机罩坑坑洼洼，皱得像个折纸工艺品。我听到了警笛声，还有人群叫喊的声音，烟味更重了，雨也下得更大了。我的脑袋乱成一团糨糊。有汽车停到我周围，嗯，应该说是我们周围。我之外的那辆车的方向盘后面有一个人，一个女人，脸圆圆的，有一头短短的褐色头发。那是我的母亲。她并没有在看我。他们又要来把她带走了。

在眩晕与混乱中，灯光和声音围绕着我，另一辆车上的陌生人的面孔幻化成了我的母亲。我有气无力地趴在方向盘上，闭上了眼睛，把记忆和现实分清楚。它们正危险地缠绕在一起。我想知道，我是不是在做梦，还是马上要睡着了。

那年我9岁，半夜里起床去洗手间 —— 我以前从不半夜起床。然后我听到了远处有警笛声，那是一种悲鸣，我觉得我能听懂那种悲鸣。在更近一点儿的地方也有悲鸣声，而且就在屋子里。我跑下楼，发现妈妈躺在厨房的地板上，四肢伸开，就像一个突然被扔在地上的布娃娃。

在她的周围有很多小斑点，一些白色的点点落得柜子上、地上到处都是。妈妈的身上也有一些，有的在她衣服上，有的在她手里。等我的眼睛适应了光线之后，我意识到这些点点是药片，圆形或者椭圆形的白色小药片，撒得到处都是。我以前见过这药片，妈妈经常吃。心情郁闷的时候吃，身上起水泡的时候也会吃，但是从来没吃过这么多。电话躺在地板上，我能听见我的教母的声音从另一端传来。

"喂？"我小心翼翼地拿起了电话。

我妈妈向上看了看，还以为我是在对她说话。她的眼睛红红的，看上去疲惫不堪，但是从远处看，却带有一种奇怪的放松的神情。她似乎想笑，想对我说些什么，但是接下来却脸色一沉，然后开始哭，边哭边喃喃地说着什么。

"我的宝贝！"我的教母惊讶地说，"好了，一切都很正常。听着，你妈妈会好的。有辆救护车现在就在路上。过不了几分钟你就能看到它的灯光了。准备好开门，等他们到的时候让他们进来。你还好吗？你知道现在是怎么回事吗？"

"是的。"我答应着，却不知道我在答应什么。我不知道自己是不是还好，我还有点儿迷糊，而且我不知道这到底是怎么回事。我妈妈吃了一些药片，又弄撒了一些，现在正躺在厨房的地板上打盹，只不过她现在有些烦躁。我上楼叫醒姐姐，因为她会知道该做什么。我尽我所能向她详细地解释发生了什么。刚说几句，她就听到了警笛声，然后从床上跳下来。

"爸爸！"她冲着黑暗尖叫，"爸爸，醒醒！"

我们上了自己的车跟在救护车后面。它把路上的一切弄得红白交替，就像是圣诞节的灯光一样，但是透着一丝绝望的味道。警笛的悲鸣一直在持续。有时候我觉得这悲鸣是母亲发出的，但是这不可能，因为她现在在救护车里，并且门是关上的。只要一靠近，我就能看到人们在我母亲周围忙前忙后，相互做着手势。他们到我家的时候，是我给他们开的门。他们非常的和善、温柔、耐心。

现在他们看上去有些生气，表情严肃，手臂在空中挥舞着，然后重重地踏在他们放在妈妈旁边的一个东西上。我看不到妈妈，但是我知道她就在那里，躺在窗户下面的一张垫子上，在我的视线之外。他们大概不想让任何人看到她哭。她哭的时候很难看，脸颊皱起来，整张脸都变得通红。如果我哭的话，我的哭相一定更加难看，但是那旋转闪烁的灯光却带给我一种陌生的平静感。

没人能在这时睡着，我的母亲也不会闭上眼睛就这么离开人世。她怎么会呢？声音震耳欲聋，警笛声这么尖厉，我却想让这声音变得再大一些，好让我们都保持清醒。尤其是我的母亲，她正躺在救护车的小床上昏昏欲睡，但是他们不会让她睡的。他们开着灯，让警报器尖叫着，就这样我们都清醒地到达了医院。

我的眼睛睁开了一会儿，我正在我的车上，人们都向我跑来，围在我身边大声叫喊着。雨下得更大了，我闭上了眼睛。

我在休息室里一直保持清醒，或者说我觉得自己很清醒。到了医院之后，保持清醒变得更难了。医院里面很安静，人们都小声说话，因为病人们都在睡觉。这里有些灯坏掉了，休息室里的电视安静地放着节目，即使播放到最关键的地方也没有人会去把它的声音调大。我的头抬不起来，于是靠在爸爸的肩膀上休息了一会儿，但是接着他们叫我们进去看她。我只能再次清醒过来。

妈妈在一个白色的帘子后面，躺在一个插满管子的床上。她旁边有一罐冰，还有几个杯子，但是在杯子里我没有看到水。妈妈睡着了，但是医生们似乎觉得这并无不妥。他们用更轻的声音对爸爸说他们必须用木炭。我想知道他们用木炭是不是为了妈妈更暖和一些。但是事实不是这样，这个屋子已经热得不行了。大概他们是为了用木炭给她画像，就像在美术课上一样。他们大概要记住她长得什么样，这样如果有什么变化他们就会有个比较。我想知道我的父亲会不会像一些人一样把她的照片放在钱包里，这样他就能给他们一张。不过我知道他钱包里没有照片。

当我们再来的时候她已经醒了，或者说假装醒了。她的眼睛睁着，嘴里说着什么，但是没有一句话能听懂。她正在说我的姐姐，说这所有的一切都是因为她，说她们以前吵的架让她哭个不停。但这还没完。那天晚上当我到她床边，我发现她正在疯狂地给一个跟她关系最密切的男人写着电子邮件。我在屏幕的一角发现了他的照片。

十五分钟以后，她边哭边疯狂地给他写着回信。过了一会儿他又回信了，妈妈哭得更厉害了。当时我正试图睡去，却从远处听到了这一切。姐姐做了什么我并不清楚。就我所知，她什么都没做。当凯西因为一些她没有做的事情而被责怪的时候，我感觉糟透了。我希望我的母亲能说出事实，或者是我所亲眼见到的事实。不过，有可能她并不知道自己在说什么。她的目光很少真正地停留在我们身上。

医生告诉我们她很快就会好的。我不明白这是什么意思。就我看来她并没有生病。她并不像我们读的书上写的大部分母亲生病的样子，我们后来读的书上也没有和她一样的。她不像《飞翔的埃斯佩兰萨》（*Esperanza Rising*）里的妈妈，也不像《祝你好运》里面的阿曼达主教。虽然她现在在医院里，但是没有任何症状，既没有咳嗽，也没有打喷嚏。她也不像拉蒙娜·昆比在做果蝇实验的时候那样呕吐。这不像我读过、见过的任何情况。在我看来我母亲现在很好，但是人们却告诉我她就快好起来了。

当第一缕阳光照进房间时，我出汗了，但是胳膊上还是起着鸡皮疙瘩。我对我们悄悄地离开感到有些别扭，就好像我们做了什么要隐瞒的事情。我想偷偷钻进汽车，跑回家然后忘掉发生的一切。与此相反，在出口的地方有另一辆车，灯光疯狂地旋转闪动并发出相同的声音，尖厉的声音划破了黎明。我现在还能听见。在记忆里，这个声音变得越来越大。然后这里还有另一种声音，更近一些，但是并没有那么大。

我睁开眼睛。有人正在拍打我的车窗玻璃。那是一个穿着雨衣的男人。

"你还好吗？"他问，"我住在附近，看到了这一切，可怜的人。"

消防车和救护车的警笛声在我周围响着，我几乎听不见他说什么。

我肯定什么都没说，因为他一直看着我，最后问："你能明白我的意思吗？你还好吗？"

我点点头，然后慢慢地从车里出来。这个男人把他的雨衣给我披上。他把手机给我，而这正是我此时非常想要的，但是我的舌头出了点儿问题。我觉得它在我嘴里特别沉重，而且我的大脑似乎也有些失控。我试图用舌头舔舔牙齿的背面，心想可能出血了。令我吃惊的是，一切都还好。没有牙齿脱落，没有骨折，甚至没有擦伤。只有一点儿头疼和眩晕，感觉有点儿迷惑。我有些分辨不出方向。我接过那个男人的电话，终于试着说出了几个字。

"谢谢你。"我在不让自己头疼得更厉害的前提下，对他挤出了一个尽量温和的微笑。

我拨通了家里的电话，然后等着爸爸接起来。在等待电话接通的过程中，我看到了那个被我撞到的女人走上一辆救护车。她并没有受伤，但是医生想对我们进行全面体检以确保我们安全。然后，他们在救护车驶离时打开了顶灯和警报器。那个声音……我发现我竟然哭了。我的脸颊湿湿的，有些发烫，我感到我的泪水流到手机上，我把它移开，免得被泪水打湿。当爸爸接起电话的时候，我又一次哭了。我听到了他的声音，那么平静，温暖而且令人放心，我说不出话来了。

"喂？"他说，声音一如既往地平静，令人安心。

我无声地抽泣着，听上去既不是悲鸣也不是叫喊，声音奇怪却又熟悉。"你好。"他重复了一遍，听上去有点儿不耐烦但是依然等着我开口，并不发问。"老爸……"我说，声音有点儿喘。我从来没用过这个称呼，即便在小时候也很少用，至少十年都没这么叫过了。

"我撞了车。"我喊道，试图压过周围的警笛声和我自己的哭声。

"我马上就过去。"他说，却并没有问我在哪儿。

然而，爸爸来了。

我们走回家，但是周围依然嘈杂。这呼呼的、悲伤的声音一次又一次地响起。我等着它消去。等到旁边都安静了，每个人都睡着了，我知道这是由我而起的。救护车的声音、妈妈的声音，在我试图入睡的时候又伴随着我的心跳声响起。但是对我来说，这个声音意味着幸存。我挺过来了，我们都挺过来了，因为我们是幸存者之家。我依然那么有生气，无法入睡。让我万万没有想到的是，我竟然开始理解妈妈了。

我原谅了她。

18 岁

18 Years Old

所以，在我 18 岁那年，就在出发之前，我穿着舞会的盛装，偎依在父亲身边，听他读着《老古玩店》(*The Old Curiosity Shop*) 里的一章。

"当我们被抛下时……"父亲开始读了，首先要回顾上一章的内容。我想我听到了他说："当我们被抛下，你才 9 岁。你喜欢在紧张时咬头发，讨厌男孩和裙子。而我也害怕当一位单身父亲。"

可是，他并没有真的说这些话。他只是像往常那样，概括了前一章，然后又开始读下一章。这样看来，与"连胜"计划的第一个夜晚相比，我们的第 3170 个读书之夜并没有什么不同。

· 第3170天 ·

盛装舞会之夜

"一个花蕾就是一朵将要开放的花，

一朵正在等待的花，等待着在适当的温度和照料下开放。

这是一个爱的小拳头，等待松开而被世界看到。这就是你。"

——

克里斯托弗·保罗·柯蒂斯《我叫巴德，不是巴弟》

Christopher Paul Curtis, *Bud, Not Buddy*

"不得不穿礼服吗？你不能只穿你已经有的衣服吗？"

"穿什么衣服是有要求的。如果穿得随便，我会觉得很不自在，而且会显得格格不入。"

"为什么不试试漂亮的裙子再搭配上一件带纽扣的衬衫呢？这样穿符合要求吗？"

单身父亲有很多棘手的问题要面对，他们要使出浑身解数来应付青春期、男孩和约会。我给他们，尤其是我的父亲，这个不可动摇的评价。我 13 岁时，祖母去世了；上中学时，姐姐搬出去了。父亲的自尊心很强，有问题也不会向我的姑姑请教。因此，在相对较少的女性影响下，他通过了解我作为青春期少女难懂的心思，找到了自己的方式，学着去相信我和我选择的男孩。我可以自豪地说，在大部分时间，他完全知道自己在做什么，并且能做出合理的、合乎逻辑的决定。我在我们读到的书中关于年轻女孩的地方都做了记号。她们几乎都是完全虚构的，却相当真实，在"正常"女孩和"正常"家庭方面给了我们很大的启示。但是，即使将我们全部的阅读加起来作为经验，一些事仍完全困扰着我的父亲。当我高中的最后一年接近尾声时，我意识到，毕业舞会就是其中之一。

可是爸爸就是不理解舞会宣传的内容。"这只是一个晚上！"每当看见要购买的东西和活动内容的清单时，他就不断地重复这句话。与大多数女孩一比就会知道，我的清单实际上已经够节俭了：我想去美发，只是因为我自己不会弄；我想要一件礼服。仅此而已。我觉得不需要为购买钱包、首饰甚至鞋而烦恼。我也不排斥在衣柜里找找有什么适合舞会的东西，但麻烦事却接连出现。

"斯蒂芬妮说，我应该做做指甲，"就在舞会之夜前不久，我提到，"但这看起来很浪费钱。你觉得呢？"

"'做'指甲？你说的'做'是指什么？画上图案吗？"

"嗯，可以这么理解。"

"你的指甲太短了。你喜欢咬指甲，好像这样就能知道永葆青春的秘密 —— 上面白色的部分叫什么？指甲尖？"

"我觉得，我可以用假指甲装饰。"

"噢，我的上帝。它们看起来就像猫的爪子。学校的老师戴上它们后，一敲手指就会发出可怕的'咔嗒'声。这简直能把一个人逼疯。"

"我不会在舞会上敲手指的。"

但爸爸飞快而又激动地说着。"而且，"他说，"谁会注意到你戴着它们呢？别人在看你们舞会的照片时，真的会去看你的手指甲吗？"

我笑着回忆着我妈妈对一张照片的第一反应，那是一张我在冬天照的普通照片："你为什么不去做指甲呢！"

虽然妈妈对于毕业舞会应该办成什么样有许多看似合理的建议，但她在工作上却经历了艰难的一年，因而没有给我提供经济上的帮助（爸爸不想让我在完成学业之前工作）或开车带我兜风（那场车祸以后我就再也没有开过车），所以我和爸爸对于她的建议大感困扰，最后还是按我们自己的想法去做了。到目前为止，让我们感到头痛的就是舞会上最重要的项目之一 —— 礼服。

我们还没有找到价格可以让人接受的礼服。我和爸爸开始逛舞会商店，在受过一番打击之后，我意识到这件事应该由妈妈和女儿一起做。一个朋友让我很嫉妒，她家并不富裕，但是当她在试一件 500 美元的礼服时，她妈妈在试衣间外偷偷看到了，兴奋地欢呼起来："就是它！就是这件。不用看其他的了。去叫售货员吧。我们找到了最好的。"

我从她挑过的那堆衣服中又找到了一件，标签上的价格超过了 200 美元。

"嗯，"她的妈妈说，"这和钱没关系。有时，你只是知道，你找到了它。而且，这件礼服是她这辈子要穿的礼服中第二重要的。她看起来真漂亮，这对我来说已经足够了。这是母亲应该为女儿做的。"

我妈妈对我的礼服很感兴趣，也持支持的态度，但爸爸是我的官方舞会赞助商，比起我大部分的朋友，这件事对我来说就有点儿不一样了。

"你在出演《激情年代》（*The Crucible*）时穿的那件礼服怎么样？"我们从衣柜中寻找合适的衣服时，他问我，"所有人都说你穿上它很漂亮，凯西为了做这件衣服用了很长时间。"

"那是件时代剧的服装，《激情年代》的背景是 17 世纪晚期。"

"你总说你非常喜欢古装。"

"我觉得和这个没关系。"

"你变得让人难懂了。"

问题的关键在于，我想要一件真正的晚礼服，而不是能让我搭配上合适鞋子的太阳裙或戴上很多借来的珠宝才看上去正常的非正式服装。这是我生命中穿舞会礼服的唯一一次机会，是我在内心深处想要的。我觉得内疚，并试着说服自己无论穿什么都会高兴，没必要当舞会中的焦点。但是，就像父亲多年来做梦都想得到那辆自行车，我开始对它抱有幻想：一件粉红色公主裙。它上面有足够的衬布，即使我不穿也能保持原来的形状。最后我懂了，这件礼服是我不需要的。如果我真的得到一件，也有可能是旧的。这是愚蠢而又不必要的。但每当幻想着那件公主裙时，所有东西都被我抛在脑后了。

父亲很快对我追求完美礼服和在购物时买商店杂志的行为感到厌倦。我走出更衣室时，女售货员正得意地踮着脚尖朝他站着，我觉得这可能是他厌倦的原因之一。

"这件衣服让你看起来好像整天只想着钓鲈鱼。"他只是仔细瞧了一眼后说，然后又把目光转移回他的《新闻周刊》上。售货员尴尬地把目光从爸爸那边转向那件线条优雅的奶油色礼服，最后看了看我。她耸了耸肩，仿佛完全知道爸爸的想法，然后领着我回到衣架边。

"我不能再忍受下去了，"爸爸在开车回家时随口说着，"除了那么多杂志和棒球书籍，难道你没有同样在购买礼服的朋友吗？我可以为你负担所有开销。给我个惊喜。"

他给我的钱才只够买一条不错的牛仔裤，不用说舞会礼服了。我们在价格问题上来回讨论了许多次。爸爸愿意把他的一切给我，但我却无法让自己把合适的价格告诉他。我经历了多年清贫的生活。与我朋友的父母愉快地付钱相比，我觉得随便的索求看起来都是错的。我尽量把期望压低，但对他来说仍然太高。因为爸爸永远不可能有十几岁少女的经历。每一次购物我都失望地空手而归。大多数服装店里没有我能买得起的，即使是一件最简单的长外套。但梦想中的礼服依然不断在我脑海中浮现，旋转着层层裙边嘲笑我。它不可能变成现实。它对我来说永远遥不可及。

　　第一眼看到它时，我就认了出来。我和朋友在一个旧货店门前停下了脚步。在三层的窗口前，一件专门用于舞会的粉红色晚礼服正冲着我微笑。我什么也没说。我怕如果叫出声来，街上的其他人会赶在我前面，顺着台阶冲上楼买下它。所以，我闭上嘴低着头，精神恍惚地走向它，就像一只被路灯吸引住的小昆虫。我拿起它，有点儿重，但依然很软，感觉正好。看了看大小，非常适合我。它比我带的钱贵 15 美元。即使用上所有的钱，我依然无法买下我心中的梦幻礼服。我还是试了试，为了说服自己，它并没有看起来那么好。我是正确的 —— 它看上去并不好，使人透不过气来。正当我要脱下时，一个女售货员走了过来。她的手指向一层衬布。

　　"哦，亲爱的，"她说，"真的很抱歉，没想到这里穿坏了，嗯。"

　　她拿起来给我看，但那里和其他地方比起来没什么不同。

　　"我没看出来哪儿坏了。"我诚恳地说，并戴上眼镜检查起来。

　　"多好的姑娘，"她微笑着说，"你真善良。我肯定不能把一件穿坏的礼服卖这个价，不是吗？打几折呢，嗯 —— 15 美元怎么样？"我只是点着头，松开手，把沾满汗水的一叠现金给了她。在回家的路上，我紧紧抱着它微笑，直到酒窝开始疼起来。"我快准备好了！"我大声说，爸爸在十分钟内足足给我打了四五次电话，"但是如果你想感受惊喜，就不能进来偷看。""你让我有点儿紧张了！"他喊道，"那个男孩一直在等着你呢！"那个男孩是我们的邻居瑞安，一个我13岁就认识的朋友。"只差最后一点儿了。"我边说边戴上祖母的项链。我对着镜子整理了几下头发，然后走进爸爸的房间。"大惊喜！"他看着那件礼服和盘起的头发，甚至还有我第一次戴上的像猫爪一样的假指甲。

他看了我很久。我怕他会说我浪费了钱，怕他依然无法"理解"舞会。为了让他看到优雅地藏在柔软的粉红色绒毛层中的手工刺绣，我站直了身体。

"好吧，"他垂下眼帘小声说，"你真的与众不同。"

当你花了几个月准备一件事后，这样含糊的回答并不够好。

"你喜欢吗？"我展开裙子行了一个屈膝礼。

"真的很美，"他说，"你从来没有这么美过。"

也许他会把这话用在一幅画、一所房子或一个湖泊上，但我从没听他这样来形容一个人。虽然说一句赞美的话并不难，但他总是吝于给予。他一直等着在重要的日子来使用。我高兴地对着他笑，感到脸颊开始发烫。

"现在抓紧时间吧，"他说，"你让我紧张得像艘快沉的船。"他拍着我平时喜欢躺的位置，然后我爬上床。"小心！"他注意到我的发髻差点儿碰到床头。他把枕头搁在我的头下面，然后小心地帮我枕上去，不弄乱一根头发。

舞会要一直持续到午夜，并且一个朋友在此之后要办一场篝火晚会，我们不得不在之前准备好。我为了舞会花了大量时间，现在是一天中我们唯一有空的时候。所以，在我 18 岁那年，就在出发之前，我穿着舞会的盛装，偎依在父亲身边，听他读着《老古玩店》里的一章。

"当我们被抛下时……"父亲开始读了，首先要回顾上一章的内容。我想我听到了他说："当我们被抛下时，你才 9 岁。你喜欢在紧张时咬头发，讨厌男孩和裙子。而我也害怕当一位单身父亲。"

可是，他并没有真的说这些话。他只是像往常那样，概括了前一章，然后又开始读下一章。这样看来，与"连胜"计划的第一个夜晚相比，我们的第 3170 个读书之夜并没有什么不同。

· 第 *3218* 天 ·

结束即开始

"如果沿着这条路走下去，必定会跑出森林去的。
而且如果翡翠之城是在路的那一头，
我们就必须沿着这条路所指引的方向走下去。"

——

L. 弗兰克 · 鲍姆《绿野仙踪》

L. Frank Baum, *The Wonderful Wizard of Oz*

　　我们明白这一天终究要来了，而且没有回旋的余地。我们反复讨论着这件事，最后决定，当我去上大学的时候，"连胜"计划将不得不宣告结束。如果此时不结束的话，那要到什么时候结束呢？我每天能在考试和社团活动的间隙给他打电话，并且奢望当我联系他的时候，他恰好有时间并且还没睡觉吗？我们将会迅速制造出可怕的天价电话账单，而且每个晚上都会变成一场冒险，我们能联系上吗？要是他把手机忘在了衣架挂钩上怎么办？要是遇到一场暴风雨，停电了怎么办？而且，最重要的是，这样的"连胜"计划不是我们所希望看到的。上述的一切，会把这种快乐变成一项讨厌的工作。"连胜"计划的初衷，是我们一起度过美丽的时光，释放劳累的一天给我们带来的压力 —— 而不是给我们增加压力。我们应该坐在一起，享受那种只是坐在同一个房间里，把我们的想法通过一部文学作品表达出来的感觉。

当我去上大学之后，这一切就会变得不一样了。不，它必须结束了。当我接到录取通知书的时候，我们就知道了最终的日期："连胜"计划将在 2006 年 9 月 2 日结束。我希望那一天是个阳光明媚的日子，或许遥远的天边还挂着一道彩虹。

这一天终于来了。可怕的飓风"欧内斯特"夹杂着咆哮不止的风和无边无际的雨袭击了东海岸。爸爸、妈妈和我把我的行李放进车厢里，然后我把车发动了。我的心情像所有将要离家上学的孩子一样激动不安：我想知道我的室友是什么样的，我的房间够不够大，我担心我为自己的床精心挑选的粉色拼接被子会不会看起来有些孩子气，我担心自己会不会跟不上大学里的数学课程。不过，除此之外，我心里还惦记着某些更重要的东西。

到了学校之后，我就顾不上再想心事了 —— 这也应该算一件幸事吧。我的学校是雨下得最大的地方，到了之后我失望地发现，我的宿舍在一个又高又陡的楼梯顶上。我们用力把我的电视机、电脑和重重的床垫拖了上去。所有的东西都被雨淋得透湿，包括我们自己。我的头发紧贴在脸上，水从湿淋淋的牛仔裤上"滴滴答答"地掉在瓷砖地上。就在这样狼狈的情形之下，我第一次看到了自己的宿舍。在很长的一段时间之内，只要我站过的地方就一定有一片水渍。当最后的一点儿行李被搬进宿舍之后，我知道，是时候了。

我们在寻找一个最佳的地点。我想到外面去看书，并且详细地描绘下这个瞬间。如果不下雨，我们本可以在离宿舍几百码的地方找到那个晴朗的地点，一个由于人迹罕至草长得很高很绿的地方，甚至在卸东西的时候我就看上了这块地方。但是雨越下越大，窗外的一切都化作了一个泥潭。我建议就在我的宿舍里读，爸爸坐在书桌旁边，我躺在我的小床上，但他拒绝了这个主意。

他说，这个房子被箱子塞满了，显得杂乱而窄小。甚至关起门来都能听到其他人进来出去，在地板上拽着床，对着窗户外面喊着他们的新朋友。这根本不是结束"连胜"计划的方法。我也同意，但是问题在于，没有其他的方法来让它结束，现在做的所有事都不会让人感到舒服。我宁愿一直寻找下去，也不想最后坐在一个地方说："就是这儿了，这就是我们结束一切的地方。"

于是我们继续寻找着。我们穿过我住的宿舍楼，寻找着缝隙和角落，但一切都暴露着 —— 没有任何地方称得上隐秘。就在那时，我们发现了一条通道。显而易见，我的宿舍通过一条长而弯曲的地下走廊和其他的宿舍连接在一起。它们通向一个小休息室。但令我惊讶的是，早就有人在那里了。有人甚至还把它当作了洗衣房，一台机器吵闹地欢叫着。那下面没有什么地方对我们适用。当我们回到地上时，父亲在楼梯上停了下来。

"让我们就在这里结束吧。"他说着坐了下来，从他的夹克里拿出了书。

"结束什么？在走廊里？你建议我们在这里读书？"

"对，就是这里。在这些台阶上。在这儿你听不到别人发出的吵闹声。"

"可是我们现在在台阶上！要是有人想从这儿到地下室去怎么办？这下面又冷又暗，而且这里几乎没有光！"一想到这些，我飞快地说出了我的抗议。这里唯一的光源是一个后面带着两个白色灯泡的紧急出口的标志。这让这个地方显得悲伤而压抑。走廊中回荡着我们说话时的余音。不，不能在这里。

"我厌倦了找来找去，"他说，"而且，无论在哪里，我们都无法找到以前的那种快乐了。"

"我本希望能在阳光里，一座青草遍布的小山上结束的。我们等一等，看看雨会不会停好吗？我们可以找点儿吃的，留出几个小时来。""这是场热带风暴，亲爱的。我并不认为过几个小时天就能放晴。它会下好几天的。""我还没准备好。"我说着坐在了他身边。"我知道，只是有些事情我们必须要做，我们可能永远都无法做好充分的准备。"我叹了一口气。我从我的挡风夹克下面拿出了一张小巧而有些老旧的面孔。这个 4 岁时父亲送给我的破旧的安妮娃娃早已成为了我们"连胜"计划的忠实粉丝。现在她已经 14 岁了，她的皮肤变得灰暗，一只眼球也脱落了。她的脸上有一个黑色的小圆点，那是有一天晚上我在她的脸上做的标记。她的连衣裙被我们换过好几次，每次爸爸为我读书时，我就枕在她身上，经常枕的部位已经褪了颜色。她冲着我微笑，用她那松了的红丝线缝制的脸，我也还以同样的微笑。

"我们必须这样做吗？"我冲着她说，不过回答的人却是父亲。"除了这样也没有别的办法了，对吧？"他说。

他把手按在了书的封面上，好像在对着《圣经》宣誓。《绿野仙踪》是我们最终妥协的结果，因为我们无法确定当初"连胜"计划是不是从《绿野仙踪》开始的。也许不是，但对我们来说，这是一个象征：它是"绿野仙踪"系列的第一本书。从这本开始，一切就开始了。在这本书里，多萝西甚至还没有见到与我同名的奥兹玛，她不知道等着她的是什么。但我们知道。我们知道故事的结尾是什么样的，但我们却依然读着，仿佛不知道一样。

我们就像平常那样读书。父亲和我一起，分享着那些虽然不是我们自己的语言，但仍然属于我们共同秘密的句子。他的声音比平时更加平静而深邃，圆润而温和。我用胳膊抱着膝盖听着。安妮夹在我们中间，同样在听父亲读书。父亲用他那缓慢而自信的声音读着，似乎感觉这次读第一章花的时间可能比我们第一次、第二次、第三次读这本书的时候长了很多。他一定练习过相当长的时间，抑或是过了这么多年，内容他已经记住了，因为爸爸似乎没怎么看书。我试图沉浸在书里，不去想将来的事情。不过，十分钟之后就不是这样了。十分钟之后，我将变成一个大学生，而父亲也会踏上回家之路，第一次没有我的回家之路。但是那时，就在那个时刻，我是父亲的宝贝，他是我的父亲，我们就做着我们平时做的事情，从我能记事开始就一直在做的事情。我看到我们快把第一章读完了，父亲在那里用一个回形针做了标记。当我们终于读到夹着回形针的那一页时，我的眼睛湿润了。我听到父亲的声音有了一丝异样，变得更加缓慢，但依然坚定。

3218 个日日夜夜就这样离开了我们，我知道接下来等待我们的是什么。我们翻开了新的一页。

After The Streak

第二篇

"连胜"之后

Chapter 2

必做之事

"我并未走远。"

——

杰瑞·史宾尼利《疯狂麦基》

Jerry Spinelli, *Maniac Magee*

　　我进入了大学，学习英文专业 —— 对于一个参与了"连胜"计划的姑娘来说，这个结果是相当合理的。计划结束了，我也从家里搬了出去，不过爸爸和我还是会时不时地找机会聚聚。当我周末回家的时候，爸爸和我会把时间安排得满满当当，去费城周边那些小时候去过的地方故地重游。如果早知道一个简单的读书计划会遇到这么多的挑战，我可能会更加珍惜那些时光。那些读书的日子平静而美好，爸爸也非常开心。但是在某个夏日我们进行的一场谈话，却像一个奇怪的征兆。似乎爸爸一直都知道前面等着他的是什么 —— 他要进行一场战斗，像爱自己的孩子一样热爱的战斗。

　　"你知道洗手间的水喝起来总是比厨房的水好喝吗？"

　　听到这个问题我有些惊讶 —— 姐姐竟然还记得这个。现在我上了大学，而她早在四五年前就不在家里住了。"我不这么觉得。"我说，尽管我知道她是什么意思。"没错，就是这样，就像那个人要去登山一样。我们之所以总是觉得洗手间的水比厨房的好喝，是因为我们不把杯子放在那里。喝水的时候我们必须把头凑在水龙头下面。这就等于是一个挑战。要我说的话，这只不过是为自己拿生命冒险找一个自私的理由。"

"我同意。虽然我没太弄明白这事儿跟水龙头有什么关系，但是我同意你的最后一句话。"爸爸、姐姐（她周末回了家，这让我非常兴奋）和我刚刚去了富兰克林纪念馆看了一部IMAX电影。我的新男友丹也和我们一起去了，因为和我的家人还不熟悉，所以他看起来有点儿手足无措。这部电影讲的是一个人为了证明点儿什么而去攀登瑞士的一座山峰。至少在我看来这部电影讲的就是这个。但是爸爸坚持认为："登上那座山是他必须要做的事情。"

"他为什么非做这件事不可？"我反问，"他父亲在爬这座山的时候死了，这部电影一半的时间都在讲失去父亲之后，他的生活有多么艰难。现在，他的女儿正处于当年他失去父亲的年纪，而他却坚持要去爬山？他等于是选择了抛弃女儿。"

"自私。"姐姐加了一句。

我们不约而同地点了点头。

我在争辩时偶尔会用手指着人，这次我发现自己说话的时候不小心指向了丹。他笑了笑，把我的手指从他脸前推开了。我拍了拍他的背，表示我不是故意的。但是拍完之后我把手放进口袋，随后又拿出来，指着他——这次我是故意的。他不得不加入辩论了。

"是的,"他低声说,还不太习惯加入我们的家庭辩论,"我觉得你爸爸是对的。这是他必须要做的事,伙计。"当丹想让自己的话听起来比较搞笑时,就会用"伙计"这个词。不过我没有被他转移注意力。

"小可爱,"爸爸说,"有时候某件事情横在面前向你挑战,你知道除非去勇敢地面对,迎接这个挑战,否则你的人生永远过不去这个坎。你需要证明自己。"

跟大多数父亲比起来,我爸爸的好胜心要强得多。一次,我想教他陪我玩拼字游戏,我把游戏板摆好,教给他游戏规则,然后给他做了一下示范。在我们揭幕战开始后的前十五分钟,爸爸一个劲儿地对我说他觉得这个游戏有多好玩,这个游戏多么寓教于乐,他多么希望每周我们都可以玩几局。二十分钟后,当我轻松击败他的时候,他让我把这个游戏收起来,再也不喊着要"来一局"了。他只是有一种好胜心,锻炼身体的时候会强迫自己走得再快一点儿,减的体重再多一点儿,在别人的庭院买旧货的时候会为了一两块钱而跟卖家争执不下。这无疑会让他看事情的角度有些歪曲。

"我觉得大多数人都不会把自己的人生看作一场比赛,爸爸。就算他们这样想,那何苦要加入这场比赛呢?一等奖就是登上寒冷的山顶,二等奖可能就是坠入万丈深渊?""何况他还有妻子和女儿,"姐姐说,"她们不得不待在山脚下的一座小木屋，眼睁睁地看着她们的疯子丈夫和爸爸平白无故地就去爬山。"

"我想我已经给你们解释过理由了。"

"爸爸，"我想结束这场争论，同时不放弃自己的观点，"我问你一个问题：如果凯西和我还小，你会像他那样做吗？让我们在山脚下屏息凝神地等着你，为你捏一把汗？"姐姐和我望着爸爸，紧张地等着他的回答 —— 尽管我们明知道他的答案。

"当然会。"他平静地说，不带一丝迟疑。

这不是我们期待的答案。丹用袖子捂着嘴巴假装咳嗽了几声，去了饮水机那里。他在那里慢慢地喝着水，每喝一口还深呼吸一下，给我和姐姐留出一点儿私人的时间来"拷问"爸爸。

"你到底在想什么？"

姐姐扔下这么一句话走开了，留给爸爸一个作呕的眼神，好像他刚刚承认自己在过去的几周都是用人血洗澡，而不是用水。

"你会这么选择真令人意外。"我说完也走开了。我一向认为这个男人是世界上最有奉献精神的爸爸，从他嘴里听到那句话太令我震惊了。

"有时候，"爸爸说，"一个人必须先完成某件事才能去做其他的事。那个男人在克服自己的恐惧之前无法做一个好父亲。他凭什么告诉自己的女儿，不要怕鬼，不要怕黑，不要怕一位前总统腐烂的尸体呢？"这时他看了看我，笑了笑，"万一晚上他躺在床上，一想到自己害怕的东西就抖得像片树叶怎么办呢？有些事情你必须去做。有些事甚至要摆在家人之前，因为如果不把这些事解决了，就无法照顾你的家人。"

听到这里，丹扬起眉毛，点着头："其实，那意味着很多。"他说。

我瞪了他一眼，认为这足以让他明白如果不跟我站在一边的话，他的意见是不受欢迎的。但是显然他误解了我的意思，因为他继续说："我想象不出自己有什么必须完成的事情。但是如果我有了孩子，同时有件事在不停地让我分心，我怎么能当一个好父亲呢？我想我做不到。"

"不只是分心，"爸爸进一步阐述，"这件事在控制着他的生活。这跟毒瘾或者赌瘾没什么两样。如果你脑子里除了这个就不能想别的了，那么你最好煞一下这个念头，这样才能让你的生活继续下去，当一个好父亲。"

这次爸爸的话一定起到了一些效果，因为大家安静了。这很明显。对辩论的事情本身我仍然持反对态度，但是爸爸的话也有道理 —— 要想当一名更好的父母，首先要让自己成为一个更好的人，这可能就意味着要面对很多可怕的心魔。我突然意识到，爸爸其实是在向姐姐和我传授为人父母之道。

"我才 20 岁。"我咕哝着从丹身边走开了。我想让丹知道，我并没有想跟他共同制订什么育儿计划。然后我又有些内疚，觉得把他从我们的谈话中排挤出去了，所以我戳了几下他的胳膊，然后他握住了我的手。此时此刻，我们的关系又大大地前进了一步。

"如果您的建议是让我抛弃我的孩子，"姐姐仍然紧抓住那个登山者的例子不放，"我不明白蛋蛋和我怎么会成长得这么出色。"

"不，"我说，"不是这么回事儿。他的建议是说，在扮演好别的角色之前，先当好自己，因为如果爸爸不先当好吉姆的话，就不可能当好一个父亲，不是吗？"

此时我们在分享，在进行一场成年人之间的交流，交流他的育儿经以及给我的建议。就算在一两年之前，这样的对话也不会在我们之间发生，因为我还在家里生活，完全由爸爸来照顾。他在为我的将来精心准备，希望在不太遥远的将来，我能过上比他更好的生活。意识到这一点，让我不由自主地打了一个寒噤。

"不，宝贝，你都搞错了。我不知道你从哪儿冒出的这些念头。"

"真的吗？"此时此刻我忽然有些泄气。

"不是，我只是在逗你玩。当然是这样了。在有能力养育一堆孩子之前，你必须先让自己觉得舒适。很显然，电影里的那个人活得并不舒适。他的决定一点儿都不自私。相反，他在试图成为一个更好的父亲，他需要认识自己。我觉得他并没有错。"

"你有没有做过什么去发现自己？"

"没有，"他像人猿泰山一样骄傲地挺了挺胸膛，"我养育了两个近乎完美的女儿，我从来都很清楚自己是谁。"

他把胳膊举过头顶，模仿举着泡沫塑料做的杠铃在镇上招摇过市的样子，还会戴上各种各样奇奇怪怪的帽子。爸爸的"游行"和怪异的装扮是近几年刚刚开始的习惯，他想跟镇上的人开个小小的玩笑，同时给自己找点儿乐子。爸爸现在做这个动作，是想提醒我们他相当自得其乐。

"不过，"爸爸放下胳膊说，"路上遇到点儿磕磕绊绊也是很正常的。不可能每个人都能像我这样抚养孩子。牢记一点：给他们读书，这是百利而无一害的。"

过去的五六年中，爸爸已经在着手给自己的孙子孙女准备书籍了 —— 他要确保我将来也会给他们读书。

那天，我们离开富兰克林纪念馆的时候，刚好从那位杂技演员曾经进行秋千表演的圆形大厅经过。我推了推丹，指给他看那高高的天花板。我给他讲过很多遍爸爸鼓励我去跟那个杂技演员一起表演的故事，让我在没经过任何训练的前提下在那么高的地方荡来荡去，甚至还差点儿成行。出乎我意料的是，爸爸竟然也想起了这件事情。

"你知道，丹，"他说，"有一次我把小可爱带到这儿来看高空秋千表演，她也想上去，所以我假装去跟那个演员交涉，其实只是站在离他很近的地方，不过可能从远处看很像在跟他说话。我想让她以为我在试着说服那个演员。其实人家怎么可能毫不犹豫地就带一个孩子到那么高的地方去。"

说完爸爸大笑起来，笑得不可自抑。我停下了脚步。

"你当时是假装在问他？也就是说实际上你没问？"

"你傻吗，宝贝？如果我真的跑去让他带一个二年级小学生到那么高的地方去翻转腾挪，你觉得人家会怎么想？他一定以为我脑子坏了！"说完爸爸又大笑不止。

"现在这个故事更有意思了。"丹望着那高高的穹顶，笑着说。

"你为什么从来没跟我说过呢？如果你没跟那个演员说话，为什么要骗我说他准备让我上去呢？"现在除了我之外，每个人都笑起来。"这符合你的育儿哲学吗？"我锲而不舍地问，有些尴尬地用鞋跟敲着地板。"不符合，"爸爸边笑边说，"有时候当父母的也得找找乐子。"

为朗读而战

"我反复思考自己的选择，试图挽回那些错误的方法所造成的后果 —— 锻炼孩子们的身体，却忽略了丰富他们的心灵 —— 甚至辞职以表示抗议。"

——

伊凡·多伊格《吹哨的季节》

Ivan Doig, *The Whistling season*

　　我的大学生活以一种令人惊讶的速度匆匆飞逝，我很庆幸我的学院离家很近。当我忙碌得走不开身时，就经常打电话。尽管接电话的总是只有爸爸，但是他的号码存在我手机里的名字不是"爸爸"，而是"家"，好像我希望我家的房子能接起电话，告诉我家里的猫怎么样了，金银花有没有开一样。电话总是由爸爸来接，他听到我的声音总是很高兴。我会告诉他我的学习情况，他会告诉我图书馆最新和最重大的计划。但是升入高年级之后，我发觉有些不对劲儿了。回想起大概一年前我们关于电影中那个登山者的对话，现在我能理解为什么爸爸当时会替他说话了。詹姆斯·布罗齐纳正准备攀登一座他自己的山峰。

　　起初是他的工作发生了一些变化，在真正的麻烦出现之前。图书馆里配备了电脑，我教爸爸怎么在课堂上利用它们。学校要求爸爸要着重于对故事进行分析，他照做了。甚至当他又承担起另一所学校的课程，工作量增加了一倍时，也没有过多地抱怨。那意味着他的学生将超过 500 个，记住他们的名字、熟悉他们的性格将变成一件难事，但是爸爸做得很好。他的工作就是一个挑战，但他还是热爱自己的工作。

我升入高年级之后，一个周六的中午，爸爸到学校来和我吃午饭。一见到他，我就感觉有些不对劲儿，而且是明显地不对劲儿。他的衬衫有些褶皱 —— 用爸爸的标准来说就是"皱得一塌糊涂"；他的脸看上去有些松弛下垂，头发明显变稀了，皮肤透着一种奇怪的灰色，仿佛皮肤下面的血管突然间变老了一样；他瘦了，连眉毛都不浓了。

"他不想让我继续朗读了。"爸爸冲着他的煎饼说。我们在葛拉斯堡罗我学校的那条街上发现了一家小餐馆，就总是在那里一起吃早午餐。我们总是点同样的东西：爸爸要煎饼、玉米肉饼和牛奶，我要培根、生菜、番茄三明治、凉拌卷心菜和冰茶。我们已经在这里吃了很多次了。今天，爸爸忘了点玉米肉饼。我提醒了他，但是他却说没心情吃。少了玉米肉饼，他的盘子看上去空了不少。

"谁不让你读了？""我的校长。呃，应该说是其中一个校长。他说我一节课只能读一本图画书，读五到十分钟，然后再干点儿别的。""五到十分钟？如果要好好读的话，就算读一本'大红狗'，这点儿时间也不够呀。"爸爸喝了一大口牛奶，赞同地点点头。"另一个校长告诉我 —— 他的话才是致命的 —— 他让我在课堂上彻底不要读书了。""你在开玩笑吧！"

爸爸摇了摇头，但是神情比刚才稍微放松一些了。我忽然意识到，爸爸今天过来可能就是希望听到我说那个校长不可理喻。也许其他人已经说过这样的话了。

"那他想让你干什么呢？"

爸爸压低了声音："电脑！"

这句话让我们两个同时心头一紧。尽管爸爸现在对电脑已经比较熟练了，但是他觉得电脑不应该出现在图书馆里。电脑应该属于机房，而神圣却又破破烂烂的书籍才属于图书馆。那里是阅读的地方。

"这是怎么回事呢？怎么会在两个不同的学校都发生这样的事呢？"

爸爸不吃了，把剩下的煎饼递给了我。这个举动格外令我震惊，因为通常都是爸爸吃完之后，如果我还没吃完，他还会替我打扫战场。

"他们俩都不理解我的工作。今年夏天，戴维斯先生没有听我的建议就订购了几百本新书。他说我们需要一些新出的、最近的书，因为学生们喜欢新鲜事物。他买了所有种类的书，就是没有买图画书，小说类或者非小说类都没买。"

我举起手，想开口声援爸爸多年来辛辛苦苦积累的收藏，但是他抬了抬眉毛，做了个同意的手势，继续说："我知道！那太荒唐了！最糟糕的事情在这里，宝贝，一部分他订购的书图书馆里已经有了！我们已经有了精装本，而他又买了平装本。

我从不买平装本，因为不到一年就会散架。他却买了容易损坏的平装本，而且是我们已经买过的书。预算本来已经被削减了，他却这么糟蹋我们图书馆宝贵的经费。什么时候我们才能买一些孩子们真正需要的东西，买一些让孩子们开心的书？我花了这么多年辛苦积攒的书又去哪儿了呢？它们被锁进箱子放在学校的地下室里。"

我几乎想象不出，现在的图书馆变成了什么样子。我试图回忆一两年前被爸爸称为"快乐房间"的那个屋子。里面整整齐齐地摆放着书架，上面的书都是爸爸花费几个小时的时间亲手挑选的，既有最新的畅销书也有绝版的经典著作。在一些夜晚，我需要听他拿出看家本领来练习朗读，然后给出我的意见。每逢有庭院售物的时候，他自掏腰包，花了不知道多少时间来购买图书和装饰品，让图书馆变得更加舒适，有吸引力，增加孩子们对读书的兴趣。爸爸成功了。墙上挂着一些手绘的令人放松的风景画，房间的角落里摆着一些小小的喷泉，孩子们读书的时候他就会接上电源，在他播放的古典音乐的背景上再增加一些悦耳的水声。爸爸在图书馆里不用顶灯和教室里的那种椅子，而是带去了台灯，给家具装上软垫，给学生们营造一个绝对舒适的环境。天热的时候他会拉上窗帘挡住骄阳，还在单调的灰色地毯上铺上装饰性的小地毯。为了让学生们能够安静地读书，爸爸甚至还放了一些玩偶，男孩和女孩都能拿来玩。那里就像是孩子和书籍的天堂，直到有一天早上他一进门，发现所有的东西都被堆在一边。尽管爸爸向学校请求保留他的布置，向他们苦口婆心地解释（让孩子们享受在图书馆的时光，他们才更乐于自己读书），学校却置若罔闻。现在同样的事情再次发生了。

"最令人丧气的事情在于，"爸爸一边伸手去拿账单一边说，"读书变得无关紧要了。"

接下来的几个星期，我的脑中不停地浮现出电影《阴阳魔界》（*The Twilight Zone*）里面的情节。由布吉斯·梅迪斯扮演的"过时的人"被送上法庭判处死刑，罪名就是他是一个图书管理员。电影中描绘的那一幕是在遥远模糊的未来，而现在，我父亲觉得自己仿佛也被送上了法庭，觉得自己鼓励孩子们读书的一片热忱好像是那么的不合时宜。当然他不会被判死刑，但是对一个把自己的生命奉献给了书籍的人来说，让他眼睁睁地看着它们与自己从此毫无干系，也跟死刑差不多了。几周之后，当学校通知爸爸把读书从自己的教学计划中通通取消的时候，我担心受到重击的爸爸早上可能连床都爬不起来。

爸爸被贴上了叛逆和不合作的标签，因为他做了任何一个爱书的人在这种情况下都会做的事 —— 他反击了。他平心静气地跟两位校长沟通，问他们为什么要实行这么奇怪的规定，为什么偏偏是现在。但是他们好像对这个话题并不感兴趣。爸爸解释说，他做的一切都是符合课程需要的 —— 购买适合孩子年龄的书籍并且读给他们听，在国家层面上也是符合要求的。但是这些话一说出口，就马上"随风而逝"了，没有人听，也没有人在乎。在这样一个禁止在图书馆给孩子们读书的学校，爸爸把自己的课堂搬到了图书馆房间的后半部分，把灯关上，让孩子们紧紧地围在他身边，偷偷地给他们读书。

我想象不出为什么不让读书，或许是我的父亲，让那些人感到不爽？主要的原因可能是他们想改变。两位校长想进行一些改变，使学校在他们卸任之前跟上任之初有一些变化。这种想法我可以理解，平平庸庸地离开一个地方的确令人心有不甘。但是就这么随意地丢弃爸爸苦心经营的传统，就像因为书旧了就把它们扔掉，似乎是不对的。那些书，还有爸爸的教学计划之所以能够一直存在至今，是因为它们有价值。现在，为了所谓的"现代化"，这两样东西都被毫不犹豫地扔掉了。最糟糕的是，给孩子读书的传统也要在图书馆一齐消失了。

"你得起来反抗。"一天晚上打电话的时候我对爸爸说。

"我正有这个打算，因为这对孩子来说是一件好事。他们需要有人给他们读书，他们需要在图书馆里读到好书。"

"你也应该为自己而战。这是你的工作，而且你很称职。大家应该对你的兢兢业业给予尊重。九个月前你才刚被评为全市的'年度最佳教育工作者'！难道这什么都不算吗？你需要我回来帮你跟他们谈谈吗？"

我知道这并不能真正地解决问题。现在我能理解为什么有时候自己的孩子输了，沮丧的父母会责备裁判或者给教练写信抱怨。不管你有多么清楚自己不应该插手，看着自己爱的人受到不公的待遇，还是很难做到袖手旁观。

"如果你不反对的话，我会给报社打电话，"我怀着希望说，"我想你的故事一定会引起人们的反响。"

"宝贝，我明白你想帮我，你也确实帮了我不少。如果你是一个律师，我们可以去打官司，你可以结结实实地教训他们一顿。但是我已经 61 岁了，很多老师都在 62 岁退休。为了我个人再去大张旗鼓地折腾一番，不值得。我不需要去努力保住自己的饭碗，就算保住了，也只能再多干七个月而已。需要有人站出来为孩子们说话，我会这么做，但不是为了我自己。这不值得。"

听到爸爸这么形容自己，形容自己的位置，一句"不值得"让我的心重重地沉了下去，尽管他说得很在理。很多人都会形容自己花在某件事情上的金钱和时间"不值得"，但那不是他的工作，或者说事业。那是他的使命。

"你不会打算 62 岁退休的！那不像你！"我的眼泪忍不住夺眶而出，心里却有一丝庆幸是在打电话，而不是面对面，这样爸爸就不会看到我泛红的眼眶了。

"如果读书仍然保留着的话，我会继续工作，直到爬不上图书馆的楼梯为止。但是如果我的工作就是整堂课都用来教孩子们上网，而那些好书却都堆在储藏室里落灰，我就再也无法迈进图书馆一步了。"

"但是现在，你准备为了孩子们去跟更高级别的官员谈谈吗？""对，现在，为了孩子们。"爸爸打算去见一下学区的几位官员。日期定好之后，他把所有的业余时间都用来研究朗读的益处。他花了几个小时的时间来收集相关的文章，装订成厚厚的册子，然后从头到尾地查找有说服力的论据。他还联系了美国研究朗读最权威的专家，同时也是这一领域的畅销书作者吉姆·崔利斯。崔利斯给他提了一些建议，还提供了一些有帮助的学术观点。事实上，爸爸的故事打动了他，他为这件事情专门写了一篇文章 (应爸爸的要求，他把人名和地名隐去了)，并且发表在他个人网站的主页上。我在课间专门做了关于为孩子朗读的益处的调查，把结论和建议都发给爸爸。当那次重要的会见到来的时候，我感到信心十足。

会见之后的第二天，爸爸到我学校来带我到我们最喜欢的餐厅吃了一顿。跟前几个月相比，他的精神看起来好多了。会见非常顺利，出乎意料地顺利。在场的官员都一致认为朗读应该是课程的一部分，而电脑尽管也非常重要，但是不符合图书馆课程的主旨。爸爸不愿意相信，通过这次会见，所有的事情都得到了解决，但是我却非常笃定。他们可是学区的官员！他们站在爸爸这边！我差点儿没吃完我的培根、生菜和番茄三明治，但是这次完全是因为激动和兴奋。终于有人能理解爸爸了。

一周后，爸爸收到了一封信，他打电话读给我听："正如会见中我们讨论的，"爸爸读得有些费力，好像那些字在他嘴里卡住了一样，"每节课你最多可以读一本书，时间不超过五到十分钟。"

"不可能！这跟没说一样！不可能有这种事！会见的时候真的是这么说的吗？"

"完全不是。现在我面前就摆着会见的时候我做的笔记。我可能在某些事情上没弄清楚，我知道自己的听力很糟糕，但是不可能差得这么远。"

"那你打算怎么办呢？"

"到了这一步，我还能怎么办呢？我已经尽了最大的努力。"

"我真搞不明白这到底是怎么回事。为什么会变成这样呢？"

"一定是比我找的那些人更高级的领导不同意。我只能这么想。现在朗读似乎一点儿都不时髦了，或者是我太落伍了。"

我知道最后一个理由是站不住脚的 —— 我的父亲是我见过的最受人喜爱的男人之一，特别是从专业的角度来说。他的工作永远都让其他的老师刮目相看，有时候他们会牺牲自己休息的时间坐在爸爸的教室后面，听他给学生朗读图画书。每一分钟都是享受。

"你得再找人谈谈这件事！"我坚持说。

"于事无补了。"

为了孩子们，爸爸还是给那天参与会见的其中一个人写了一份措辞礼貌的邮件，询问为什么他收到的信跟他做的记录差这么多，请他做出一些解释。那人的回复简单而草率，说爸爸

"显然一定是误解了"会见时的讨论。爸爸回了一封邮件，后来又发了一封，但是没有得到任何回应。爸爸这辈子第一次因为压力过大而进了医院。医生严肃地告诉他，如果他还继续工作的话，就是在拿自己的健康，甚至是自己的生命冒险。所以爸爸休了几个月的病假，同时希望事情能有一些转机。后来，爸爸的一个朋友打电话来告诉他，如果传言没有错的话，现在图书馆里的书已经都被搬走了。前不久，那里刚刚被剥夺了温馨的装饰，现在连最后一样能使那里称为"图书馆"的东西也被剥夺了。

于是，今年 61 岁，除了有些压力之外身体还很棒的爸爸从自己的工作岗位上退休了。他曾经希望永远把这份工作做下去，直到爬不动楼梯为止。

· *3* ·

"连胜"效应

"当拖船把你的远洋客轮拖出海港之后，
剩下的时间你就要在船上度过了。
你不可能同时跨坐在两边的甲板上。"

——

凯瑟琳·佩特森《了不起的吉莉》
Katherine Paterson, *The Great Gilly Hopkins*

　　爸爸退休后的头几周，为了看看他是不是一切安好，我尽量经常回家。在家的时候，我们一起讨论作为一个图书管理员，退休后应该制订哪些计划，这让他心里舒服多了。晚上爸爸上床之后，我会跟他说话，直到他睡着为止；然后我回到自己的房间，坐着倾听他均匀的呼吸声，直到自己也觉得有些困倦。就这样，当我终于可以松一口气，确认爸爸一切正常之后，我会给我的男朋友打电话。电话里，爸爸的事情似乎没那么有压迫感了。我可以大笑，可以暂时逃进一个没有图书管理员、没有书的世界。我觉得自己可以开始前进了，小心而缓慢地朝着更加明媚而快乐的事物走去。因为我知道爸爸有他的想法，也因为毕竟我需要睡觉不能一直看着他。

　　"再讲一个故事我就睡觉。"我大声地打着哈欠，想让自己的话听上去更加真实可信。我开始有些困了，但还不是特别困。"拜托，"他说，"讲上个故事的时候你已经说过这句话了。我不会再上你的当了。""可是我当时真的不困！现在我困了。你不要不讲理，因为这也不是我能控制的。""好吧，"他叹了口气，装出一副心不甘情不愿的口气，"你想听什么样的？""等一下，"我小声说，"好像爸爸那边有什么动静。"我们静静地等了一会儿，终于听清楚他是在打呼噜。我咯咯笑了："虚惊一场。"

我把手机又往被子里拿了拿，把枕头围在头周围，砌起一堵"隔声墙"。我缩在被子里，只把胳膊伸出来关了灯。房间里顿时变得凉爽而黑暗。空调也适时地开始运转，我的声音被抵消得更多了。

"听着伙计，"丹说，"我越来越困了。最后一个故事我们能长话短说吗？"

"不行，昨晚你就这么说！昨晚我听了你的话，上床睡觉的时候一点儿困意都没有。"

"昨晚给你讲了两个故事，今晚给你讲三个！为什么总是我来讲故事呢？你讲故事也很精彩，给我讲一个吧。"

"那不能算数，因为你已经困了。等你睡不着的时候我再给你讲吧。"

丹在电话的另一端不满地哼了一声，想了一会儿。

"好吧，"他开始讲了，"很久很久以前，有一只刺猬。"

"他叫什么名字？"

"沃辛顿。"

"哎呀，"我高兴地叫了一声，"沃辛顿！好名字。"

"沃辛顿觉得自己非常凶猛 —— 是所有动物中最凶猛的。"

"但他只是一只刺猬。"

"别那么说！如果我说你只是个姑娘，你会怎么想？"

"我会认为你说得对，但我是个非常好的姑娘。我很小，但我很强大。"

"我讲到哪儿了？怎么说到这里了？"

"对不起，讲到了沃辛顿觉得自己是最凶猛的动物。"

"对。但是当他需要照顾一群小乌龟时，突然又觉得自己没那么凶猛了。"

我舒服地蜷成一个球，听他讲。当听到沃辛顿为自己的新朋友去寻找蓝莓，遇到一只体形庞大、毛茸茸的树懒而吓得呼呼直喘时，我忍不住笑了。显然树懒也在找蓝莓，他们可以互相帮助。不过树懒心里有点儿害怕沃辛顿身上的刺 —— 这是我自己想的。

我已经记不清从什么时候开始，我让男朋友每天睡前给我讲故事了。我们是在大学里相恋的。"连胜"计划结束之后，我就在睡前自己读书，但是自己读和爸爸读还是不太一样。在我神游太虚的时候，我希望能听到某个人的声音，那个人要坐在我的旁边。在我人生的大多数时间，这已经习惯成自然了，我发现在睡前习惯另一个声音是一件非常困难的事。收音机的声音让我无法入睡，电视机的声音让我心烦意乱。有时候我能听到房间外面的走廊上有人吵架的声音，但那也不是我要寻觅的那种抚慰人心的声音。春天的时候，有蟋蟀的叫声，这让我想起了家，但是我住在二楼，就算我把床搬到窗边，头靠着墙睡，也几乎听不清它们的歌声。失去了"连胜"之后，我失眠了。

丹和我父亲几乎没有相似的地方，不过就是这一点让我非常喜欢。他们不会勾起我对另一个人的印象，我觉得这样很好。让丹给我读书将会是一个大错特错的选择，但是他特别擅长讲故事。一次，我跟一个朋友吵了一架，心情低落，烦闷不堪；那天晚上丹从我那里离开之前，坐在我的床边，把手放在我的额头上，往后抚摸着我的头发。

"你有没有想过，"他问，"绵羊会不会从自己的毛里找出什么东西？"我忍不住笑了。"你在说什么呢？我猜会的。也许会找到树枝、树叶或者其他的东西。""不，我说的是日用品。比如说毛巾、抹刀之类的，或者像猫玩具、量勺，等等。""我真的从来都没有想过这个。"我试着学他一本正经的口气，但还是忍不住笑着说。"你能想象养一群绵羊当宠物有多痛苦吗？我敢打赌，每天晚上让他们睡觉之前，你都得把他们排好队，挨个摇一摇。""摇一摇？！"我有点儿被这个说法弄糊涂了，脚趾在被子下面不由自主地缩了一下。"没错，必须这样。除此之外，别无他法。如果在他们睡觉之前不摇一摇的话，你就会丢掉很多重要的东西。可能你的遥控器这辈子就再也找不到了。不过那些羊似乎也并不喜欢它。你一觉醒来，发现被子里面有一个乒乓球会作何感想？可能听起来很好笑，但是可能有人会因此而身受重伤。"

　　这个故事连续讲了几个晚上。那些绵羊一共有三只，并且都有了具体的名字：玛德琳、保罗和格特鲁德。他们住在我家里，每天晚上都要偷点儿什么东西。他们的目的就是有一天晚上能在自己的卧室里烤面包吃。但是我清楚他们的诡计，在他们睡觉之前总不忘过去摇一摇，因为在床上吃东西会把床弄脏。后来，这些羊慢慢地有了自己的个性。格特鲁德是一个惹祸精，总是在打什么鬼主意，但是干出来的最大的坏事无非就是偷一块剩下的点心。玛德琳温柔，热心，爱玩。她涂口红，我不在家的时候喜欢穿我的高跟鞋。保罗其实是性格最好的，只不过不为人所知，因为他的姐妹们总是在陷害他。我觉得保罗很可怜，所以有时候会让他当故事里的英雄。

　　有一次，我们又提起故事里的角色，给他们增加了几个朋友。接下来的情节就像一部好看的电视剧一样顺理成章，这些朋友们又各有各的生活。就这样，很快我们就有了三十多个动物的超大阵容，每个动物都有独一无二的个性和怪癖。他们的形象也非常丰满，既不大善也不大恶。有时他们会吵架，有时也会跟彼此开很过分的玩笑。我们俩玩得不亦乐乎，但是对两个大学生来说，玩这个可能太幼稚了。

　　没有"连胜"的日子有些别扭，就算有丹给我讲的这些故事也取代不了读书。由同一个人，一年到头夜夜不断地给你朗读，这种感受是在其他事情中找不到的。不过，我对现在的状况也非常满意，因为再也不会有什么事情需要经历这种结束之痛了。但是一到晚上，自己读书有些过于安静，而爸爸离我有数十英里之遥，我就靠着那些故事支撑起了生活的一部分，那个一直延续到大学之前，而我又没准备好彻底告别的部分。我一回家，爸爸就不停地给我读东西：报纸上的片段，还有他在隔壁房间翻出的书上的段落。我也会给他读东西：我写的作品，或者姐姐写来的邮件。甚至在"连胜"计划结束之后，我们又读了几本新书。一个有阅读传统的家庭是永远不会停止读书的。我在家的时候，大部分晚上，我和爸爸会在各自的房间读书，读到好玩或者发人深思的段落，我们会大声读给对方听，直到爸爸睡觉为止。爸爸睡了之后，我会拿起手机，缩进被子打电话，把声音尽量压低，免得吵醒爸爸。

"喂，"我开口了，男朋友在电话那头应了一声，"我在想，今晚你会给我讲什么故事。我猜你应该早就知道要做好充分的准备了吧。我现在可是一点儿都不困。"

隔壁房间里，我听到爸爸咳嗽了一声，在床上辗转反侧。我想，是不是我把他吵醒了，是不是听到别人给我讲睡前故事，他觉得自己的地位被取代了，是不是这让他有些烦恼。然后我听到爸爸重重地翻了个身，鼾声大作。我笑了。

"继续吧，"我对着手机轻声说，"再讲一个故事，我就睡觉。"

· *4* ·

读书承诺

"福克斯是一只凤凰，哈利。
当死亡来临时，凤凰会化为一团熊熊烈火，
然后从灰烬中重生。等着看吧……"

——

J. K. 罗琳《哈利·波特与密室》

J.K. Rowling, *Harry Potter and the Chamber of Secrets*

父亲和我还是会时常吵架。我觉得当一些人失去对他们来说很重要的东西时 —— 比如读书 —— 发生争吵是很自然的事情。不过，还是会有其他事情填补进来。今年冬天一直在断断续续下雪，现在终于停了。我在宾夕法尼亚大学参加了一个项目的面试，这场面试给我们提供了一些话题。然后我被录取了，这又让我们感到兴奋。我们去外面吃饭，还去参观博物馆。最后，我们的情绪终于好了起来。

但是我的爸爸还是无法枯坐在家中，无法适应自己的退休生活。他早上想睡到什么时候就睡到什么时候，想睡个回笼觉就又爬回床上，心血来潮的时候，大中午的就出去散步。但他仍然怀念着读书，所以最后还是找到了一个读书的方式。

"我准备搬到养老院去。""我觉得这样做不妥。再说，你只是退休而已，身体还很棒，没有理由把你送到那里去。""我整天无所事事，就说明应该去那里了，你这个鸟头。我要去那里当志愿者，给那些老伙计们读书。"

这是我这辈子第一次听说"鸟头"这个词。

"你要读什么呢？"

"绘本。"

"给成年人读绘本？"

"为什么不？"

"他们不会觉得不舒服吗？"

"我会告诉他们不要觉得不舒服。"

"我觉得这根本没用。"

但是事实证明，这的确管用。爸爸从他的私人藏书中挑选出最好的 —— 他给我读过的经典作品，例如《圣诞快乐》（*Merry Christmas*）、《爱管闲事的老鼠太太》（*Nosy Mrs. Rat*）、《米洛的帽子戏法》（*Milo's Hat Trick*），还有《忧伤月亮的睡衣》（*Nightgown of Sullen Moon*），并花了几周的时间来勤加练习。

他制订了计划，周五上午去了三家养老院。他早早起床练习，当然还要穿上一件熨得平平整整的衬衫，系上领带。到了之后，他对那里的老人解释说绘本是他自认为读得最得心应手的。他并没有冒犯他们的意思，事实上恰恰相反。他在用自己最擅长的形式向他们表示友好，并且希望他们能够从中得到乐趣。

老人们确实乐在其中。用爸爸的话说，他们简直"着迷"

了。听到英雄和可爱的孩子出现的时候，他们会微笑；恶棍出现的时候，他们会摇头。每读完一本书他们都会鼓掌，而且会在下一本开始之前进行一番讨论。爸爸承认，也有少数人偶尔会打盹，但是他早就想到，跟上了年纪的人打交道这种情况是难免的，所以并不会生气。遇到这种情况，他会觉得自己让他们舒舒服服、非常放松地打了个盹儿，也会有成就感。有时候我给爸爸打电话的时候能察觉出来，夜以继日的朗读练习让他的声音有一种洪亮的质感。

爸爸对自己努力得来的成果非常满意，尤其是对他来说这些听众都是新的，从未开发过的。爸爸坚持每周五都去读书，听众的队伍也越来越庞大。连续读了一个月之后，爸爸向我描述了特别暖人心房的一幕：

"我到了那天要去的最后一家养老院，一个房间里有一大群人，大约有四十个，一排排整齐地坐在椅子上。他们都面朝同一个方向，我以为他们是在看电影。我非常失望，因为这是我通常过去读书的时间，他们知道我会去。但是我决定还是要照常读书，谁有空就读给谁听。我走到前台签字进去，接待的女士告诉我：'他们在等你。'说着她指了指我之前看到的那个房间，我这才发现原来每个人都安静地坐在那里，看着我。"

那天，爸爸给他有史以来最多的成人听众读了书。这件事情让爸爸异常激动，在我的印象中，他好像最近都没有这么激动过。每次打电话的时候，或者一起开车外出的时候，爸爸都会滔滔不绝地讲述那次经历，一遍又一遍地讲当他发现所有的人都在等着听他读书时，他那先惊后喜的心情。在这么长时间觉得自己的才华没有用武之地以后，爸爸又重新找回了自信，而且为自己得到如此热烈的响应而兴高采烈。他开始丰富自己读书的内容，并开始尝试一些高于小学水平的书。这仿佛是他的重生，他拿出前所未有的热情来练习朗读的技巧。

后来，爸爸读书的地方又增加了一所当地的幼儿园，在那里，他发现孩子们对读书的热情超乎想象，这是爸爸没有想到的。一次，他还想到医院去为即将接受手术的孩子读书。我几乎认为爸爸再没想过回到公立学校给那里的孩子读书了。

但是难免地，爸爸的心还是回到了学校的孩子身上。爸爸目前读书的学校大多数学生都是少数族裔，几乎所有的学生都生活在贫困线以下，爸爸总是担心他们会掉队。对这样一群渴望知识来改变生活、摆脱贫困的学生来说，一座没有书的图书馆就像一个噩梦般的惩罚。我知道爸爸不会对这样的不公坐视不理，所以当他宣布自己的决定的时候，我没有吃惊。

"我要参加教育委员会的竞选。"一天爸爸睡了长长的一觉，醒来之后说。

"纠结了那么久，你还是决定回到学校的体系中去了？这很高尚，但是我不知道是否明智。"

"现在的情况是不对的，如果我能改变它，我就会去做。"

"如果你不能呢？"

"你看，宝贝，我并不是说这件事很容易。但是在读书从学校里彻底消失之前，总得有人站出来防止这种事情发生。以前的老师从没竞选过，总是由官员来管理。他们需要我的观点。但是我觉得最重要的是他们需要一个明白利害的人来告诉他们正在发生什么，我们的学生正在失去什么。"

不需要爸爸解释，我也明白这些道理，但是我想听他亲口说出来，因为我想从他的声音中听到激情。我永远都会站在他的一边，但是如果我知道他身上还有斗志，那么我会站得更加坚定。

"你知道吗，你刚才的一番话极有说服力。"

"那太好了。我想如果我明年参加选举的话就很容易了。"

"明年？还有很长时间呢。"

"我得留出准备的时间呀。"

爸爸的确是这么做的。因为现在他过着一种非常典型的退休生活，为议会义务做一些工作，同时还参与一些项目。每周四上午去杂货店采购，通过收音机收听棒球比赛。在我看来，这让爸爸变得更加有意思了。他就像一个超级英雄，在开始保卫图书馆、图书以及非常重要的朗读艺术之前，暂且过着平常人的生活。当选举到来的时候，整个镇子都意识到自己面临的危机的时候，他就会为世界的和平和正义而战，让我们免遭灾难。不过，前提是他先得练好如何保护自己。

我们的前院里有个小鸟池，就在爸爸用煤渣砖砌出来的一个小小的平台上，这样我们透过客厅的窗户就能赏鸟了。不过，比起客厅爸爸更喜欢在门廊上赏鸟。他会带一本书，也许还会盛一碟冰激凌，坐在摇椅上。不过他并不摇，而是尽量保持安静，这样那些鸟就不会飞走了。有时候他连书都不会打开，把它放在膝盖上，鸟飞过来的时候就数数有多少只。看起来他好像在等着什么 —— 事实上也是如此。他在等着一个改变。他做过一个承诺，貌似直到现在他还是不能打破。

我们把这个承诺叫作"连胜"，但是在承诺之外，它还意味着很多。这是一个对彼此的承诺，也是一个对我们自己的承诺；这是一个永远有效也永远不会放弃的承诺；这是一个在绝望的时候带来希望的承诺，也是一个在不安中带来安慰的承诺。我们坚守了我们的承诺，彼此都是。

除此之外，它还是一个对世界的承诺：承诺要记住书籍的力量，要花时间去品味书香，并且不惜一切代价去保护它。爸爸承诺要向他见到的每一个人解释 —— 解释文学所具有的改变生活的力量。他承诺要为此而奋斗，所以他正在奋斗的路上。

十三年前，爸爸向我许下了读书承诺。他做到了。

我的父亲并不是唯一一个做出读书承诺的人。和世界上千千万万的人一样，我也做了这个承诺。自从书籍在世界上出现以来，就点亮了无数的火花，被很多人奉为至宝。世界各地的男男女女都珍视和保护着这些财富。他们也许没有制订一个像"连胜"这样的读书计划，但也仍有一份承诺。每个人都应该花一点儿时间去许下一份读书的承诺并坚守它，这份承诺永远都是值得的。跟以前任何时候相比，现在做出一份读书承诺都更为重要。不幸的是，我父亲遇到的情况并非偶然：随着时间一天天过去，文学正在渐渐淡出我们的生活，淡出我们的孩子们的生活。是时候该做点儿什么了。是时候该做出一份承诺了。

我的读书承诺

My Reading Promise

我,＿＿＿＿＿＿＿＿＿＿,郑重承诺读书。

我承诺独立读书,纸质版或者电子版图书都包括在内。

我承诺会去探访书中那虚构的世界,并且获得新的认知;我承诺对书籍的口味不挑剔,即使封面没有吸引力或者作者名不见经传都不会影响我对书籍的选择;我承诺读到有趣的章节会放声大笑(尤其在公共场所),当我最喜欢的人物死去时,会不可自抑地在床上一连哭上一个小时。我承诺遇到不会的字、不认识的城市或者不熟悉的人物就去翻字典;我承诺我会忘记时间。

我承诺和＿＿＿＿＿＿＿＿＿＿一起读书。

即使不能每晚都读，也会尽量抽时间来读。我承诺永远记住这个人，远甚于我的儿女、父母、兄弟、姐妹、叔婶、表兄妹、房东或者替我遛狗的人。这个伴我读书的人和我有相同的想法，那就是喜欢过得充实而充满挑战。我承诺把最适合我们的书与他一同分享，或者为彼此朗读，或者碰头讨论；我承诺珍视我们在一起的时光，珍视我们一起品味的文学，即便是我压力巨大、疲倦不堪或者被太阳晒伤（或者三者同时发生）也不例外，因为书要通过分享才更能体现其价值。我承诺会尽最大的努力来实现我们的目标，不管这个目标是要读10000个晚上，还是仅仅为了加深对彼此的了解。我承诺不管目标有没有实现，永远不放弃读书，两个人都不放弃。

我承诺尽自己最大的努力在自己的社团_____中推广读书，在其他场合中也不例外。我承诺推广阅读，无论是在当地的图书馆或者仅仅是给朋友们推荐好书。

我承诺如果学校从课程表中撤掉了阅读，我会提出抗议；如果有人质疑书籍的价值，我会站出来为它们说话。我承诺告诉身边的每个人，读书如何使我平静，使我振奋，使我思考，使我能在夜晚中安眠。

我承诺只要人类的思想仍有价值，仍会共同分享，我就坚持读书，并且给某个人读书。我承诺将为书籍奉献自己，因为我知道它们将会永远为我奉献。

后记

"连胜"计划二十年后

亲爱的读者们，这本书出版已经过去多年，我们的生活也发生了许多变化。

我的读者听到我和"书里的丹"结婚的消息总是很兴奋。我们即将迎来第四个结婚纪念日，而在一起的时间已经超过十年。经历过生活中的种种变化，他的陪伴使我到成年生活的过渡自然而然，我们可以说是真正的共同成长。

我的父亲现在是四个孩子的外祖父，他们都不到 5 岁。最小的是我的孩子威伯娜·杰姆斯。正如你可能猜到的，她的中名源自我的父亲。多年来，每当家里有婴儿出生，他总会提议叫杰姆斯这个名字。当我宣布我怀上一个女孩的时候，他又改为强烈建议叫"杰姆斯蒂娜"这个比较适合女孩的名字。在我刚生产完几小时后，他第一次来医院探望我，抱起尚在襁褓中的孩子，轻挑了一下眉毛问道："威伯娜是什么名字？"我解释说是一种花，这令他大失所望。"那她的中名是什么呢？杰姆斯蒂

298

娜？""实际上，就只是杰姆斯。"我尽量让自己的声音保持平静，但是，尽管刚刚经历过漫长的辛苦生产，说到女儿的中名，我也难掩兴奋激动。听到这个消息之后，他脸上泛起的笑容将永远是我最幸福的回忆之一。

没有儿女相伴，他独自在家的那些年就好像只是在为自己充电。作为祖父，我的父亲总是充满了活力，风趣而幽默。他喜欢戴上一顶小丑假发出现在我的门前，只是为了看看我女儿的反应，或者给她带来一个音量可调的玩具钢琴，可能只是为了戏弄一下我和丹。他精心为我女儿安排了一日游，即使知道在她的眼中，在博物馆度过的有趣的下午，仅仅是冲着其他孩子呵呵地笑，也只是心满意足的叹息。

我的父亲仍然在为镇上的老人读绘本，甚至还把读书的范围扩大到他担任志愿者的几所小学。威伯娜和我总是热切地盼望当他练习朗读的对象，每一天，她的理解能力都在提高。她最早会说的其中一个单词是一个清晰的"博士"，那时她正大声地要求再读一遍她最喜欢的苏斯博士的书。

虽然我曾希望拥有一个乖巧的孩子，但威伯娜却恰恰相反。当我为她读书的时候，她会不老实地扭来摆去、踢来爬去。我常常认为她根本没有在听，但是当我递给她一本她自己的绘本时，她一边翻书，一边用跟我如此相似的语调咿咿呀呀地读，真是难以置信，我甚至都怀疑这孩子是不是利用午休时间刻苦用功了。

为人父母是我迄今为止最大的冒险，并且我才刚刚开始。这使我身体疲惫，于我而言是一种精神负担却也是一种情感需求。我的感受和天下所有的母亲一样：威伯娜的笑容可以治愈任何在工作上不愉快的一天，丹独自哄她入睡的夜晚反倒让我感到有些孤独。

与父亲分享这个冒险使它变得更加美好。我知道我不会成为他那样的父母，但是我永远是他养育的女儿，我也期待找到与威伯娜的独特相处之道。我很珍惜与父亲在一起的点点滴滴。

爱丽丝·奥兹玛
2017.10

附录

"连胜"计划部分书目

(括弧中列的书名是已经出版的中文版译名或者改编成电影的电影名)

经典作家
世纪经典

《秘密花园》【美】弗朗西丝·霍奇森·伯内特
The Secret Garden by Frances Hodgson Burnett

《爱丽丝漫游仙境与镜中奇遇》【英】刘易斯·卡罗尔
Alice's Adventures in Wonderland and Through the Looking Glass by Lewis Carroll

《木偶奇遇记》【意】卡洛·科洛迪
Pinocchio by Carlo Collodi

《小熊维尼》【英】A. A. 米尔恩
Winnie the Pooh by A. A. Milne

《维尼角落的家》【英】A. A. 米尔恩
The House at Pooh Corner by A. A. Milne

《詹姆斯与大仙桃》【英】罗尔德·达尔
James and the Giant Peach by Roald Dahl

《世界冠军丹尼》【英】罗尔德·达尔
Danny: The Champion of the World by Roald Dahl

《逃家男孩》【英】罗尔德·达尔
The Minpins by Roald Dahl

《远大前程》【英】查尔斯·狄更斯
Great Expectations by Charles Dickens

《匹克威克外传》【英】查尔斯·狄更斯
The Pickwick Papers by Charles Dickens

《圣诞颂歌》【英】查尔斯·狄更斯
A Christmas Carol by Charles Dickens

《老古玩店》【英】查尔斯·狄更斯
The Old Curiosity Shop by Charles Dickens

《仲夏夜之梦》【英】威廉·莎士比亚
A Midsummer Night's Dream by William Shakespeare

《麦克白》【英】威廉·莎士比亚
Macbeth by William Shakespeare

《福尔摩斯探案集》【英】亚瑟·柯南·道尔爵士
The Adventures of Sherlock Holmes by Sir Arthur Conan Doyle

《再会，契普斯先生》(《万世师表》)【英】詹姆斯·希尔顿
Goodbye, Mr. Chips by James Hilton

《纳尼亚传奇：狮子、女巫和魔衣橱》【英】C. S. 路易斯
The Lion, the Witch, and the Wardrobe by C.S. Lewis

《纳尼亚传奇：黎明踏浪号》【英】C. S. 路易斯
The Voyage of the Dawn Treader by C.S. Lewis

《晚安，妈妈》【美】诺尔玛·福克斯·玛泽
Good Night, Maman by Norma Fox Mazer

纽伯瑞 ————————————————————————
儿童文学奖
作家或作品

《波普先生的企鹅》【美】理查德·阿特沃/特弗洛伦斯·阿特沃特
Mr. Popper's Penguins by Richard and Florence Atwater

《谷仓》【美】艾非
The Barn by Avi

《几许时光：一个新英格兰女孩的日记》【美】琼·W.布洛丝
A Gathering of Days: A New England Girl's Journal, 1830 — 1832 by Joan
W. Blos

《桥下一家人》【美】纳塔莉·萨维奇·卡尔森
The Family Under the Bridge by Natalie Savage Carlson

《卡彭老大帮我洗衬衫》【美】珍妮弗·乔尔登科
Al Capone Does My Shirts by Gennifer Choldenko

《记忆传授人》【美】洛伊丝·劳里
The Giver by Lois Lowry

《海神的故事》【美】亚瑟·博维·克里斯曼
Shen of the Sea by Arthur Bowie Chrisman

《漂流日记》【美】萨拉·格里克
The Wanderer by Sarah Creech

《我叫巴德，不是巴弟》【美】克里斯托弗·保罗·柯蒂斯
Bud, Not Buddy by Christopher Paul Curtis

《傻狗温迪克》【美】凯特·迪卡米洛
Because of Winn-Dixie by Kate DiCamillo

《了不起的吉莉》（《养女基里》）【美】凯瑟琳·佩特森
The Great Gilly Hopkins by Katherine Paterson

《手斧男孩》【美】盖瑞·伯森
Hatchet by Gary Paulsen

《派伊家的金吉尔》【美】埃莉诺·埃斯特斯
Ginger Pye by Eleanor Estes

《银色大地的传说》【美】查尔斯·J.芬格
Tales from Silver Lands by Charles J. Finger

《旋转木马》（《风车上的女孩》）【美】保罗·弗莱舒曼
Whirligig by Paul Fleischman

《半月旅店》【美】保罗·弗莱舒曼
The Half-A-Moon Inn by Paul Fleischman

《威斯利王国》【美】保罗·弗莱舒曼
Weslandia by Paul Fleischman

《霍莉的图画》（《孤女梦痕》）【美】帕特里夏·赖利·吉辅
Pictures of Hollis Woods by Patricia Reilly Giff

《来自巴塞尔·易·弗兰克韦勒夫人乱糟糟的文件摘录》（《天使雕像》）
【美】E. L. 柯尼斯伯格
From the Mixed-up Files of Mrs. Basil E. Frankweiler by E.L. Konigsburg

《相约星期六》【美】E. L. 柯尼斯伯格
The View from Saturday by E.L. Konigsburg

《蓝色的海豚岛》【美】司各特·奥台尔
Island of the Blue Dolphins by Scott O'Dell

《想念梅姨》【美】辛西娅·赖伦特
Missing May by Cynthia Rylant

《岛民》【美】辛西娅·赖伦特
The Islander by Cynthia Rylant

《枫树山的奇迹》【美】弗吉尼亚·索伦森
Miracles on Maple Hill by Virginia Sorenson

《疯狂麦基》【美】杰瑞·史宾尼利
Maniac Magee by Jerry Spinelli

《图书馆卡片》【美】杰瑞·史宾尼利
The Library Card by Jerry Spinelli

《洞》【美】路易斯·萨尔奇
Holes by Louis Sachar

《乡间一年》【美】理查德·派克
A Year Down Yonder by Richard Peck

《艾格尼丝小姐的一年》【美】柯克帕特里克·希尔
The Year of Miss Agnes by Kirkpatrick Hill

《漫步长路》【美】艾琳·亨特
Up a Road Slowly by Irene Hunt

《穿过五个四月》【美】艾琳·亨特
Across Five Aprils by Irene Hunt

《魔法灰姑娘》【美】盖尔·卡森·乐文
Ella Enchanted by Gail Carson Levine

《旅程》【美】帕特里夏·麦克拉克伦
Journey by Patricia MacLachlan

《就是这样，小猫》【美】艾米丽·内维尔
It's Like This, Cat by Emily Neville

《飞翔的埃斯佩兰萨》【美】帕姆·穆尼奥兹·瑞恩
Esperanza Rising by Pam Munoz Ryan

《爱波怀特家庭学校生存记》【美】史蒂芬妮·S.托兰
Surviving the Applewhites by Stephanie S. Tolan

《天空中的旗帜》【美】詹姆斯·拉姆齐·乌尔曼
Banner in the Sky by James Ramsey Ullman

《黛西之歌》【美】辛西娅·沃格
Dicey's Song by Cynthia Voigt

《每只唱歌的小鸟》【美】黛博拉·威尔斯
Each Little Bird That Sings by Deborah Wiles（美国国家图书奖）

《爱，红色薰衣草》【美】黛博拉·威尔斯
Love，Ruby Lavender by Deborah Wiles

科幻冒险
侦探小说

《最后的宝藏》【美】珍妮特·S.安德森
The Last Treasure by Janet S.Anderson

《骷髅人》【美】约瑟夫·布鲁奇
Skeleton Man by Joseph Bruchae

《在石圈里》【美】伊丽莎白·古蒂·基米尔
In the Stone Circle by Elizabeth Cody Kimmel

《毒蜈蚣哈利：一个让你不安的故事》【英】琳妮·里德·班克斯
Harry the Poisonous Centipede: A Story To Make You Squirm by Lynne Reid Banks

《石狐》【美】约翰·雷诺兹·加德纳
Stone Fox by John Reynolds Gardiner

《猫头鹰的叫声》【美】卡尔·希尔森
Hoot by Carl Hiaasen

《小熊的家》【美】玛里琳·萨克斯
The Bears' House by Marilyn Sachs

《慕斯派尔》【美】丹尼尔·皮克沃特
The Moosepire by Daniel Pinkwater

《蓝色驼鹿》【美】丹尼尔·皮克沃特
Once Upon a Blue Moose by Daniel Pinkwater

《奔跑的猫》【美】席尔瓦·基特力·斯奈德
Cat Running by Zilpha Keatley Snyder

《和时间赛跑》【美】玛格丽特·彼得森·哈迪科丝
Running out of Time by Margaret Peterson Haddix

《藏匿者》【美】玛格丽特·彼得森·哈迪科丝
Among the Hidden by Margaret Peterson Haddix

《出卖者》【美】玛格丽特·彼得森·哈迪科丝
Among the Betrayed by Margaret Peterson Haddix

《风暴突击者》【英】安东尼·霍洛维茨
Stormbreaker by Anthony Horowitz

《直射点》【英】安东尼·霍洛维茨
Point Blank by Anthony Horowitz

《万能钥匙》【英】安东尼·霍洛维茨
Skeleton Key by Anthony Horowitz

《方舟天使》【英】安东尼·霍洛维茨
Ark Angel by Anthony Horowitz

《鹰击》【英】安东尼·霍洛维茨
Eagle Strike by Anthony Horowitz

《在敞开的门后》【澳】安德鲁·兰瑟当
Beyond the Open Door by Andrew Lansdown

《丛林秘密》【美】洛伊丝·格拉迪斯·莱帕德
Secret in the Woods by Lois Gladys Leppard

《X侦探：密码》【美】彼得·拉朗吉
Spy X: The Code by Peter Lerangis

《木偶人》【美】安·M.马丁/【美】劳拉·戈德温/【美】布莱恩·塞尔兹尼克
The Doll People by Ann M. Martin ,Laura Godwin, Brian Selznick

《玩偶的秘密》【美】威廉·斯莱特
Among the Dolls by William Sleator

《东方快车谋杀案》【英】阿加莎·克里斯蒂
Murder on the Orient Express by Agatha Christie

《十个小印第安人》（又名《无人生还》）【英】阿加莎·克里斯蒂
Ten Little Indians (And Then There Were None) by Agatha Christie

《爱伦坡精选小说与诗歌》【美】埃德加·爱伦·坡
Complete Tales and Poems of edgar Allan by Edgar Allen Poe

畅销历史小说
传记文学与
成长小说作品

《托马斯·杰弗逊：一个殖民地时期的男孩》海伦·A.蒙赛尔
Thomas Jefferson: A Boy in Colonial Days by Helen A. Monsell

《祝你好运》【美】戴维·鲍尔达奇
Wish You Well by David Baldacci

《寻找大卫的心脏》【美】切丽·本内特
Searching for David's Heart by Cherie Bennett

《烦恼的河流》【美】贝琪·拜尔斯
Trouble River by Betsy Byars

《我的丹尼尔》【美】帕姆·康拉德
My Daniel by Pam Conrad

《吹哨的季节》【美】伊凡·多伊格
The Whistling Season by Ivan Doig

《另一个谢泼德》【美】阿黛尔·格里芬
The Other Shepards by Adele Griffin

《靛蓝》【美】爱丽丝·霍夫曼
Indigo by Alice Hoffman

《当扎卡里·比弗来到小镇》【美】金伯利·威利斯·霍特
When Zachary Beaver Came to Town by Kimberly Willis Holt

《神秘之旅》【美】派格·克里特
The Secret Journey by Peg Kehret

《安娜斯塔西亚·克鲁普尼克》【美】洛伊丝·劳里
Anastasia Krupnikby by Lois Lowry

《三天成为一个完美的人》【美】史蒂芬·曼尼斯
Be a Perfect Person in Just Three Days by Stephen Manes

《典当》【美】维洛·戴维斯·罗伯茨
Pawns by Willo Davis Roberts

《阿默斯特的小老鼠》【美】伊丽莎白·斯拜耳
The Mouse of Amherst by Elizabeth Spires

《安迪·杰克逊：娃娃兵》【美】奥古斯塔·史蒂文森
Andy Jackson: Boy Soldier by Augusta Stevenson

《月光人》【美】贝蒂·瑞恩·赖特
The Moonlight Man by Betty Ren Wright

《猪人》【美】保罗·金代尔
The Pigman by Paul Zindel

L. 弗兰克·鲍姆 ————————————————
"绿野仙踪"
系列作品

《绿野仙踪》
The Wonderful Wizard of Oz

《奥兹仙境》
The Marvelous Land of Oz

《奥兹国的稻草人》
The Scarecrow of Oz

《奥兹玛公主》
Ozma of Oz

《林克提克在奥兹国》
Rinkitink in Oz

《多萝茜与奥兹国的巫师》
Dorothy and the Wizard of Oz

《奥兹国失踪的公主》
The Lost Princess of Oz

《去奥兹国的道路》
The Road to Oz

《奥兹国的铁皮人》
The Tin Woodman of Oz

《奥兹国的翡翠城》
The Emerald City of Oz

《奥兹国的魔法》
The Magic of Oz

《奥兹国的补丁姑娘》
The Patchwork Girl of Oz

《奥兹国的格林达》
Glinda of Oz

《奥兹国的滴答人》
Tik-Tok of Oz

L. 弗兰克 · 鲍姆 ——————————————
其他作品

《快乐谷的多特和陶特》
Dot and Tot of Merryland

《美国童话》
American Fairy Tales

《万能钥匙：关于电的童话》
The Master Key: An Electrical Fairy Tale

《鹅妈妈的故事》
Mother Goose in Prose

《神奇斗篷》
Queen Zixi of Ix

《海洋仙子》
The Sea Faeries

《天空之岛》
Sky Island

《魔法紫杉岛》
The Enchanted Island of Yew

《魔法郡主》
The Magical Monarch of Mo

《鹅爸爸的书》
Father Goose: His Book

朱迪 · 布鲁姆 ————————————
系列作品

《果汁斑点》
Freckle Juice

《四年级的无聊事》
Tales of a Fourth Grade Nothing

《超级乳脂软糖》
Superfudge

《爱吃乳脂软糖的疯子》
Fudge-a-Mania

《双份乳脂软糖》
Double Fudge

《中间那个是绿袋鼠》
The One in the Middle is the Green Kangaroo

贝芙莉 · 克莱瑞 ————————————
"拉蒙娜"
系列作品

《小淘气拉蒙娜》(《小淘气交朋友》)
Ramona the Pest

《比祖斯和拉蒙娜》(《天生的幻想家》)
Beezus and Ramona

《勇敢的拉蒙娜》(《勇敢的一年级》)
Ramona the Brave

《拉蒙娜和爸爸》(《雷蒙拉与爸爸》《我的百万美元梦》)
Ramona and Her Father

《拉蒙娜和妈妈》(《穿睡衣的消防员》)
Ramona and Her Mother

《八岁的拉蒙娜》(《雷梦拉八岁》《鸡蛋头的三年级》)
Ramona Quimby, Age 8

《永远的拉蒙娜》(《永远的雷梦拉》)
Ramona Forever

《拉蒙娜的世界》(《真的长大了》)
Ramona's World

J. K. 罗琳 ————————————————————
"哈利·波特"
系列作品

《哈利·波特与魔法石》
Harry Potter and the Sorcerer's Stone

《哈利·波特与密室》
Harry Potter and the Chamber of Secrets

《哈利·波特与阿兹卡班囚徒》
Harry Potter and the Prisoner of Azkaban

《哈利·波特与火焰杯》
Harry Potter and the Goblet of Fire

《哈利·波特与凤凰社》
Harry Potter and the Order of the Phoenix

《哈利·波特与混血王子》
Harry Potter and the Half-Blood Prince

《哈利·波特与死亡圣器》
Harry Potter and the Deathly Hallows

唐纳德·J. 索伯尔 —————————————————————
"神探小布朗"系列（这里列举的只是该系列的一部分，因为我们只读了其中的 18 种）

《神探小布朗：少年侦探》
Encyclopedia Brown, Boy Detective

《神探小布朗：再次出击》（又名《神探小布朗与神秘投球案》）
Encyclopedia Brown Strikes Again (aka *Encyclopedia Brown and the Case of the Secret Pitch*)

《神探小布朗：发现了线索》
Encyclopedia Brown Finds the Clues

《神探小布朗：找到他了》
Encyclopedia Brown Gets His Man

《神探小布朗：解决了所有问题》
Encyclopedia Brown Solves Them All

《神探小布朗：维护了和平》
Encyclopedia Brown Keeps the Peace

《神探小布朗：力挽狂澜》
Encyclopedia Brown Saves the Day

《神探小布朗：追到了行踪》
Encyclopedia Brown Tracks Them Down

《神探小布朗：指路》
Encyclopedia Brown Shows the Way

《神探小布朗：接了一件案子》
Encyclopedia Brown Takes the Case

《神探小布朗：帮了个小忙》
Encyclopedia Brown Lends a Hand

《神探小布朗：继续向前》
Encyclopedia Brown Carries On

《神探小布朗：设定节奏》
Encyclopedia Brown Sets the Pace

《神探小布朗：令人作呕的运动鞋案》
Encyclopedia Brown and the Case of the Disgusting Sneakers

《神探小布朗：死鹰案件》
Encyclopedia Brown and the Case of the Dead Eagles

《神探小布朗：午夜来客案》
Encyclopedia Brown and the Case of the Midnight Visitor

《神探小布朗：神秘手印案》
Encyclopedia Brown and the Case of the Mysterious Handprints

《神探小布朗：寻宝案》
Encyclopedia Brown and the Case of the Treasure Hunt

在每个人的生活中，总会有某件事情让他们与众不同，会昭显他们的个性，定义他们的人生。

对你的孩子而言，还能找到比对书籍和阅读的热爱更好的馈赠吗？

——吉姆·布罗齐纳

图书在版编目（CIP）数据

你能每天晚上为我读书吗 ／（美）爱丽丝·奥兹玛著；
郭娜译 . -- 北京：北京联合出版公司，2022.10
　　ISBN 978-7-5596-6067-1

　　Ⅰ . ①你… Ⅱ . ①爱… ②郭… Ⅲ . ①回忆录-美国
-现代 Ⅳ . ① I712.55

中国版本图书馆 CIP 数据核字（2022）第 082604 号

The Reading Promise:My Father and the Books We Shared
Copyright © 2011 Kristen Alice Ozma Brozina
The edition published by arrangement with Grand Central Publishing, New York, New
York, USA.
All rights reserved.
Simplified Chinese Edition © 2022 Pan Press Ltd.

北京市版权局著作合同登记 01-2022-1665 号

你能每天晚上为我读书吗

作　　者：[美] 爱丽丝·奥兹玛
译　　者：郭　娜
出 品 人：赵红仕
策　　划：乐府文化
责任编辑：龚　将
责任印制：耿云龙
特约编辑：李　洁　春　霞
营销编辑：屈　聪　杜　彦
书籍设计：张慧兰

北京联合出版公司出版
（北京市西城区德外大街 83 号楼 9 层　100088）
北京联合天畅文化传播公司发行
北京美图印务有限公司印刷　新华书店经销
150 千字　880 毫米 ×1230 毫米　1/32　11 印张
2022 年 10 月第 1 版　　2022 年 10 月第 1 次印刷
ISBN 978-7-5596-6067-1
定价：52.00 元